A

In Skagen, dem nördlichsten Zipfel von Dänemark, dort, wo Nord- und Ostsee zusammenfließen, ist das Leben ruhig und beschaulich. Für Helle Jespers, Leiterin der örtlichen Polizeistation, bedeutet das, dass sie sich hauptsächlich mit Falschparkern und Ladendieben herumschlagen muss. Doch dann wird in Kopenhagen, im Vergnügungspark Tivoli, die grausam zugerichtete Leiche des ehemaligen Gymnasialdirektors aus Skagen gefunden. Für Helle ist völlig unersichtlich, warum jemand diesen unscheinbaren Mann umbringen sollte. Helle lässt sich von ihrem mürrischen Kollegen der Kopenhagener Mordkommission nicht abwimmeln und nimmt die Ermittlungen in ihrer eigenen Gemeinde auf. Sie stößt auf eine Spur die weit in die Vergangenheit und mitten hinein in ihr eigenes Leben führt. Dabei kommt Helle selbst dem Täter gefährlich nah.

Judith Arendt ist das Pseudonym einer erfolgreichen Krimiautorin. Sie schrieb Drehbücher für deutsche Fernsehserien und sieht umso lieber amerikanische. Ihre Leidenschaft gilt dem Kriminalroman, insbesondere dem skandinavischen und britischen. Judith Arendt lebt mit ihrer Familie in der Nähe von München. Der zweite Fall für Kommissarin Jespers *Helle und die kalte Hand* ist 2019 bei Atlantik erschienen.

Judith Arendt

HELLE UND DER TOTE IM TIVOLI

Der erste Fall für Kommissarin Jespers

Kriminalroman

Atlantik

Atlantik ist ein Imprint des
Hoffmann und Campe Verlags, Hamburg.

2. Auflage 2021

www.hoffmann-und-campe.de
www.atlantik-verlag.de
Satz: Pinkuin Satz und Datentechnik, Berlin
Gesetzt aus der Trump Mediäval
Druck und Bindung: CPI books GmbH, Leck
Printed in Germany
ISBN 978-3-455-00876-8

Ein Unternehmen der
GANSKE VERLAGSGRUPPE

Skagen ist Skagen und doch nicht Skagen.
Ich habe mir erlaubt, das echte Skagen ein wenig umzugestalten, bis es zu Helle und mir passt.

Judith Arendt, Januar 2018

Kopenhagen, Tivoli, 3.00 Uhr

Der Kaffee war noch immer schön heiß. Nicht so heiß, dass er sich die Zunge daran verbrennen, aber doch so, dass er ihn genüsslich schlürfen konnte. Claas griff nach dem Zimtwecken und wollte ihn in den Becher tunken, als er hörte, wie Stig seufzte und ungeduldig mit der Taschenlampe klapperte.

»Es wird Zeit für die Runde. Komm schon, Claas.«

»Hast du Angst, dass du die Geisterbahn verpasst?« Claas stippte den Wecken in seinen Kaffee – jetzt erst recht – und saugte an dem aufgeweichten Gebäck. Ein guter Witz. Er konnte ihn gar nicht oft genug wiederholen. Und er hatte ihn weiß Gott schon oft von sich gegeben. Die jungen Kollegen mit ihrer Ungeduld. Man durfte doch wohl noch in Ruhe seine Kaffeepause machen.

Jetzt stand Stig auf. »Du nervst, Claas. Ich kann auch ohne dich gehen.«

Dieser Stig. Wenn einer hier nervte, dann war er das. Claas war seit fast zwanzig Jahren dabei. Er wusste, wie der Hase lief. Er brauchte sich von den jungen Kollegen nicht hetzen lassen. Das brauchte er wirklich nicht. Andererseits: Wenn dieser Stig jetzt alleine losgehen würde, dann stand das später im Logbuch. Und dann würde es nicht gut aussehen für ihn.

Resigniert schüttete Claas den Kaffee wieder zurück in die Thermoskanne. Dabei stöhnte er, Stig sollte schließlich kapieren, dass er diesen Aktionismus nicht guthieß.

Der junge Kollege aber stand unbeeindruckt an der Tür, die Hand auf die Klinke gelegt. Na, na, dachte Claas, immer langsam mit den jungen Pferden! Erst einmal musste er sich aus dem Stuhl hochwuchten. Zweihundert Pfund Lebendgewicht.

Es knackte in den Knien, und Claas sah aus dem Augenwinkel, dass Stig die Augen verdrehte. Nervensäge.

Ärgerlich zerrte Claas an seiner Jacke, die er über die Stuhllehne gehängt hatte. Draußen waren es zehn Grad unter null, wenn nicht noch mehr. Warum bestand dieser Jungspund so unbedingt darauf, dass sie ihre Zeiten einhielten?

Du meine Güte, dachte Claas, während er den Reißverschluss bis unters Kinn hochzog und sich die fellgefütterte Mütze auf die kahle Stirn drückte, was sollte denn hier schon passieren?

Seit so vielen Jahren drehte er nachts im Tivoli seine Runden. Die »ungewöhnlichen Vorkommnisse«, wie es bei ihnen hieß, konnte er an zwei Händen abzählen. Jugendliche Säufer oder Kiffer, ein Liebespaar, das es sich ausgerechnet im »Nautilus« bequem gemacht hatte, hier und da ein Fuchs, ein paar gebrauchte Spritzen, die die Bahnhofsjunkies über den Zaun warfen – mehr war nicht los gewesen. Da hatte er in seiner Zeit als Streifenbulle in einer Nacht mehr Scheiße gesehen. Sprengstoffalarm, das war noch das Größte, was er als Security-Mann im Tivoli erlebt hatte. Oktober 2001 natürlich, als alle hysterisch durchdrehten wegen der Terroristen. Da hatten er und sein Kollege – den Namen hatte Claas längst vergessen – den Rucksack gefunden. Mitten in der Fressbudenstraße hatte er gelegen. Sie hatten lange darum gestritten, was sie tun sollten. Der Kollege hatte sich schließlich durchgesetzt und den Alarm ausgelöst. Zum Schluss war es der Rucksack eines asiatischen Touristen gewesen. Mit Kamera und Wasserflasche und ein paar T-Shirts. Keine große Sache also. Claas hatte es gleich gewusst.

»Gib Gas, alter Mann«, knurrte Stig, der ein paar Meter vor ihm ging und den Strahl der Taschenlampe immer nervös hin und her zucken ließ.

Gas geben, so ein Schwachsinn. Claas verlangsamte seine Schritte ein kleines bisschen. Niemand wartete auf sie. Sie drehten ihre Runden durch den dunklen Park, weil das ihr Job war. Aber gottlob guckte ihnen niemand dabei auf die Finger. Keiner stand am Ende mit der Stechuhr da, wie bei der Polizei.

In Erinnerung an seine Dienstzeit entfuhr Claas ein Seufzer. Sein Herz hatte das nicht mehr mitgemacht, diesen Stress. Die Schmerzen im Arm, das Stechen im Brustkorb. Gitta hatte ihn irgendwann dazu gedrängt, Schluss zu machen. Die Ärzte hatten ihn tatsächlich arbeitsunfähig geschrieben. Und dem Grinsen seines Vorgesetzten nach zu urteilen, als der ihn aus dem Dienst verabschiedet hatte, war das nicht ganz von ungefähr gewesen. Die waren froh, dass sie ihn los waren. Das behielt er natürlich schön für sich. Kam immer besser, wenn er von seiner großen Zeit bei der Polizei erzählte.

»Hörst du was?«

Der Lichtkegel fuhr die Stände ab, die Holzbuden, aus denen heraus in ein paar Stunden Popcorn und Pölser und Zuckerwatte verkauft wurden. Der Schein der starken Lampe flitzte über das Kettenkarussell zur Rechten. Aber nichts rührte sich, die buntbemalten Stahlrohrsitze hingen bewegungslos an langen Ketten, warteten auf Kinder, die sich schon bald kreischend um die besten Plätze balgen würden.

Klar hörte Claas was. Er hörte sogar sehr viel. Außerhalb des Parks verlief die Vesterbrogade, eine große und viel befahrene Straße, die Kopenhagens Herz durchschnitt. Er hörte den Bahnhof, die Güterzüge, die selbst um diese Zeit, mitten in der Nacht, rangiert wurden. Und er bildete sich ein, die Ratten zu hören, die unter den Fahrgeschäften nach Fressbarem suchten – und fündig wurden. Selbst nachdem die großen Reinigungsmaschinen einmal durch den Park gefahren waren, gab es noch genügend Müll in den Ecken, um ganze Rattenkolonien zu ernähren.

Jetzt tauchte vor ihnen in der Dunkelheit die stilisierte Bergkulisse der »Rutschebanen« auf. Stig beschleunigte seine Schritte und hielt auf das große Fahrgeschäft zu.

»Hier ist was an, Claas! Verdammt, bist du taub?«

Claas meinte zu hören, wie Stig noch leise »Alter Sack« hinzufügte, und konterte im Stillen mit »Wichtigtuer«. Aber er schloss zu seinem Kollegen, der um einiges größer und vor allem durchtrainiert war, auf. Denn jetzt hörte er es auch. Stig hatte recht. Ein unheimliches Quietschen und Rattern drang an seine Ohren. Das war nicht normal, das war ganz und gar nicht normal. Es klang eindeutig danach, als sei eines der Fahrgeschäfte in Betrieb.

Stig vor ihm verfiel in leichten Trab, und Claas spürte ein vibrierendes Gefühl von Panik. Dass der Kollege ihm bloß nicht davonlief! Automatisch fasste er an den Gürtel, an dem der Schlagstock aus Hartgummi hing. Plötzlich nahm er eine Bewegung aus dem Augenwinkel wahr, links von ihnen, dort, wo der Eingang zu »Minen« war, der Bergwerksbahn für die Jüngeren. Ein Schatten? Da war eine Bewegung gewesen, ganz bestimmt. Claas' Herz schaltete von Trab in den Galopp, das war nicht gut, das war gar nicht gut. Er hätte keinen Kaffee trinken sollen, aber wer konnte denn schon ahnen, dass er in so eine Scheiße geriet?! Claas wollte Stig zurufen, dass er anhalten solle, aber er bekam nur ein heiseres Krächzen heraus.

Abrupt drehte Stig sich um und richtete den Strahl seiner Stablampe auf Claas. »Hör mal, alter Mann, sollen wir besser gleich die Bullen rufen? Du bist doch schon länger dabei.«

Zum ersten Mal zollte der Arsch ihm Respekt. Ausgerechnet jetzt. Zur falschen Zeit. Claas räusperte sich und bemühte sich, völlig unbeeindruckt auszusehen. »Nein. Lass mal. Vielleicht nur was Technisches. Lass uns erst feststellen, was wirklich los ist. Oder wollen wir vor den Bullen dastehen wie Memmen?«

Stig nickte. »Hast recht.« Er drehte sich wieder um und wollte weiterhasten, aber Claas hielt ihn auf. »Hey, check mal da hinten, beim Bergwerk. Ich glaube, da war was.«

Stig zog misstrauisch die Brauen zusammen, richtete die Lampe aber gehorsam nach links.

Claas verfluchte insgeheim seine verdammte Schlamperei. Seine Lampe lag noch im Büro. Neben der Thermoskanne. Er hatte sie nicht mitschleppen wollen. Sie brauchten nie eine zweite Lampe. Nie!

Stig änderte die Richtung und lief auf das Bergwerk zu. Das Licht streifte die Zwerge, die mit Hacken und Schubkarren unbeweglich zwischen den Gleisen standen und diabolisch grinsten. Claas schauderte. Er erinnerte sich an die ersten Nächte, die er im Tivoli Dienst getan hatte. Wie unheimlich ihm die große Anlage gewesen war. Die stummen Silhouetten der großen Fahrgeschäfte, die gegen den Kopenhagener Nachthimmel leuchteten. Der Geruch nach Bratfett, Zuckermelasse und Kotze, der in den Budenstraßen hing. Das leise metallische Klimpern der Absperrketten. Kaum wahrnehmbares Quietschen, Raunen und Klappern der Gondeln im Wind. Das Gefühl der Einsamkeit, das ihn angesichts des menschenleeren Vergnügungsparks befallen hatte. Das Leben, das draußen tobte, während sich hier drinnen nur zwei Menschen bewegten, die Security-Männer von Danskeguard.

Aber Herrmann, der alte Kollege, der ihn einarbeitete – damals war Claas der Jungspund gewesen –, hatte nur gelacht und weiter Witze gerissen. Und nach einigen Wochen war das Unwohlsein gewichen. Es war nie mehr aufgetaucht – bis jetzt.

Stig hatte »Minen« jetzt erreicht und leuchtete alle Ecken aus. Er schüttelte den Kopf. »Nee. Da ist nichts. Was hast du gesehen?«

Claas griff sich an die Brust und massierte das Fett an der Stelle, an der er sein tobendes Herz wähnte. »Da hat sich was bewegt. Sah aus, als würde sich jemand verstecken.«

Stig runzelte skeptisch die Stirn und ließ die Taschenlampe einmal um das Bergwerk wandern. Claas betete, dass der Kollege nicht vorschlagen würde, da hineinzugehen. Tagsüber war das eine Bahn für kleine Kinder, aber jetzt, im Dunklen … Er starrte auf den dicken Vorhang aus blindem Gummi, hinter dem sich ein finsterer Schlund auftat.

»Scheiße, Mann, ich hör's noch immer.« Stig leckte sich nervös über die Lippen.

Sie blieben stumm und hielten die Luft an. Das Rumpeln war lauter geworden, es kam von der anderen Seite der »Rutschebanen«. Entschlossen lief Stig los, in die Richtung, aus der er das Geräusch vermutete, und Claas bemühte sich, dem Jüngeren dicht zu folgen. Er keuchte laut, aber trotzdem hörte er deutlich, dass jemand hinter ihm lief – in die entgegengesetzte Richtung. Claas drehte den Kopf und konnte gerade noch erkennen, dass da einer in Richtung Ausgang rannte. Eine dunkle Silhouette, aber sie war zu weit entfernt, um zu erkennen, ob es ein Mann oder eine Frau war. Claas zögerte – sollte er rufen? Stig warnen? Umdrehen?

Scheiß drauf, dachte er und versuchte wieder, Anschluss an Stig zu bekommen. Am Ende war die Person bewaffnet. Viel zu gefährlich. So was brachte nur Ärger.

Stig hatte das Ende der »Rutschebanen« schon erreicht und blieb abrupt stehen. Er drehte sich nach Claas um, und aus seinem Blick sprach nackte Panik. Er deutete mit dem Arm, der die Taschenlampe hielt, hinter sich, und Claas wusste schlagartig, von wo der Lärm ausging. Es musste »Galejen« sein, die Wikingerbahn, in direkter Nachbarschaft zu »Rutschebanen«. In dem Fahrgeschäft war nur die Notbeleuchtung angeschaltet, und in dem fahlen orangefarbenen Licht sah er, wie die kleinen hölzernen Wikingerboote in schneller Fahrt rundherumrasten. Jemand hatte die Bahn in Betrieb genommen. Das konnten nur Besoffene gewesen sein, die sich einen Scherz erlaubten.

Es war das erste Mal, dass Stig während seiner Nachtschicht etwas Unvorhergesehenes erlebte, und Claas spürte augenblicklich, wie sich die Furcht dieser Nervensäge auf ihn übertrug. Er hörte sein Herz bis zum Hals klopfen, aber er wollte sich keine Blöße geben. Claas wusste, dass die jungen Kollegen über ihn lachten, weil er alt, dick und faul war, aber er hatte nur noch drei Jahre bis zur Pension, und er war fest entschlossen, dass ihn dieser Mist hier nicht den Job kosten würde.

»Bestimmt 'ne Wette«, sagte er zu Stig und ging ein paar Schritte näher auf »Galejen« zu. »Betrunkene, Jugendliche, die sich beweisen wollen.«

»Galejen« war eine der alten Bahnen. Eine Holzkonstruktion, in der Mitte ein hölzerner Pfahl, dem Mast eines Schiffes nachempfunden. An einer Stahlkonstruktion waren daran kleine bunte Holzboote angebracht, Wikingerschiffe und Piratenboote. Sie rasten in wilder Fahrt um den Pfahl, rundherum, auf und nieder.

Claas steuerte, um ruhig Blut bemüht, direkt auf das Fahrgeschäft zu, er wusste, wo der Notknopf war, der das Treiben beenden konnte. Aber Stig riss ihn am Arm zurück. Sein Gesicht war aschfahl, der Mund weit geöffnet, er brachte jedoch keinen Ton heraus. Stattdessen starrte er mit aufgerissenen Augen auf die Bahn. Claas folgte seinem Blick, und erst dann sah er, was seinem Kollegen solche Panik bereitete. In einem der kleinen Schiffe saß jemand. Ein Mann mit schlohweißem Haar. Er wackelte wie eine Puppe hin und her, der Kopf fiel mal vor, mal zurück. Beim ersten Mal raste er so schnell an den beiden Männern vorbei, dass Claas nicht sofort bemerkte, was an ihm nicht stimmte, außer den seltsam ruckartigen Bewegungen. Als sich das Boot, in dem der Mann saß, wieder dem Blickfeld von Claas näherte, zwang er sich, genauer hinzusehen.

Der Atem stockte ihm, er spürte das Reißen und Stechen in der Herzgegend, hörte, wie Stig sich auf seine Schuhe erbrach, und das Letzte, was sich Claas auf die Netzhaut einbrannte, war der Anblick des alten Mannes, mit den leeren und blutigen Augenhöhlen, in dessen Mund ein rot glasierter Apfel steckte.

Skagen, 4.30 Uhr

Helle wurde von ihrem Handy geweckt. Es vibrierte unter ihrer linken Gesichtshälfte. Gewohnheitsmäßig legte sie es unter ihr Kopfkissen, damit Bengt nicht geweckt wurde, falls sie angerufen wurde. Zusätzlich stellte sie es auf stumm. Maßnahmen für den Ernstfall, zu dem es so gut wie nie kam, denn sie wurde äußerst selten mitten in der Nacht geweckt.

Skagen war nicht gerade die kriminelle Hauptstadt Dänemarks, und eigentlich gab es nichts, was so wichtig war, dass der diensthabende Polizist Hauptkommissarin Helle Jespers aus dem Schlaf holen musste.

Aber heute vibrierte das Ding, und Helle zog es unter ihrem Kopf hervor. Es klebte an ihrer verschwitzten Wange, anscheinend war es unter dem Kopfkissen hervorgerutscht. Kein Wunder, Helle hatte sich bis vor einer Stunde noch hellwach im Bett gewälzt.

Sie konnte die Augen kaum öffnen, erkannte aber, dass es eine ihr unbekannte Nummer war. Seltsam, denn die Nummer des Handys hatte kaum jemand außer ihren Kollegen. Helle nahm den Anruf an.

»Helle Jespers.«

»Sören Gudmund. Mordkommission Kopenhagen. Helle, wir brauchen deine Unterstützung.«

Eine forsche Stimme, die keine Widerrede zuließ. Helle rollte sich stöhnend über ihre linke Seite aus dem Bett und hielt eine Hand vor den Apparat. Sie wollte nicht, dass Bengt jetzt aufwachte, aber offensichtlich hatte ihr Mann nichts von dem Anruf mitbekommen. Er lag auf dem Rücken und schnarchte mit offenem Mund. Der schwere Rioja hatte sein Werk getan.

»Was … Weißt du eigentlich, wie spät es ist?!« Scheiße, das war die falsche Antwort, Helle ahnte es, kaum dass sie es ausgesprochen hatte.

Schweigen am anderen Ende der Leitung. Mehr als das. Deutlich genervtes Schweigen. Sören Gudmund, dachte Helle und versuchte, ihre eingeschlafenen grauen Zellen zu aktivieren, während sie mit dem iPhone am Ohr ins Bad huschte, kenn ich den?

»Im Gegensatz zu dir haben wir hier in Kopenhagen keinen gemütlichen Nine-to-Five-Job.« Sören Gudmunds Stimme war so eisig, dass Helle augenblicklich fröstelte.

»Ich weiß«, konnte sich Helle nicht verkneifen. *»Crime never sleeps.«*

»Meinst du das ernst?«

»Hast du es ernst gemeint?« Helle klappte die Klobrille runter und versuchte, sich so hinzusetzen, dass Gudmund nicht hören konnte, was sie gerade tat. Er war ja ohnehin nicht sonderlich gut gelaunt. Aber sie war es auch nicht. Nicht mehr, nach seinem Anruf.

»Okay, noch mal von vorn«, hörte sie sich sagen. Mordkommission, das waren schließlich nicht irgendwelche Dorfbullen, es würde ihr nicht gut bekommen, wenn sie weiterhin so pampig blieb.

Gudmund ließ sich nicht lange bitten. »Ein gewisser Gunnar Larsen wurde gegen drei Uhr heute Morgen im Tivoli aufgefunden. Er kam gewaltsam zu Tode, so viel kann ich mit Gewissheit sagen. Ich habe hier die Information, dass er in deiner Gemeinde gemeldet ist, und möchte dich bitten, den Angehörigen die Nachricht zu überbringen.«

Helle war noch immer darauf konzentriert, so geräuschlos wie möglich zu pinkeln, aber jetzt fiel ihr fast das Handy aus der Hand. Gunnar? Ermordet? Im Tivoli?

Wow.

»Ja, das stimmt. Gunnar lebt hier. Er ist Gymnasialdirektor.

Also gewesen, jetzt ist er pensioniert. Und offenbar tot. Aber das weißt du wohl alles ...«

Gudmund unterbrach sie. »Also, was ist, kann ich auf dich zählen?«

»Hat sich nicht angehört wie eine Bitte.«

»Richtig. Das sollte es auch nicht sein.«

Sie schwiegen. Sören Gudmund war offensichtlich kein Mann der vielen Worte, dachte Helle. So ein Arsch. Hoffentlich läuft der mir nicht über den Weg.

»Ich komme im Lauf des Tages selbst nach Skagen. Aber ich halte es für besser, wenn jemand aus dem Ort mit der Familie spricht.«

Helle fühlte sich schlagartig müde. Sehr müde. Sie spürte, dass sie höchstens ein, zwei Stunden Schlaf gehabt hatte, und sehnte sich danach, sich wieder zu Bengt ins warme Bett zu kuscheln.

»Klar.« Sie riss sich zusammen und bemühte sich, so beflissen wie möglich zu klingen. »Ich fahr gleich nach dem Frühstück rüber.«

»Wenn ich glauben würde, dass die Sache so viel Zeit hätte, würde ich selbst hinfahren.«

Ein Wunder, dass ihre Hand nicht am Handy festfror, bei dem eisigen Hauch, mit dem Gudmunds Stimme durch den Hörer fuhr.

»Also, es ist halb fünf Uhr morgens«, setzte Helle sich zur Wehr. »Ich glaube, es gibt Uhrzeiten, zu denen man solche miesen Nachrichten vielleicht besser verträgt.«

»So etwas verträgt man nie gut«, gab Gudmund zurück, und Helle seufzte. Leider hatte er recht.

Der Leiter der Mordkommission fuhr fort: »Kann ich mich darauf verlassen, dass du dich unverzüglich auf den Weg machst? Das Protokoll der ersten Befragung mailst du mir bitte, dann kann ich es unterwegs checken.«

Helle klappte den Mund auf, aber so schnell fiel ihr keine

Entgegnung ein, und noch bevor sie den Mund wieder geschlossen hatte, hatte Sören Gudmund aufgelegt.

Helle pfefferte ihr Handy ins Waschbecken, blieb noch kurz auf der Toilette sitzen und schloss die Augen. Es war Sonntag, sie hatten am gestrigen Abend Freunde zum Essen zu Besuch gehabt und entsprechend viel getrunken. Gegen zwei waren sie ins Bett gegangen, Bengt hatte kaum »Gute Nacht« murmeln können, da hatte sie schon sein Schnarchen gehört. Helle selbst hatte wachgelegen. Wie beinahe jede Nacht. Wachgelegen und geschwitzt. Sich von der einen Seite auf die andere gewälzt, ihre Bettdecke wieder und wieder umgedreht, sodass sie die kühle Seite auf ihrer Haut gespürt hatte. Das Karussell in ihrem Kopf hatte sich gedreht, sie hatte an alles und nichts gedacht. Und langsam gespürt, wie die Kopfschmerzen kamen, die seit einiger Zeit ihr ständiger Begleiter waren. Irgendwann zwischen drei und halb vier musste sie weggedämmert sein.

Und jetzt das.

Gunnar Larsen, was für ein verdammter Scheiß.

Sie kannte Gunnar, er war der Rektor des Gymnasiums in Fredrikshavn gewesen, das ihre Kinder besuchten. Besucht hatten, im Fall von Sina. Leif quälte sich immer noch, und es war nicht ausgemacht, dass er es schaffte. Gunnar Larsen war – ja, was eigentlich? Weder beliebt noch gefürchtet. Er hatte das Gymnasium geleitet, ohne dass man hätte sagen können, wie er das getan hatte, was sein Stil und sein Anspruch gewesen war. Auf alle Fälle ohne Charisma. Bestimmt zwanzig Jahre lang war er die graue Eminenz gewesen. Ein unauffälliger Mann mit Brille. Alles an ihm war durchschnittlich. Größe, Gesicht, Augenfarbe, Klamotten. Selbst sie, die erfahrene Polizistin, hätte ihn kaum beschreiben können. Gunnar hatte keinerlei besondere Merkmale. Wie konnte es sein, dass jemand wie er eines so ausgefallenen Todes starb? Wieso sollte man Gunnar ermorden, ausgerechnet in einem Vergnügungspark? Hass war der Motor von Mord, oder Rache. Aber Helle konnte sich beim besten Willen nicht vorstellen, dass der pensionierte Rektor jemals etwas getan haben sollte, das derartige Gefühle hervorrief.

Sie spülte, stand auf und wusch sich die Hände. Den Blick in den Spiegel vermied sie und entschied sich für eine heiße Dusche. Danach wäre sie vielleicht halbwegs am Leben und in der Lage, zu Matilde Larsen, der Witwe, zu fahren und sie mit dieser Hiobsbotschaft aus dem Bett zu werfen.

Der heiße Massagestrahl der Dusche auf Schulter und Nacken war wie eine Erinnerung an guten Sex. Helle hätte ewig so stehen bleiben können, eingehüllt in den heißen Dampf, der sich in der Dusche bildete. Aber es half nichts, sie musste gleich da hinaus, ins Leben, in ihr Leben als Hauptkommissarin, und eine Todesbotschaft überbringen.

Tapfer stellte sie die Dusche von Massage auf Regen, von heiß auf kalt. Sie unterdrückte einen Schrei, als die eisigen Tropfen auf sie niederprasselten, schließlich sollte wenigstens Bengt seinen Schlaf bekommen. Dann drehte sie das Wasser ab, schüttelte sich wie ein Hund und rubbelte sich mit dem Frotteehandtuch trocken. Sie wischte einmal über den Spiegel und sah sich selbst entgegen. Nasse halblange Haare, die wirr in alle Richtung abstanden. Müde Augen, die zwischen noch immer geschwollenen Lidern hervorblinzelten. Tiefe Falten um die Mundwinkel und zwischen den Brauen, aber immerhin war die Haut durch die kalte Dusche gut durchblutet und strahlte einen Hauch von Leben aus. Definitiv fünfzig und keine Sekunde jünger.

Wenn sie jetzt noch einen Espresso bekäme, würde sie sich vielleicht unter Menschen wagen können.

Sie schlich sich leise zurück ins Schlafzimmer, aber das Ehebett war leer. Stattdessen stieg ihr ein warmwürziger Duft aus der Küche in die Nase. Bengt, dachte sie gerührt, mein Guter.

Am liebsten hätte sie sich gemütliche Schlupfhosen und ein kuschliges Sweatshirt übergeworfen, aber die Mission, die ihr bevorstand, verlangte eine andere Kleiderordnung. Das hellblaue Hemd, schwarze Hose, dazu ein dicker blauer Polizeipullover. Helle betrachtete sich im Spiegel. Furchtbar. Die Hose spannte an Bauch und Oberschenkeln, der grobgestrickte Pullover mit dem engen Halsausschnitt ließ ihre Brüste geradezu monströs wirken. Nein, die Dienstuniform war alles andere als kleidsam. Aber es ging auch nicht darum, einen Schönheitswettbewerb zu gewinnen.

Sie strich sich die halbnassen Haare hinters Ohr, legte ein bisschen Rouge, Wimperntusche und Lipgloss auf und überlegte sich im Stillen, was sie Matilde sagen sollte. In so einem Fall war jedes Wort grundfalsch. Ihr Job brachte es mit sich, dass sie Hinterbliebene vom Tod eines Angehörigen unterrichten musste. Aber zum Glück war das in den dreißig zurückliegenden Dienstjahren nicht allzu häufig vorgekommen. In ihrem Distrikt gab es nicht oft Tote. Verkehrsunfälle, Herzinfarkte, Badeunfälle. Vielleicht ein Einbruch. Vor ein paar Jahren hatte es nach dem Frühlingsfest eine Messerstecherei gegeben, einer der jungen Burschen hatte es nicht überlebt.

Die schrecklichste Todesnachricht, die sie jemals hatte überbringen müssen, war die des ermordeten Mädchens gewesen. Wenn die Bilder der Kleinen und ihrer Eltern vor ihrem geistigen Auge erschienen, trieb es Helle unweigerlich Tränen in die Augen. Noch so viele Jahre später.

Gottlob war sie damals nicht allein gewesen. Der Fall hatte sich in ihren Anfangsjahren zugetragen, als sie noch in Fredrikshavn gewesen war. Ingvar, der Chef der Polizei, war mit ihr zu den Eltern gefahren. Der gute alte Ingvar. Er hatte die Mutter wortlos in den Arm genommen. Dieser Zwei-Zentner-Bär.

Nun, das fiel hier aus. Sie kannten sich nicht besonders gut, Helle und die Frau des pensionierten Rektors. Vom Sehen hier und da. Ihr Umgang war steif und förmlich, eine Umarmung wäre einfach unangemessen.

In der Küche schob Bengt ihr ein großes Glas warmen Chai-Tee hin, bevor er sich wieder an den Herd stellte. In der gusseisernen Pfanne brutzelte ein dottergelber Pfannkuchen, den Bengt sogleich routiniert wendete, kurz stocken und dann auf den Teller gleiten ließ. Er gab etwas von der *Beurre au caramel salé* darauf, die er selbst gemacht hatte, rollte den Pfannkuchen zusammen und stellte ihn vor Helle auf den hölzernen Tresen. Dann setzte er sich ihr gegenüber.

Helle streckte eine Hand aus und fuhr ihrem Mann zärtlich über den dichten Wikingerbart. »Geh wieder ins Bett.«

Er nickte, nahm ihre Hand und küsste sie. »Einer muss es ja warmhalten.«

Helle biss voller Verlangen in den köstlichen Pfannkuchen und murmelte mit vollem Mund: »Ich weiß nicht, ob ich so schnell zurückkomme.«

Ihr Mann zog nur die Augenbrauen hoch und kratzte sich am Kopf. In den vielen Jahren ihrer Ehe hatte er gelernt, dass es nicht gut war, sie zu fragen, was passiert sei. Vieles durfte Helle nicht erzählen, und er vermied es, sie in einen Gewissenskonflikt zu bringen. Entweder erzählte sie aus freien Stücken, oder er begnügte sich mit ihrem Schweigen. Ohnehin war Bengt Jespers nicht der neugierige Typ. Klatsch und Tratsch interessierten ihn nicht, und oft wunderte sich Helle, wie es jemand schaffte, einen Job als Sozialpädagoge so gut zu machen wie Bengt, obwohl er an seiner Umwelt nicht das geringste Interesse zu haben schien.

Die warme Karamellbutter tropfte aus dem Pfannkuchen, und Helle wischte sie mit dem Finger vom Teller. Sie war verrückt danach, und gerade, wenn sie verkatert war oder übermüdet oder beides, gierte sie wie ein Junkie nach dem Zuckerzeug. Sie nahm einen Schluck von dem Chai, dessen Wärme sich in ihrem ganzen Körper ausbreitete, und sah über den Rand des Glases, dass Bengt die Augen geschlossen hatte und im Sitzen wieder in Schlaf gefallen war. Sie lächelte. »Bengt.«

Er öffnete ein Auge und nickte. Dann stand er auf, ging um den Tresen herum und legte seine kräftigen Arme um sie. Helle küsste ihren Mann aufs Ohr und gab ihm einen Klaps auf die Boxershorts. Gehorsam trottete der todmüde Grizzly zurück ins Schlafzimmer.

Helle gönnte sich noch eine zweiminütige Verschnaufpause. Sie umklammerte das Teeglas mit beiden Händen und blickte durch die Panoramascheiben auf die Silhouette der Dünen. Das Meer konnte sie nicht sehen, dafür war es noch zu dunkel, aber die hellen Sandhügel direkt am Haus mit den Schneeresten darauf schimmerten blass.

Mit diesem Haus am Strand hatten sie sich einen Traum erfüllt. Ursprünglich hatte hier der Fischerschuppen ihres Großvaters gestanden, und es hatte einige Jahre, viele Schreiben an die Behörde und noch mehr Nerven gekostet, um eine Baugenehmigung an der Stelle zu bekommen. Aber sie hatten es geschafft – ganz ohne Bestechung –, die alte Hütte abgerissen und das Holzhaus gebaut. Bengt hatte fast alles selbst gemacht, zusammen mit Nikolas, der das Haus entworfen hatte. Es war Helles Seelenort, und je länger sie hier wohnte, desto weniger wollte sie das Haus verlassen. Jeden Morgen zögerte sie ihren Aufbruch zur Arbeit ein paar Minuten hinaus, um noch ein bisschen Behaglichkeit und Ruhe zu tanken. Wenn sie abends nach Hause kam, fielen alle Sorgen von ihr ab, kaum trat sie über die Schwelle des Hauses.

Der Blick über die Dünen zum Meer und dem weiten Himmel darüber, der Schwedenofen in der Ecke, in dem außer in den Sommermonaten immer ein Feuer prasselte, der dicke weiße Wollteppich, in dem man seine Zehen vergraben konnte, und die gemütlichen Sofas mit Kissen und Wolldecken waren Helles Paradies auf Erden.

Aber leider warteten dort draußen alles andere als paradiesische Zustände. Jemand hatte Gunnar Larsen getötet. Gewaltsam zu Tode gebracht, wie Gudmund sich ausgedrückt hatte. Weitere Details hatte er für sich behalten. Es wäre hilfreich für Helle gewesen, mehr zu wissen, aber offensichtlich wollte der Leiter der Kopenhagener Mordkommission sie nicht an seinem Herrschaftswissen beteiligen. Trotz dieser spärlichen Informationen musste Helle das Gespräch mit der Witwe führen.

Sie gab sich einen Ruck, stellte den Becher mit dem Chai ab und verließ das Haus.

Gunnar Larsen und seine Frau wohnten am anderen Ende des Ortes in einer kleinen Seitenstraße. Helle Holzhäuser mit rotem Dach, die eines wie das andere aussahen. Typische dänische Sommerhäuschen, wie sie die vielen Touristen, die im Sommer nach Skagen strömten, liebten.

Aber jetzt war es Winter, stockfinster und acht Grad unter null. Die Straße lag wie ausgestorben da, in keinem der Häuser brannte Licht. Helle stieg aus dem warmen Polizeiauto und suchte die Hausnummer der Larsens. Es war das letzte Haus in der Sackgasse, im Vorgarten stand ein Überbleibsel von Weihnachten, ein kleiner Baum mit Lichterkette. Ansonsten war das Häuschen schmucklos, nirgends ein Hinweis auf seine Bewohner. Kein Kranz hing an der Tür, kein selbstgetöpfertes Namensschild, keine Fußmatte mit einem humorvollen Spruch. Das Haus war wie Gunnar Larsen selbst: durch und durch nüchtern.

Helle holte tief Luft und drückte auf den Klingelknopf. Im Inneren des Hauses breitete sich ein schriller Ton aus, und kurz darauf ging das Licht an. Durch das kleine Fenster neben der Eingangstür sah Helle, dass jemand die Treppe herunterkam, aber dieser Jemand zögerte, bevor er – oder besser sie – die Tür öffnete. Kein Wunder, es war kurz nach fünf am Morgen.

»Wer ist da?« Eine Frauenstimme klang gedämpft durch die Tür.

»Polizei Skagen, Helle Jespers.«

Das blasse Gesicht Matilde Larsens erschien in der nun halb geöffneten Tür. Der Blick, mit dem sie Helle bedachte, sagte deutlich aus, dass Matilde wusste, dass etwas geschehen war. Kein Erschrecken, keine Verwunderung lag darin, eher Vorahnung.

»Entschuldige, wenn ich so früh störe. Darf ich reinkommen?«

Matilde nickte schwach und raffte instinktiv den Ausschnitt ihres Flanellnachthemds mit einer Hand zusammen. Wortlos ließ sie die Eingangstür los, drehte sich um und ging vor Helle ins Wohnzimmer. Dort machte sie Licht und ließ sich schwer in einen Ohrensessel fallen.

Helle nahm auf dem Sofa gegenüber Platz.

»Gunnar?«, fragte die Frau und wich dann rasch Helles Blick aus. Ihre Augen wanderten zum Fenster, und es schien, als wartete sie gar nicht auf eine Antwort.

Helle nickte. Sie versuchte abzuschätzen, wie die Frau, die ihr gegenübersaß, die Nachricht vom Tod ihres Mannes aufnehmen würde. Matilde schien nicht im Mindesten überrascht, dass mitten in der Nacht die Polizei an ihrer Tür klingelte.

»Ich habe einen Anruf aus Kopenhagen bekommen. Es tut mir leid, Matilde. Aber Gunnar ist ums Leben gekommen.«

Die Frau schwieg. Sie nickte unmerklich und starrte weiter in die Dunkelheit hinter dem Fenster.

Helle wartete ab. Sie beobachtete Matilde genau, nahm jede Regung in dem blassen Gesicht wahr. Aber sie wurde nicht schlau daraus. Die Witwe von Gunnar Larsen musste um die sechzig sein, aber sie hatte ein altersloses Jungmädchengesicht. Zarte Haut mit feinen Fältchen um Mund und Augen, blasse Sommersprossen, dünnes lockiges Blondhaar, in das sich silberne Strähnen mischten. Ihre Augen waren wasserblau, aber mit den Jahren ausgeblichen und verschwommen. Matilde hatte nichts Verhärmtes an sich, keinen frustrierten Zug um den Mund, aber sie wirkte auch nicht, als sei sie ein glücklicher Mensch.

Jetzt wandte sie ihr Gesicht wieder zu Helle, in ihren Augen standen Tränen. Sie öffnete den Mund, als wolle sie etwas sagen, aber sie brachte keinen Ton heraus.

»Gunnar wurde heute Nacht im Tivoli gefunden«, sagte Helle so behutsam wie möglich. »Leider weiß ich nichts über die genauen Umstände seines Todes, aber …«

Matilde Larsens Augen wurden plötzlich ganz groß, sie runzelte die Stirn und schüttelte den Kopf. Erst langsam und ungläubig, dann immer heftiger. »Im Tivoli? Das kann nicht sein! Das kann nicht Gunnar … was sollte er da tun?«

Helle stand auf und kniete sich neben den Stuhl der anderen Frau, nahm behutsam deren Hand.

»Ich weiß, das ist jetzt sehr schwer für dich. Aber im Laufe des Tages kann ich dir sicher mehr sagen.«

Matilde entzog ihr die Hand. Sie atmete schwer. So ungewöhnlich gelassen und fast schon desinteressiert sie gewesen war, als Helle bei ihr auftauchte, so heftig reagierte sie nun. Rasch erhob sie sich aus dem Stuhl und lief im Wohnzimmer hin und her. Sie schüttelte immer noch den Kopf und schien darüber nachzudenken, was sie soeben erfahren hatte.

Helle wunderte sich, dass Matilde keine Fragen stellte. Da sie selbst keinerlei Details kannte, wollte sie auch nicht näher darauf eingehen, also fragte sie Matilde, ob sie ihr einen Tee machen könne. Und ob sie jemanden benachrichtigen solle, der sich kümmern könnte. Da die Frau nicht darauf reagierte, blieb Helle einfach sitzen. Die Witwe stand unter Schock, und sie wollte sie nicht alleinlassen. Also reden.

»Matilde, kannst du mir sagen, wann du Gunnar das letzte Mal gesehen hast?« Helle zog ihren Notizblock und einen Stift hervor.

Matilde Larsen blieb abrupt stehen und dachte nach. Helle war erleichtert, dass sie noch zu ihr durchdringen konnte.

»Ich weiß nicht, Freitagmittag?« Matilde wirkte verwirrt. Hilfesuchend sah sie zu Helle. »Ich habe ihn zum Bahnhof gefahren.«

»Okay. Warum zum Bahnhof?«

»Einmal im Jahr …« Matilde stockte, verbarg ihr Gesicht in den Händen.

Helle wartete ab und legte eine Hand behutsam auf das Knie der Älteren. Schließlich hob Matilde Larsen wieder den Kopf und fuhr fort.

»Einmal im Jahr trifft er sich mit ehemaligen Kollegen aus ganz Dänemark. In Kopenhagen.«

Helle nickte und machte sich Notizen. »Um wie viel Uhr ging sein Zug, kannst du dich erinnern?«

Matilde blickte verloren zu Boden. Sie ließ die Hand, mit der sie den Ausschnitt des Nachthemds festgehalten hatte, sinken. »Mir wird schlecht«, flüsterte sie.

Helle war mit einem Satz bei ihr und fasste die Frau um die Schultern. Sie führte sie hinaus in den Flur, und Matilde steuerte mit ihrer Hilfe die Gästetoilette an. Dort sank sie auf die Knie, umklammerte die Kloschüssel und begann zu würgen. Helle kniete sich hinter sie und streichelte ihr den Rücken. Sie würde Matilde Larsen nicht alleinelassen können, die jetzt laut in die Kloschüssel schluchzte und am ganzen mageren Körper zitterte.

Helle zog ihr Handy aus der Hosentasche und überlegte, welche Kollegin sie hierherbestellen sollte. Amira, die junge Polizeianwärterin aus Afghanistan oder doch lieber Marianne, die Mütterliche. Sie entschied sich für Letztere. Ihre Sekretärin Marianne war knapp über sechzig und litt laut eigenem Bekunden an seniler Bettflucht. Es wäre also weniger schlimm, bei ihr um diese Zeit anzuklingeln als bei einer jungen Frau.

Die Schluchzer wurden jetzt weniger, auch das Zittern, und Matilde Larsen ließ den Kopf gänzlich in die Schüssel sinken. Sie murmelte jetzt leise vor sich hin, aber Helle konnte nicht verstehen, was sie sagte. Sie hatte sich gerade entschlossen, Matilde wieder aufzuhelfen und sie im Wohnzimmer auf das Sofa zu betten, als die verzweifelte Frau den Kopf hob und laut und vernehmlich sagte: »Ich war es. Ich bin schuld. Es ist alles nur wegen mir.«

Eine gute Stunde später ließ Helle sich erschöpft auf den Stuhl in ihrem Büro sinken. Trotz des dicken Pullovers und der maximal aufgedrehten Heizung fror sie erbärmlich. Übermüdung. Ihre Lider waren schwer, der Kopf fühlte sich an, als würde er gleich platzen – was durch die stickige Heizungsluft in ihrem kleinen Kabuff nicht gerade besser wurde –, und sie hätte am liebsten die Stirn auf die Schreibtischplatte sinken lassen und wäre eingeschlafen.

Stattdessen nippte sie an dem Kaffee, den ihr Kollege Jan-Cristofer ihr gerade in die Hand gedrückt hatte, und schaltete den Computer an.

Sie musste ein Protokoll des Gesprächs mit Matilde Larsen für Gudmund schreiben. Helle versuchte, darüber nachzudenken, ob und wenn ja wie sie das Quasi-Geständnis der Witwe im Protokoll erwähnen sollte. Wenn sie es unter den Tisch fallen ließ, wäre das höchst riskant. Am Ende erwähnte Matilde einem anderen Polizisten gegenüber, vielleicht sogar Sören Gudmund selbst, dass sie doch schon ein Geständnis abgelegt hatte.

Auf der anderen Seite war Helle sich völlig im Klaren darüber, dass das, was Matilde unter Schock von sich gegeben hatte, nicht als »echtes« Geständnis zu werten war. Denn als Helle es im Zuhause der Larsens endlich geschafft hatte, die weinende Witwe aufs Sofa zu betten, ihr einen Tee zu kochen und Marianne aus dem Bett zu klingeln, hatte sie noch einmal nachgefragt, was mit der Selbstbezichtigung gemeint gewesen war. Die in Tränen aufgelöste Matilde hatte eingestanden, dass sie und Gunnar schon lange getrennter Wege gingen, und sie hatte angenommen, dass Gunnar sich deshalb vielleicht etwas angetan hatte. Pflichtschuldig hatte Helle sich das Eingeständnis angehört, sich Notizen gemacht, aber die langjährige Erfahrung als Polizistin sagte ihr, dass Menschen unter Schock erstens ziemlich viele merkwürdige Dinge äußern und es zweitens ihres Wissens nach eher selten vorkam, dass sich jemand das Leben nahm, weil er seit vielen Jahren eine unerfüllte Ehe führte. Sie würde Matilde Larsen noch einmal vernehmen, wenn diese in besserer Verfassung war.

Jetzt saß Helle in ihrem Büro und musste diplomatisch begründen, warum sie Matilde Larsen nicht gleich mit auf die Polizeiwache zur Vernehmung genommen hatte. Sie nippte am Kaffee, und während der PC langsam hochfuhr, entschied sich Helle für die Formulierung, dass die Witwe des Ermordeten nicht in geistig klarer Verfassung war und unter Schock stehend sich selbst bezichtigte, am Tod ihres Mannes schuld zu sein – dabei war sie jedoch von Selbstmord ausgegangen.

Doch Helle kam gar nicht dazu, ihr Protokoll zu Papier zu bringen. Sören Gudmund war ihr zuvorgekommen und hatte ihr seinerseits bereits Unterlagen geschickt, nämlich nähere Details über den Fundort des Toten, die mutmaßliche Todeszeit und vor allem: die Todesursache.

Der kandierte Apfel, der tief in Mund und Rachen des Opfers steckte, war nicht ursächlich schuld am Tod von Larsen gewesen. Er war an einem Herzstillstand gestorben, der aller Wahrscheinlichkeit nach deshalb eingetreten war, weil der

Täter Gunnar bei lebendigem Leib und vollem Bewusstsein die Augäpfel aus den Höhlen geschält hatte.

Helle spuckte augenblicklich den bitteren Kaffee in den Papierkorb.

Kopenhagen, 12.00 Uhr

Gut gemacht, gut gemacht, das hat es gut gemacht.
Es kann stolz auf sich sein, aber wirklich!
Ob es eine Belohnung bekommt?
Eine kleine Süßigkeit, weil es so brav gewesen ist.
Weil es seine Arbeit getan hat.
Vielleicht Popcorn?
Oder kandierte Früchte?
Aber es muss vorsichtig sein, wenn es sich aus der Deckung wagt. Es darf kein Risiko eingehen.
Überall Bullen.
Es kann heute nicht im Schuppen schlafen, es muss sich ein neues Plätzchen suchen. Ein oder zwei Nächte.
Besser, es geht ein paar Tage nach Christiania. Da kann es immer untertauchen.
Aber dann muss es weitermachen, muss seine Arbeit machen. Darf nicht ruhen. Darf die anderen nicht vergessen!
Hat sich so einen schönen Plan gemacht.
Gutes Kind!
Braves Kind!
Das brave Kind bekommt eine Belohnung. Nur das brave.
Brav, brav, brav.
Aber es belohnt sich selbst, es macht jetzt den Plan selbst, es weiß, was es tut.
Es ist nicht umsonst hierhergekommen, das brave Kind.
Die weite Reise!
Alles hat das Kind gut gemacht. Hat alles geschafft, das brave Kind.

Hat den bösen Onkel bestraft.
Den ersten.
Das gute Kind wird belohnt.
Popcorn?
Oder ein kandierter Apfel?

Skagen, 12.30 Uhr

Die Polizeistation von Skagen lag an der Ausfallstraße nach Fredrikshavn. Ein flacher Bungalow aus den Sechzigern, der Linoleumboden grün wie Galle. Kleine Räume links und rechts des geraden Gangs, der vom Eingang zur Arrestzelle führte. Vor zehn Jahren hatte Helle eine zusätzliche Wand einziehen lassen, damit nicht jeder, der zu Besuch kam, gleich in den Gang stürmte, sondern von Marianne, die über den so geschaffenen Empfangstresen herrschte, aufgehalten wurde.

Eine Maßnahme, die nicht unbedingt notwendig gewesen war, aber allen ein Gefühl der Struktur und Wertigkeit gab.

Marianne war der Filter, an dem die Bagatelldelikte – Beschwerden über Lärmbelästigung, das Laub des Nachbarn oder falsch parkende Touristenautos – aufbrandeten und nur das wirklich Wichtige weitergeleitet wurde. Einfache Diebstähle, betrunkene Jugendliche oder verbale Beleidigungen durften sich die ersten beiden Zimmer links und rechts des Gangs teilen. In dem einen saßen Ole, Helles politisches Sorgenkind, und Amira, erstes Ausbildungsjahr. Jan-Cristofer, der bereits mehrere Jahre auf dem Buckel hatte und mit Helle seit ihren gemeinsamen Anfangsjahren Dienst schob, saß in dem Kabuff gegenüber. Zwei Schritte weiter auf dem gallegrünen Flur waren die Toiletten und erst danach das Chefzimmer von Helle links, die Arrestzelle rechts.

Keine Kaffeeküche. Kein Archiv. Kein separater Raum für Verhöre.

Alte Akten stapelten sich überall, wo auch nur ein Zentimeter Platz war. Oder wo Marianne Platz schuf. Tag für Tag räumte sie beständig Papierstapel von hier nach dort. Von ihrem Tisch in das Billy-Regal neben der Wartebank am Eingang. Vom Regal in das Zimmer von Ole und Amira. Hier nahm sie ein paar Ordner, »K-P 1986« oder »Anträge 1974«, um sie bei Jan-Cristofer oder Helle zu verstauen. Was dort keinen Platz mehr fand, wurde geschreddert oder nach Fredrikshavn gebracht.

Verhöre – oder Befragungen, wie Helle es lieber nannte – wurden in den Dienstzimmern geführt. Oder bei einer Zigarette im Garten. Was so Garten genannt wurde. Ein Grünstreifen rund um den Bungalow, drei weiße Plastikstühle und ein Aschenbecher aus Beton.

Kaffeeküche wozu?

Marianne brachte ihre Thermoskanne mit. Damit versorgte sie Ole und Jan-Cristofer, Amira trank Tee, den sie sich mit ihrem Wasserkocher zubereitete. Helle hatte einen Porzellanfilter und goss per Hand auf. Wer Kaffee trinken wollte, musste sich eine abgespülte Tasse aus der Toilette holen, dort stapelte Marianne sie nach dem Abspülen auf dem karierten Geschirrhandtuch auf der Ablage unter dem Spiegel.

Helle goss zum dritten Mal heißes Wasser in den Filter mit dem Kaffeepulver. Sie mochte diese Art der Zubereitung, die Zeit, Sorgfalt und Aufmerksamkeit erforderte, viel lieber als die komplizierte Bedienung des »Biests«, wie sie die monströse italienische *Gaggia*-Kaffeemaschine zu Hause nannten.

Der Duft des frisch gebrühten Kaffees erfüllte den kleinen Raum und verdrängte den Geruch von altem Papier, das sich an den Wänden stapelte, dem Fisherman's-Friend-Bonbon, das Jan-Cristofer lutschte, damit niemand roch, dass er noch immer eine Fahne hatte, und dem blumigen Parfum Mariannes.

Helle beobachtete, wie das Wasser am Rand des Filterpapiers schäumte und dann langsam durch das Kaffeepulver sickerte, bis nur noch eine dunkle lehmige Masse zurückblieb, die sie irgendwann am Abend, nach Feierabend, auf dem Grünstreifen verteilen würde.

Als der letzte Tropfen versickert und in der Kanne gelandet war, setzte Helle den Filter behutsam ab, nahm die Kaffeekanne und drehte sich um. Vier Gesichter blickten ihr erwartungsvoll entgegen.

Mord. Kaum einer ihrer Leute hatte das hier bisher erlebt. Hier in Skagen. Einzig für Helle und Jan-Cristofer war es in ihrer langen Berufslaufbahn nicht das erste Mal, dass sie mit gewaltsam zu Tode gebrachten Menschen konfrontiert wurden. Helle hatte Selbstmörder gesehen, Drogenopfer, aber auch – angefangen mit dem kleinen Mädchen – Tote, die durch Gewalt anderer gestorben waren. Wie auch der Junge auf dem Frühlingsfest. Aber nichts war auch nur annähernd so makaber gewesen wie die Art des Todes von Gunnar Larsen. Das war weit entfernt von Routine, und Helle ahnte, dass es in den kommenden Tagen und Wochen aufregend werden würde – für sie alle.

»Mord. In Skagen!« Ole hibbelte auf seinem Stuhl herum. Der junge Beamte hatte ein unbestimmtes Glitzern in den Augen, guckte aufgeregt von Helle zu seinen Kollegen und konnte nicht still sitzen.

»Genau genommen nicht in Skagen, Ole.« Helle goss ihm Kaffee in den Becher und verkniff sich zu erwähnen, dass es sich um einen ganz besonders guten Kaffee handelte, Sina hatte ihn ihr geschickt, von »Riccos« in Vesterbro.

»*Holy shit*, ausgerechnet Gunnar!« Ole schien gar nicht gehört zu haben, was sie gesagt hatte, und Helle nahm sich vor, den Jungen im Auge zu behalten. Vermutlich sah er sich schon in Kopenhagen bei der Mordkommission, und so fleißig Ole auch war, Aktionismus würde ihnen in diesem Fall nicht gut bekommen.

Amira legte eine Hand über ihre Tasse und schüttelte lächelnd den Kopf, als Helle ihr Kaffee anbot.

»Gunnar wurde im Tivoli ermordet. Und der befindet sich noch immer in Kopenhagen, Ole. Du darfst mich gerne eines Besseren belehren.«

Jan-Cristofer hielt ihr seinen Becher hin, die Hand zitterte leicht.

»Dementsprechend ist es der Fall von Sören und seinen Leuten«, fuhr Helle unbeirrt fort. »Wir sind lediglich um Amtshilfe gebeten worden.« Nicht einmal das, fügte sie insgeheim hinzu. Dieser Gudmund hatte sie losgeschickt wie eine Streifenpolizistin.

»Was ist denn nun wirklich passiert?« Marianne saß aufgerichtet, das Kreuz durchgedrückt, der ausladende Busen wies nach vorne oben, und sie führte ihre Kaffeetasse grazil zum gespitzten Mund, der kleine Finger weit abgespreizt.

Helle nickte dankend. Eigentlich wusste Marianne als Einzige außer ihr, was mit Gunnar Larsen geschehen war, weil sie den Bericht von Sören ausgedruckt und selbstverständlich sofort gelesen hatte. Aber sie tat alles, um ihrer Chefin zur Seite zu springen. Helle schätzte ihre Treue und Umsichtigkeit sehr.

»Zwei Wachmänner haben heute Nacht gegen drei Uhr das Geräusch eines Fahrgeschäftes gehört. Es hat sich herausgestellt, dass eines der Karusselle in Betrieb war …«

»Welches?« Ole wieder. Atemlos.

»Galejen.«

Jan-Cristofer sog scharf die Luft ein. »Ausgerechnet! Damit sind wir mit Markus immer gefahren.« Kurz huschte ein dunkler Schatten über sein Gesicht, die Hand mit dem Kaffeebecher zitterte noch stärker.

»Es stellte sich heraus, dass in einem der Wagen ein Mann saß«, fuhr Helle fort, ohne auf den Kommentar einzugehen. »Gunnar. Er war tot. In seinem Mund steckte ein kandierter Apfel. Aber daran ist er nicht gestorben. Er hat einen Herzstillstand erlitten. Der Gerichtsmediziner mutmaßt – aber das ist noch nicht belegt –, dass sein Herz stehen geblieben ist, weil ihm jemand bei lebendigem Leib die Augäpfel aus den Höhlen geschält hat.«

Marianne ließ die Kaffeetasse langsam sinken und beobachtete gespannt die Reaktion ihrer Kollegen.

Amira zog lediglich die Brauen zusammen und Jan-Cristofers Gesicht nahm die Farbe des Linoleumbodens an.

Ole war nun nicht mehr zu halten. Er sprang von seinem Stuhl auf, die schwarze Flüssigkeit schwappte aus seinem Becher auf den Boden, aber das bemerkte er gar nicht. »Fuck! Wow!« In seinem Gesicht wechselte sich Abscheu mit Faszination ab, Ekel mit Neugier.

»Ole, bitte. Das ist nicht angemessen.«

»Ja, klar. Sorry. Aber … ich meine, so was!« Der große Junge sah seine Kollegen an. »Dass so was echt passiert! Geil.«

Sie schwiegen. Und sahen betreten zu Boden. Ole trat verlegen von einem Bein aufs andere, dann setzte er sich wieder auf seinen Stuhl.

Helle starrte die Kaffeelache zu seinen Füßen an. Sie spürte, wie ihr plötzlich der Schweiß ausbrach, der dicke Strickpullover mit dem engen Ausschnitt bereitete ihr Pein, sie zog am Bündchen, aber es half nicht. Sie hatte das Gefühl, gleich umzukippen, und riss sich den Pulli über den Kopf. Jetzt schauten die Kollegen ihr ins Gesicht, die jüngeren überrascht, Jan-Cristofer mitleidig, Marianne lächelte wissend. Helles Haare standen elektrisch aufgeladen zu Berge, unter ihren Achseln färbte der Schweiß das hellblaue Hemd dunkel.

»Ach verdammt!« Sie riss gereizt das Fenster auf. Zwei tiefe Atemzüge von der eiskalten Winterluft, dann musste es wieder gehen. Resolut drehte sie sich um. »Die Mordkommission unter der Leitung von Sören Gudmund wird sich um den Fall kümmern. Ich glaube nicht, dass sie die Absicht haben, uns mit einzubeziehen …«

»Ich würde das nicht vorschnell ausschließen.«

Er stand ganz plötzlich in der Tür. Helle hatte nicht gehört, dass er die Polizeistation betreten hatte. Kein Rufen, kein Klopfen, keine Schritte auf dem Gang.

Vorstellen musste er sich nicht. Sie wusste auf den ersten Blick, dass der Leiter der Mordkommission Kopenhagen vor ihr stand. So groß wie sie, oder vielmehr genau so klein. Drahtig. Eine Figur wie ein Rennradfahrer. Durchtrainiert, das sah sie durch den eleganten leichten Mantel. Grauer Bürstenhaarschnitt. Eisblaue Augen mit stecknadelkopfkleinen Pupillen. Das Kinn schob er vor und blickte ihr direkt in die Augen.

Automatisch wanderte Helles Hand zu ihren Haaren, obwohl sie wusste, dass sie nichts mehr ausrichten konnte. Vorne klebten sie an der feuchten Stirn, der Rest lag von ihrer Wollmütze plattgedrückt am Kopf, nur oben, da standen sie noch immer elektrisch in die Höhe. Ihre Hand zuckte zurück, auch weil sie die Arme doch lieber an den Körper presste, um der Schweißflecken willen.

Sören verzog den Mund. Verdammt, sollte das ein Lächeln sein?

Hinter ihm erschien ein weiterer Mann. Groß, ebenfalls durchtrainiert, mit schwarzer Lederjacke und Schlägervisage.

»Das ist mein Kollege, Hauptkommissar Ricky Olsen.« Gudmund wandte den Blick nicht von ihr ab, und Helle spürte, wie ihr erneut der Schweiß ausbrach. An der Innenseite der Oberschenkel klebte die Stoffhose an der Haut, es juckte. Seit einiger Zeit probierte Helle es dort mit Rasieren, in der Hoffnung, dass sie dann weniger schwitzen würde, aber das machte alles nur noch schlimmer, es hatten sich Pusteln in der Leiste gebildet. Manchmal erwischte sich Helle dabei, wie sie dort kratzte, unanständig, wie ein Mann, der sich nicht beherrschen konnte.

»Und das hier«, Sörens Kinn zuckte kurz zu Helle, »ist die Polizistin vor Ort. Helle Jespers.«

»Hauptkommissarin Jespers.« Helle stemmte sich vom

Schreibtisch ab und streckte den Arm in Richtung ihrer Kollegen aus der Hauptstadt. Aber keiner der beiden machte Anstalten, ihre Hand zu ergreifen. Der Riese hinter dem Kleinen tippte sich nur grüßend an die Stirn.

Helle versuchte, die Unhöflichkeit zu ignorieren. »Und das hier sind meine Mitarbeiter …«

»Ich warte noch immer auf deinen Bericht«, fiel Sören ihr ins Wort. »Meinen hast du vor drei Stunden bekommen, also …?«

»Ich bin noch nicht dazu gekommen.«

Warum rechtfertigte sie sich? Helle war wütend, aber statt ihre Wut an dem auszulassen, der sie hervorgerufen hatte, machte sie sich klein. Typisches Verhaltensmuster, so war es mit ihrem Vater schon gewesen. Das hatte sie jahrelang mit ihrer Therapeutin besprochen. Hatte versucht, das Muster zu durchbrechen, aber dann rutschte sie doch wieder hinein. Gerade jetzt. Zeig's ihm, Helle, lass dich nicht ins Bockshorn jagen. »Du hast ihn in einer halben Stunde. Wir machen erst einmal eine Lagebesprechung.«

Die rechte Augenbraue des Leiters der Mordkommission wanderte steil nach oben. »Also gut. Halbe Stunde.« Er sah auf seine Uhr. Apple Watch. »In der Zwischenzeit bin ich bei der Witwe. Meine Leute sind schon dort und sehen sich um. Ich nehme an, du hast dort jemanden abgestellt?«

Helle guckte fragend zu Marianne. Die biss sich auf die Lippe, bevor sie zögernd antwortete. »Ich habe Matilde eine halbe Valium gegeben, damit sie schlafen kann. Und die Nachbarin gebeten, bei ihr zu bleiben.«

Der lange Typ formulierte stumm das Wort »Provinz«.

»Matilde Larsen ist ja wohl nicht dringend tatverdächtig, es besteht auch keine Fluchtgefahr, also habe ich keinerlei Veranlassung gehabt, sie unter Bewachung zu stellen.« Helle ergriff die Flucht nach vorn, obwohl sie wusste, dass da eine Wand war. Eine massive Wand aus Beton, mit eisblauem Blick und grauem Haar.

»Wir unterhalten uns später über deine *Do's and Don'ts.*«

Sören Gudmund drehte ab und verließ hinter seinem Bodyguard das Zimmer. Erst, als das Klackern seiner Lederschuhe verklungen war – warum hatten sie das Geräusch beim Hereinkommen eigentlich nicht gehört, fragte Helle sich –, wagten sie es, Luft zu holen.

»Haben die keinen Winter im verdammten Kopenhagen?«, brach Jan-Cristofer das angespannte Schweigen.

Amira kicherte. »Habt ihr das gesehen? Diese Lederschühchen.«

»Keine Mütze, kein Anorak, keine Handschuhe.« Jan-Cristofer kam richtig in Fahrt. »Die sitzen wohl nur in ihrem Büro, da unten bei der Mordkommission.«

»Das war die Mordkommission?« Ole schien sich nicht lustig machen zu wollen. »Cool.«

»Am Arsch.« Jan-Cristofer schenkte sich mit zitternden Händen Kaffee nach. Helle nahm sich vor, heute Abend mit Bengt über ihn zu reden. Er war ein Freund der Familie, sie sollten etwas tun. Laut sagte sie: »Wir machen weiter, wo wir stehen geblieben sind. Marianne erzählt uns, was wir im Archiv über Gunnar haben.«

»Nicht, bevor ich die Zimtschnecken geholt habe.« Marianne erhob sich mit leichtem Ächzen. »Sonst ist mir von diesem Auftritt den ganzen Tag lang schlecht.«

Helle brauchte zehn Minuten für den Bericht. Aus Verärgerung unterschlug sie, dass Matilde sich selbst bezichtigt hatte. Helle formulierte es vorsichtiger: »... gab sich die Ehefrau des Verstorbenen die Schuld an seinem Tod, weil sie sich emotional bereits aus der Ehe verabschiedet hatte. Die Befragte ging dabei von einem möglichen Suizid ihres Mannes aus.« Nicht gelogen, aber eben nur die halbe Wahrheit.

Rasch überflog Helle die Dreiviertelseite, bevor sie auf Senden klickte. Mehr war über ihren Besuch bei Matilde nicht zu sagen. Mehr hatte Sören Gudmund auch nicht von ihr verlangt, also bitte.

Der Ton der abgesandten Mail war kaum verklungen, da spürte Helle, wie sich bleierne Müdigkeit ihrer bemächtigte. Es war kurz vor eins, Mittagszeit. Seit wie vielen Stunden war sie wach? Achteinhalb? Eine Zimtschnecke im Magen, den Pfannkuchen von heute Morgen und sehr, sehr viel Kaffee. Sich jetzt hinlegen können. In der bequemen Kuschelhose, mit dicken Socken, eines der Sofakissen auf dem Bauch und drei unter dem Kopf. Helle schloss die Augen und träumte sich nach Hause, in ihr Wohnzimmer. Sie sah das Flackern des Kaminfeuers und roch das Rehgulasch, das Bengt für sie aufwärmen würde. Das Wasser lief ihr im Mund zusammen, sie spürte, wie sie sich augenblicklich entspannte – da vibrierte ihr Handy und zeigte den Eingang einer Nachricht an. »Bericht ok. Komme um 14 Uhr. SG«

Eine Stunde, und wenn sie dann nichts Brauchbares vorzeigen konnte, würde sie nicht den Hauch einer Chance haben, an den Ermittlungen mitzuarbeiten, das wusste Helle. Im Grunde hatte sie sich vorhin schon ins Aus geschossen.

Die Faktenlage war dünn. Über das Opfer, Gunnar Larsen, gab es nichts. Weniger als nichts. Er wurde 1951 in Alborg geboren, als mittleres von drei Kindern. Der Vater Tierarzt, die Mutter Hausfrau. Grundschule, Gymnasium, Lehramtsstudium. Eine bruchlose Laufbahn, kein Auslandsaufenthalt, keine Einträge im Polizeiregister, nicht einmal falsch geparkt hatte Gunnar in seinem ganzen Leben. Matilde hatte er 1978 geheiratet, sie war Kindergärtnerin gewesen. Helle notierte sich ein Fragezeichen, wohl wissend, dass es sie kein bisschen weiterbringen würde.

Die Ehe war kinderlos geblieben. Warum? Wieder ein Fragezeichen. Das könnte schon eher von Bedeutung sein. Hatte Gunnar eventuell Befriedigung außerhalb der Ehe gesucht? Oder Matilde? Laut ihrer Aussage gingen sie bereits länger getrennte Wege. Aber die Tatsache, dass sie noch zusammen in einem Haus wohnten, ließ nicht gerade auf eine total zerrüttete Beziehung schließen. Oder doch? War alles nur Fassade?

Helle schloss die Augen und rief sich ihren ersten Eindruck von der Witwe in Erinnerung, als sie ihr gesagt hatte, dass ihr Mann tot war.

Verwirrt.

Aufgelöst.

Schuldbewusst.

Hysterisch.

Keine tiefe emotionale Erschütterung, keine Wärme oder Liebe. Sie würde noch einmal mit Matilde sprechen müssen, dieser Frau, die auf den ersten Blick ebenso blass erschien wie ihr Mann farblos. Trotzdem hatte Helle geglaubt, eine Kraft und Zähigkeit in dieser Person zu spüren, der sie auf den Grund gehen wollte.

Sie las noch einmal lustlos Gunnars Lebenslauf, so wie Marianne ihn in der Kürze der Zeit rekonstruiert hatte, aber da war nichts, was ihre Aufmerksamkeit erregte.

Nichts, was die Folter, die Gunnar über sich hatte ergehen lassen müssen, erklärte.

Im vorläufigen Bericht über den Zustand des Toten, den Sören ihr geschickt hatte, stand, dass Gunnar tadellos gekleidet war, lediglich auf seinem Wintermantel waren Blutspuren. Sein eigenes Blut, wenig verwunderlich, wenn man daran dachte, was ihm angetan worden war. Seine Hände waren mit Gaffa-Tape hinter dem Rücken gefesselt worden.

Der Aussage eines der Wachmänner entnahm Helle, dass er Schritte gehört hatte, kurz bevor sie den Toten im Karussell aufgefunden hatten. Der oder die Mörder? Ein Zeuge?

Helle grübelte, wie es möglich war, einen erwachsenen Mann von Gunnars Statur, der zwar sehr schlank gewesen war, aber immerhin mittelgroß, quer durch den Vergnügungspark zu transportieren und in eines der kleinen Wikingerschiffe zu setzen. Ein toter Körper war schwer. Um Gunnar zu tragen, musste man entweder kräftig sein – eine Frau war damit ausgeschlossen – oder nicht allein. Oder man hatte ein Hilfsmittel, wie eine Schubkarre. Die aber hätte das Wachpersonal oder spätestens die Polizei gefunden. Der Wachmann, der die Schritte gehört hatte, war außerdem felsenfest davon überzeugt, lediglich die Schritte einer Person gehört zu haben.

Wenn Gunnar getötet worden war, bevor er in das Karussell gesetzt wurde – wo hatte man ihn dann gefoltert? Er musste mächtig geschrien haben, sollte es im Tivoli geschehen sein, musste es irgendjemand gehört haben. Der Vergnügungspark lag mitten in der Stadt, in der Nähe des Hauptbahnhofs. Die Vesterbrogade lief direkt daran entlang, sie war Tag und Nacht belebt. Fußgänger, Radfahrer, Autos. Irgendjemand musste etwas gehört oder gesehen haben.

Helles müdes Gehirn wachte wieder auf, während sie über dem Fall grübelte. Wie gern wäre sie sofort losgestapft und hätte sich an die Arbeit vor Ort gemacht. Spuren suchen, Leute befragen. Aber diese Art der Kriminalarbeit war vollkommen überholt, von vorgestern. Seit sie Polizistin war, wurde nicht mehr so gearbeitet. Es war keine One-Man-Show und schon gar keine One-Woman-Show, wenn es das überhaupt gegeben hatte. Columbo war der Letzte gewesen, der so gearbeitet hat.

Heute wurden Teams von Tür zu Tür geschickt, um Befragungen durchzuführen. Und die Spurensicherung machte sich an die Arbeit, ausgebildete Kriminaltechniker.

Was also würde für sie zu tun bleiben?

»Nichts.« Sören verzog den Mund zu dem, was er für ein Lächeln hielt, aber es blieb eine Fratze. »Wir haben uns an die Arbeit gemacht, mein Team und ich. Mein Kollege Olsen bleibt heute noch vor Ort. Er wird die Befragungen im Umfeld des Toten weiterführen. Du kannst ungestört deiner Arbeit nachgehen. Falschparker aufschreiben und Ladendiebe überführen.«

Er erhob sich und zog den schmalen Mantel mit einem Ruck vor der Brust zusammen. Helle blieb sitzen und sah zu ihm auf.

»Natürlich, wenn ich deine Hilfe benötige, melde ich mich.«

Ohne ihr die Hand zu geben, machte Sören Gudmund auf dem Absatz kehrt.

»Wie kann ich auf dem Stand der Ermittlungen bleiben?«, wagte Helle einen vorsichtigen Vorstoß.

Gudmund stoppte und tat, als würde er überlegen. »Ich denke, das ist vorerst nicht nötig. Du bekommst einen Abschlussbericht. Das ist doch selbstverständlich. Unter Kollegen.« Er grinste. Dieses Mal sah es echt aus. Echt süffisant. »Bis dahin möchte ich dich bitten, die Füße stillzuhalten. Es sei denn, du erfährst etwas Relevantes. Dann darfst du mich gerne jederzeit kontaktieren.«

Helle wartete wieder, bis das Klappern seiner Absätze verstummt war. Dann erhob sie sich, todmüde, und ging nach vorne zu Mariannes Empfangstresen. Sie schnappte sich vom Teller eine weitere Zimtschnecke, lehnte sich zu Marianne über den Tresen und fragte mit vollem Mund: »Die Sekretärin aus Gunnars Gymnasium – ist die nicht eine Freundin von dir?«

Marianne antwortete mit einem vielsagenden Augenaufschlag, dann legte sie Mittel- und Zeigefinger übereinander und hob sie demonstrativ vor Helles Gesicht. »So!«

Helle nickte und schluckte den Rest des Zimtweckens hinunter. »Ruf sie an und sag ihr, dass ich vorbeikomme. Sie kann schon mal Kaffee aufsetzen.«

Helle hatte ihr Zimmer noch nicht wieder erreicht, da hörte sie, wie Mariannes Fingernägel auf der Telefontastatur klackerten. Helle grinste.

Kopenhagen, 14.00 Uhr

Die halbgerauchte Zigarette drückte er mit der Schuhspitze aus und kickte sie in den Schneehaufen neben dem Weg. Da hinten kam die Schulklasse. Lustlos und verfroren, Kinder wie Lehrer. Die Klassenleiterin lief vorneweg, die Mädchen in ihren Parkas mit Pelzkragen oder diesen lustig bunten Daunenjacken hinterher, in kleinen Grüppchen, mit ihren Smartphones beschäftigt. Es folgte der Lehrer, der seine Sporttasche grimmig umklammerte, hinter ihm schlurften die Jungs. Adidas-Sporthosen, Kapuzenpullis, der Blick nach unten gerichtet, Kopfhörer im Ohr.

Sport in der siebten und achten Stunde. Schwimmunterricht im Winter. Bei Temperaturen unter null. Begeisterung sah anders aus.

Er kannte das. Er hatte lange genug Schwimmtraining gegeben. Aber er hatte sie immer begeistern können. Ein paar coole Sprüche, Aufwärmübungen, ein kumpelhafter Knuff hier, ein bisschen Kitzeln, zum Anfang eine Runde Wasserball und dann hatten die Kids ihre schlechte Laune vergessen. Oder nicht?

Er sah zu, dass er vor der Schulklasse ins Bad kam, um nicht aufzufallen. Außerdem konnte er sich dann einen taktisch günstigen Platz in der Umkleide aussuchen. Ganz unauffällig am Rand, aber so, dass er alles sehen konnte. Möglichst alles.

An die Kasse musste er nicht, er hatte eine Jahreskarte, die musste er nur durchziehen. So war es ihm lieber. Wer so oft kam wie er, wurde wiedererkannt. Irgendwann angesprochen. Ein Stammkunde, mit dem man hier und da ein wenig plaudern konnte. Das war nicht in seinem Sinn. Gar nicht.

Drinnen, im Becken, kannten ihn die Bademeister. Das ließ sich nicht vermeiden, aber bei Schwimmern war das nichts Ungewöhnliches. Immer zur gleichen Zeit seine Bahnen schwimmen, mehrmals die Woche. Man war schließlich Sportler und musste im Training bleiben. Außerdem trug er eine Badekappe und Brille. Die Hose wechselte er in regelmäßigen Abständen. Vor allem aber stellte er sich nicht so dumm an wie manch anderer.

Ja, es gab sie. Einige außer ihm. Er erkannte sie sofort. Daran, dass sie am Beckenrand blieben, die Kinder mit fiebrigen Augen verfolgten. Manche stierten ungeniert, gaben sich nicht einmal den Anschein, als seien sie zum Schwimmen in die Halle gekommen.

Er war raffinierter. Zog seine Bahnen. Blieb mit dem Kopf unter Wasser. Was auch seinen Reiz hatte. Manchmal schwamm er hinter einem der Jungen her und sah, wie dieser beim Schwimmen die Beine spreizte.

Aber jetzt stand er in der Umkleide und zog sich aus. Die Badehose hatte er schon an. Langsam und umständlich räumte er seine Sachen in den schmalen Spind und beobachtete aus den Augenwinkeln, wie die Jungs in die Umkleide kamen. Einer setzte sich, eine Armlänge von dort entfernt, wo er stand. Schob sich die Sneakers von den Füßen und pfefferte sie unter die Bank.

Er spürte, wie das Kribbeln kam. Das leichte Zittern von der inneren Anspannung. Die Vorfreude darauf, wenn der Junge sich nach und nach aus den Klamotten schälte. Das Sweatshirt über den Kopf streifen würde, danach das T-Shirt. Er könnte einen Blick auf den Oberkörper riskieren, auf die schmale Brust, den Bizeps, die eckigen Schultern, die zarte haarlose Haut. Manche hatten schon den ersten dunklen Haarstreifen, der sich vom Schritt zum Bauchnabel zog.

Das war nichts für ihn. Dann war es vorbei, er verlor das Interesse. Er mochte sie am liebsten, wenn sie im Dazwischen waren. Keine Kinder mehr und noch keine Männer. Wenn sie blühten. Diese Mischung aus kindlicher Unberührtheit und erotischem Verlangen.

Er sog die Luft scharf ein, und der Junge auf der Bank neben ihm sah kurz zu ihm auf. Rasch steckte er den Kopf in den offenen Spind und tat, als würde er in seinen Sachen nach etwas suchen. Das passierte ihm immer wieder. Er hatte sich nicht immer perfekt unter Kontrolle. Wenn er nicht aufpasste, vermasselte er es. Er sollte zusehen, dass er ins Bad kam, sonst würde man ihn für einen Spanner halten. Die Jungs waren auf der Hut.

Rasch schloss er den Spind, zog sich die Badekappe auf den Kopf, rückte seine Schuhe unter der Bank noch einmal gerade, so konnte er einen Blick auf die Waden des Jungen riskieren – dunkelblonde Haare, sicher waren sie noch weich, wie gerne hätte er sie berührt, einmal darüber gestreichelt. Aber er beherrschte sich, musste sich beherrschen und ging zu den Duschen.

Hier standen zwei ältere Männer. Er zog es deshalb vor, in die Einzelkabine zu gehen. Er genoss den warmen Strahl auf seiner Haut und fasste sich in den Schritt. Das Kribbeln wurde stärker, und er spürte, wie sich sein Penis versteifte. Sofort drehte er das Wasser auf kalt und nahm die Hand weg. Er durfte keine Erektion haben, wenn er durch die Schwimmhalle lief.

Aber er fühlte sich gut, er konnte sich doch kontrollieren, mit seiner Lust spielen.

Die Halle durchquerte er mit gesenktem Blick. Stellte seine Badeschuhe an den Rand und ließ sich schwerfällig ins Wasser gleiten. In die Bahn, die direkt neben der Absperrung für die Schulklassen lag. Die Mädchen waren schon im Wasser. Aber er verschwendete keinen Blick an sie, sie interessierten ihn nicht. Er wartete auf die Jungs. Der Schwimmlehrer kam bereits aus der Dusche und lief zielstrebig zu dem Raum mit den Utensilien. Bretter, Bälle, Poolnudeln. Das war für ihn das Signal, um unterzutauchen. Er benetzte die Brille mit Wasser und zog sie sich über den Kopf. Blinzelte das Wasser weg und stieß sich vom Beckenrand ab. 2000 Meter, 40 Bahnen, 40 Minuten. Brust, Kraul, Delphin. Zwei Bahnen auf dem Rücken zum Schluss, zur Entspannung. Danach würde er in den Whirlpool gehen oder den Massagestrahl im Salzwasserbecken genießen. Der Schwimmunterricht der Jungen würde ungefähr zur gleichen Zeit enden, dann hatten die Kinder meistens noch eine Viertelstunde, um zu tun, was sie wollten. Die meisten setzten sich dann in den Whirlpool, zusammen mit den Mädchen. Manche machten sich noch einen Spaß aus der Rutsche, gaben sich cool. Aber der Whirlpool war viel besser. Wenn er so voll war, musste man nah aneinanderrücken. Manchmal streifte sein Bein das eines der Jungen. Dann lief ein Zittern durch seinen Körper und er hatte große Mühe, sich gleichgültig zu geben.

Aber jetzt zog er seine Bahnen. Achtete darauf, dass er nicht zu schnell war, sonst konnte er das Feld nicht gut sondieren. Die Schüler schwammen neben der Absperrung. Wie so oft wärmten sie sich mit Wasserball auf. Dann blieb er länger unter Wasser, beobachtete ihre Unterkörper. Die langen Badehosen, die die Teenager heute trugen, gefielen ihm nicht. Er mochte die kurze, knappe Bademode lieber, wie man sie in seiner Jugend getragen hatte. Das hatte den Hintern betont. Diese festen runden Halbkugeln mit der Einkerbung. Er stellte sich vor, wie er seine Hand auf einen dieser Hintern legen würde.

Die Erektion kam. Er genoss das Gefühl der Schwerelosigkeit, das Wasser, das ihn umfing, sanft, wie ein Streicheln. Dazu die Lust zwischen seinen Beinen, die ihn beflügelte, die nicht brutal war und gemein, die nicht wehtat, die ihn einfach nur glücklich, leicht und schön machte. Dann spürte er nicht, wie alt er war, wie dick und plump. In seiner Phantasie war er dann so, wie er jetzt war: geschmeidig. Flink. Agil. Begehrenswert. So wie er die jungen Burschen begehrte. Sich vorstellte, wie er sie berührte und wie sie ihn berührten.

Der Ball flog über die Absperrung, das passierte immer, und er bemühte sich, ihn aufzufangen, wie zufällig. Es gelang ihm auch dieses Mal, einer der Jungen, der sich direkt an der rotweißen Absperrung aufhielt, lächelte ihn an und hob die Hand, dass er den Ball zu ihm spielen sollte. Der Junge war hübsch, leider hatte er unreine Haut, das mochte er nicht. Er mochte nur die Strahlenden, die Reinen. Ohne Bartwuchs und Pickel.

Also tauchte er wieder unter Wasser und schwamm weiter. Die Erektion war verschwunden, die kleinste Störung seiner Phantasie, und es war vorbei.

Aber er wusste: die Stunde war noch nicht vorüber. Er würde jetzt ein paar Bahnen ziehen und dann einen neuen Anlauf starten. Nah an die Absperrung tauchen. Eine kurze unauffällige Verschnaufpause am Beckenrand machen. Oder nachher, im Whirlpool oder an der Massagedüse im Salzwasserbecken … Es gab Möglichkeiten. Das Schwimmbad war optimal. Zwei Mal in der Woche ging er hierher. Wenn er es nicht aushielt in seiner Wohnung, allein mit seinen Phantasien, immer vor dem Computer, dann kam er auch schon mal außer der Reihe hierher. Die Versuchung war zu süß.

Anfangs war er am Wochenende ins Schwimmbad gegangen. Anfängerfehler. Es war voll, deshalb war auch das Angebot gut. Aber es waren zu viele Familien, kleine Kinder. Mütter – vor allem die Mütter – waren vorsichtig, insbesondere alleinstehende Männer erregten ihr Misstrauen. Man stand ständig unter Beobachtung. Das wollte er nicht. Es kostete zu viel Mühe, die Erregung zu verbergen. Oder sie war sofort dahin, wenn die Kleinkinder um ihn herum zeterten. Und die Angst vor Entdeckung war zu groß.

Dann war er auf die Idee mit den Schulklassen gekommen. Es war so einfach gewesen! Im Eingang des Schwimmbades hing sogar ein Plan aus, wann bestimmte Bahnen für das Schulschwimmen gesperrt wurden. Er hatte daraufhin verschiedene Zeiten ausprobiert. Grundschüler und Kindergartenkinder waren uninteressant. Aber irgendwann hatte er raus, wann die Großen kamen. Und dann kam auch er.

Dienstag und Donnerstag. Eine neunte und eine zehnte Klasse. Er hatte sich schon ein paar Favoriten herausgepickt. Einer der blonden Jungs, nicht so groß, vielleicht eins siebzig, mehr ein Kind als ein junger Mann. Er hatte längeres lockiges Haar, war flink, hatte ein loses Mundwerk und schwamm gut. Einmal hatte er es geschafft, die Dusche neben ihm zu bekommen. Aber das war schon zu viel gewesen, zu nah. Er hatte das Duschen abbrechen müssen und sich in der Toilette eingesperrt, weil er seine Erregung nicht verbergen konnte.

Manchmal hatte er das Gefühl, als beobachtete der Lehrer ihn misstrauisch. Ob er ihm schon aufgefallen war? Er musste auf der Hut sein.

Ein schriller Pfiff schallte durch die Halle und gemahnte die Klasse daran, dass die Aufwärmzeit vorüber war. Einer der Buben räumte den Ball weg, dann stellten sie sich in einer Reihe hintereinander an den Beckenrand. Der Lehrer erklärte die Übung.

Er nahm das zum Anlass, seine Bahnen zu unterbrechen und eine Pause am Beckenrand zu machen. Vorgeblich, um seine Brille noch einmal ab- und wieder anzuziehen, tatsächlich, um einen Blick zu riskieren. Als die Jungen einer nach dem anderen mit einem Hecht ins Becken sprangen und ihre Bahnen schwammen, stieß auch er sich ab und schwamm weiter. Er konnte sie unter Wasser beobachten, ihre flachen Bäuche, gestreckt, die sich im Rhythmus der Armbewegungen leicht nach oben und wieder nach unten drehten. Ihre geraden und muskulösen Beine, die kleinen Paddelbewegungen ihrer Füße und die weit ausholenden Kraulbewegungen ihrer Arme. Muskulös, sehnig, und gleichzeitig so zart und zerbrechlich.

Er war eine Minute etwa neben einem Schüler geschwommen und hatte ihn beobachtet, jetzt ließ er sich zurückfallen, um den zweiten Jungen in Augenschein zu nehmen. Doch unversehens bekam er einen Hieb an den Kopf, an die Schläfe, für den Bruchteil einer Sekunde blieb ihm der Atem weg. Er stoppte und kam mit dem Kopf aus dem Wasser. Kurz war ihm richtiggehend schwarz vor den Augen geworden.

Er sah sich um, und hinter ihm tauchte eine schwarze Badekappe auf und ab. Ein Schwimmer, der ihm entgegengekommen war, hatte ihn wohl mit dem Fuß am Kopf getroffen und selbst nichts davon gemerkt. So ein Arschloch! Wie gerne hätte er gerufen oder wäre dem Typ hinterhergeschwommen, hätte ihn eingeholt, umklammert und untergetaucht, bis ... Der musste aufpassen!

Aber er tat nichts von alldem, damit hätte er Aufmerksamkeit auf sich gezogen, und das konnte er sich nicht leisten. Er paddelte noch ein bisschen auf der Stelle, wenn der Typ mit der schwarzen Badekappe zurückkam, würde er ihn treten, aber wie!

Zu seinem Bedauern musste er mitansehen, wie der Schwimmer, der ihn versehentlich getreten hatte, sich am Rand hochzog und das Wasser verließ. Aber den würde er sich merken. Wenn der noch einmal zur gleichen Zeit mit ihm schwamm, würde er ihn bestrafen. Bestrafung musste sein!

Bei dem Stichwort musste er an seinen Vater denken, und ihm wurde augenblicklich schlecht. Mit letzter Kraft legte er den Rest der Bahn langsam zurück, hatte die Jungen vergessen und seine Phantasien, er war jetzt schwach und wollte nach Hause. Sein Kopf dröhnte von dem Tritt. Deprimiert setzte er sich in den Whirlpool, wo außer ihm noch zwei ältere Damen mit Badeanzügen aus den sechziger Jahren saßen – die eine trug sogar eine Badekappe mit Gummiblumen – sowie eine junge Mutter mit ihrem Kleinkind. Weiber.

Er schloss die Augen und versuchte, aus dem missglückten Tag wenigstens noch ein bisschen Glückseligkeit herauszupressen, das warme Wasser, das um ihn herum blubberte, der Gedanke an den Blonden ... doch es wollte nicht gelingen. Ein roter Schleier überzog jeden schönen Traum, seine Wut auf den unbekannten Schwimmer mit der schwarzen Badekappe ließ sich nicht wegphantasieren.

Ächzend erhob er sich und trottete in die Umkleidekabine zurück.

Er duschte nicht. War alles vergebens. Er wollte nach Hause. Auch wenn seine Wohnung nichts Tröstliches hatte, aber sie war seine Höhle, er war allein, niemand kam auf die Idee, ihn dort zu stören.

Am Spind erwartete ihn das nächste Ärgernis. Seine Schuhe, die er stets so sorgsam mittig unter seinen Schrank stellte, waren verschwunden. Er sah sich um. Was für ein beschissener Tag. Womit hatte er das verdient? Er wollte heulen.

Auf allen vieren musste er durch die Umkleide kriechen, bis er seine Schuhe wiederfand. Er schnaufte, bekam kaum Luft, die Gelenke schmerzten unter seinem Gewicht. Ein Schuh lag weit hinten in einer Ecke, dort, wo die Putzfrau nicht sorgfältig saubermachte, der Schuh war voll mit Staub und Haaren, als er ihn schließlich mühselig dort hervorfischte.

Der andere stand auf den Schränken. Das war doch Absicht! Jemand wollte ihm einen Streich spielen. Die verdammten Jungs, man sollte ihnen den Hosenboden strammziehen. Kein Respekt.

Mit letzter Kraft zog er sich an, die Hose über die nasse Badehose. Ihm war alles egal. Bloß schnell nach Hause. Dort konnte er sich sofort ausziehen und unter die heiße Dusche gehen. Vielleicht vorher noch einen Clip ansehen. Damit sich ein gutes Gefühl einstellte.

Der Gedanke an einen kleinen feinen Film ließ ihn aufatmen. Seine Laune hob sich. Es war eben heute nicht sein Tag gewesen. Das kam vor – oder nicht?

Er setzte sich auf die Bank, um sich die Schuhe anzuziehen. Der rechte fühlte sich komisch an, irgendetwas störte. Hatte er einen Strumpf darin vergessen? Er zog den Fuß heraus und fasste mit der Hand hinein. Seine Finger stießen an etwas, das tief in die Schuhspitze geschoben war. Er zog es heraus. Schwarzes Gummi.

Es war die Badekappe des unbekannten Schwimmers.

Kopenhagen, 14.45 Uhr

Braves Kind.
Gut gezielt und gut getroffen.
An der Schläfe. Aua, aua.
Sehr gut gemacht.
Zufriedenes Kind.
Brav, brav.
Und dann die Badekappe. So eine schöne Idee! Eine Eingebung, ganz plötzlich.
Wie gerne hätte es sein Gesicht gesehen.
Ob er es wusste?
Ob er wusste, wer das Kind war?
Ob er es erkannt hatte?
Er war dran. War definitiv dran. War schon viel früher dran gewesen, aber dann hatte das Schicksal ein anderes Spiel gespielt.
Oder sollte das Kind noch warten? Ihn als Letzten drannehmen? Vielleicht sollte es noch ein wenig genießen?
Sich den Bösen aufheben, zum Schluss?
Auch andere mussten bestraft werden.
Alle mussten bestraft werden.
Die Liste war lang, und sie war noch längst nicht fertig.

Fredrikshavn, 15.00 Uhr

Helle parkte den Wagen zwei Blocks vor dem Gymnasium. Gunnars Sekretärin Lisbeth hatte ein Café als Treffpunkt vorgeschlagen, denn in der Schule waren noch immer Sören Gudmunds Leute von der Mordkommission unterwegs. So schlugen sie zwei Fliegen mit einer Klappe, denn Lisbeth war froh, aus ihrem Büro herauszukommen, und Helle war es lieber, wenn niemand sie sah. Schließlich hatte Gudmund ihr unmissverständlich klargemacht, womit sie sich zu beschäftigen hatte. Falschparker und Ladendiebe. Das war ungefähr so, als sagte man der Frau Hauptkommissarin, dass ihr Platz in der Küche sei. Sören Gudmund hatte Helle damit herausgefordert – hätte er Bengt gefragt, dann hätte der ihm gesagt, dass es genau das war, was man bei Helle tunlichst vermeiden sollte. So aber würde Helle Jespers die Füße erst recht nicht stillhalten.

Sie rangierte den Polizeiwagen umständlich und ein wenig rabiat zwischen zwei Schneehaufen in die Lücke. Eigentlich hatte es schon lange nicht mehr geschneit, aber die Tiefsttemperaturen sorgten dafür, dass die schmutziggrauen Schneereste einfach nicht aus dem Straßenbild verschwanden.

Das Café lag ein paar Meter weiter, es war winzig, gerade mal sechs Tische gab es, und drei davon waren besetzt. An einem saß Lisbeth. Helle kannte sie, weil ihre beiden Kinder auf dem Gymnasium waren, beziehungsweise gewesen waren. Sina hatte im letzten Jahr Abitur gemacht und studierte seit dem Herbst in Kopenhagen. Leif kämpfte sich noch mehr schlecht als recht durch die elfte Klasse.

»Das ist ja nett hier, ist das neu?« Helle sah sich um. Das kleine Café hätte auch in irgendeinem von Kopenhagens Szenevierteln liegen können. Zusammengewürfelte Möbel vom Flohmarkt, alle in dem weißen Shabby-Chic-Stil, gläserne Industrielampen, mollige Kissen aus Patchwork oder Strick, und auf der Theke standen Etagere an Etagere, Teller, Körbchen und gläserne Kuppeln, unter denen sich hausgemachtes Gebäck befand. Croissants und Brioches, Baguettebrötchen, Muffins, kleine Gugelhupfe, rustikales Sauerteigbrot.

Dazu roch es wie in einer Kaffeerösterei, das Licht leuchtete freundlich, und es war angenehm warm. Helle zog sich die dicke Mütze vom Kopf und schälte sich aus ihrem Anorak. Auch den Pulli legte sie vorsorglich gleich ab, sie wusste, es würde nicht lange dauern und ihr würde das Wasser in Bächen hinunterlaufen.

»Ja, ist neu. Die Schüler gehen hier gerne hin.« Lisbeth betrachtete Helle mit einem Hauch Skepsis.

Helle ließ sich davon nicht irritieren und bestellte einen großen Kaffee sowie eine frisch gebackene Waffel mit Schinken.

»Müsst ihr alles auf den Kopf stellen?«

Helle entging der aggressive Tonfall nicht. Lisbeth hatte ihre fein gezupften Brauen streng zusammengezogen und verschränkte die Arme vor der Brust.

»Wen meinst du? Die Mordkommission?«

»Keine Ahnung, wer das ist. Ein kleiner arroganter Sack und ein Fieser, der aussieht wie ein Schlägertyp.«

Helle grinste. »Gudmund und Olsen. Ja, das ist die Mordkommission aus Kopenhagen. Ich durfte auch schon ihre Bekanntschaft machen.«

Lisbeth nahm die Arme vor der Brust weg und hob mit dem Löffel etwas Sahne von ihrem Kakao. »Gehört ihr nicht zusammen? Ihr seid doch alle von der Polizei.«

Helles Kaffee kam, und sie beschäftigte sich statt einer Antwort umständlich damit, viel Zucker hineinzugießen.

»Nicht wirklich, weißt du. Hat Marianne dir denn nichts erzählt?«

Lisbeth schüttelte den Kopf. »Sie meinte nur, dass du dich mit mir unterhalten willst.«

»Es ist eigentlich nicht meine Baustelle, weißt du. Die Ermittlungen führen die Kopenhagener, weil Gunnar dort ... zu Tode gekommen ist.« Sie nahm einen Schluck von dem süßen heißen Getränk. »Aber weil ich Gunnar doch kenne, dachte ich ...« Helle zwinkerte Lisbeth über den Kaffee verschwörerisch zu. »Na ja, du weißt, wie das ist. Man kann es ja nicht glauben, dass so etwas einem von uns passiert.«

Damit hatte sie die Sekretärin am Haken. Lisbeths Zurückhaltung verschwand vollkommen, sie standen jetzt auf der gleichen Seite.

»Ist das nicht schrecklich? Der arme Gunnar!« Sie beugte sich näher zu Helle über den Tisch und senkte die Stimme. »Du weißt bestimmt genauer, was passiert ist, oder? Uns haben sie ja nichts gesagt. Nur dass Gunnar ermordet wurde. Ermordet!« Sie wiederholte das Wort mit dunklerem Timbre.

»Ich kann dir leider nichts sagen, weil die Ermittlungen laufen. Aber es war nicht besonders appetitlich. So viel kann ich dir verraten.«

Lisbeth schloss kurz die Augen, bevor sie sie wieder aufriss und Helle mit veilchenblauem Blick fixierte. »Du ermittelst auf eigene Faust, stimmt's?«

Die junge Bedienung stellte Helle die Schinkenwaffel vor die Nase und enthob sie damit einer direkten Antwort.

»Nein ... aber ich stelle mir natürlich die eine oder andere Frage. Deshalb wollte ich auch mit dir reden. Ich meine, du kennst Gunnar wahrscheinlich besser als kaum jemand anders.«

»Besser als seine Frau.« Lisbeth lachte, dabei rasselte es in ihrer Kehle und ließ auf erheblichen Zigarettenkonsum schließen. »Zwanzig Jahre. Zwanzig Jahre habe ich in seinem Vorzimmer gesessen.« Sie schüttelte den Kopf. Helle sah in ihren Augenwinkeln Tränen glitzern.

»Bis er letztes Jahr pensioniert wurde«, half sie Lisbeth weiter.

Sie nickte. »Ja. Seitdem haben wir kaum noch Kontakt gehalten. Weißt du, Gunnar war nicht so einer. Er war immer korrekt, höflich. Aber distanziert. Ich habe natürlich gemerkt, wenn ihn was bedrückt hat. Aber erzählt hat er nie etwas.«

»Was hat ihn denn zum Beispiel bedrückt?«

Lisbeth musste nachdenken. »Schlechte Schüler. Also nein, nicht dass er auf sie herabgeschaut hat, ganz im Gegenteil. Sie taten ihm leid. Ich hatte immer das Gefühl, dass er unter jedem Kind, das durchgefallen war oder sogar die Schule verlassen musste, litt. Er hat es sich persönlich angekreidet. Gunnar war der Meinung, dass die Eltern oder die Pädagogen versagt haben, wenn ein Kind schlecht in der Schule war.«

Helle dachte an ihren eigenen Sohn. Sie hatte eigentlich das Gefühl, dass sie und Bengt alles taten, um Leif zu unterstützen. Dennoch brachte er eine schlechte Note nach der anderen nach Hause. Sollte es also die Schuld der Schule sein? War es so einfach? Sie schüttelte den Gedanken ab und konzentrierte sich wieder auf Lisbeth.

»Erinnerst du dich an Streit mit Eltern? Also richtig heftigen Streit, sodass man denken könnte …«

»… jemand würde Rache nehmen?« Lisbeth schüttelte ihren Kopf, die kleinen Löckchen flogen hin und her. »Auf keinen Fall. Zwar hatte er oft Ärger mit Eltern. Manchmal gab es laute Worte, Beschimpfungen oder Türenknallen. Aber nicht so, dass man … also Mord? Nein.« Sie kaute auf ihrer Unterlippe herum und dachte nach. »Vielleicht war es ein Versehen? Vielleicht war es gar nicht Gunnar, der sterben sollte.«

Helle blieb die Schinkenwaffel beinahe im Halse stecken. Sie dachte an die herausgeschälten Augäpfel und schüttelte den Kopf. »Das ist ausgeschlossen. Sehr sicher.«

Lisbeth starrte sie an. Helle war klar, dass sie irgendeine Information rausrücken musste. Die Sekretärin war auf der

Hut. Ohne Gegenleistung würde sie nicht mehr aus ihr herausbekommen.

»Weißt du, Lisbeth, das ist der Grund, warum ich ein bisschen neugierig bin. Die Jungs aus Kopenhagen kennen Gunnar nicht. Aber ich kenne ihn. Ein wenig jedenfalls. Nicht so gut wie du.« Sie legte die Waffel zur Seite, was ihr nicht leichtfiel, nahm einen Schluck Kaffee und beugte sich dann zu Lisbeth. »Gunnar wurde gefoltert. Wie, das darf ich dir nicht sagen. Aber es ist anzunehmen, dass Gunnar gemeint war.«

Selbst unter der starken Schminke konnte Helle sehen, wie Lisbeth blass wurde. Der Mund blieb offen stehen, und sie nickte ganz leicht.

»Wir sind uns bestimmt einig«, fuhr Helle fort, »dass Gunnar kein Charakter war, den man hassen konnte. Und wir können uns beide nicht vorstellen, dass er in seinem Leben jemals etwas so Schreckliches getan haben soll, das diese Art des Todes provozieren würde.«

Lisbeth klappte den Mund auf und zu, beschränkte sich dann aber darauf, gehorsam zu nicken. Helle machte eine dramatische Pause und guckte Lisbeth herausfordernd an.

»Ah, deshalb ...« Lisbeth schluckte.

Helle zog nur eine Augenbraue hoch, sie kaute auf dem letzten Bissen ihrer Schinkenwaffel.

»Sie stellen unmögliche Fragen, weißt du.« Erneut traten Tränen in Lisbeths Augenwinkel. Sie angelte ein Taschentuch aus ihrer überdimensionierten Handtasche, und während sie sich damit die Augen trocken tupfte, erzählte sie. »Sie fragen, wie Gunnars Verhältnis zu den Kindern war. Und wenn man sagt: gut, dann fragen sie: wie gut?« Sie sah Helle wieder direkt ins Gesicht. »Weißt du, was ich meine? Weißt du, was sie ihm unterstellen wollen? Ein alter Mann, keine leiblichen Kinder, zerrüttete Ehe ... na ja, was soll ich sagen.«

»Was denkst du denn darüber?« Der Verdacht lag nahe, das

hatte Helle von Anfang an gedacht, als sie gehört hatte, wie Gunnars Leiche inszeniert worden war. Das Kinderkarussell, der kandierte Apfel. Es war, als wolle der Mörder oder die Mörderin darauf aufmerksam machen, schaut her, ein Pädophiler. Aber Helles Bauchgefühl sagte ihr, dass das eine Sackgasse war. Gunnar und Kinder? Nein. Niemals. Nicht sexuell.

»Das ist totaler Bullshit, weißt du. Zwanzig Jahre, Tür an Tür. Ich hätte es bemerkt, wenn er die Kinder irgendwie angesehen hätte. Oder mit einem allein sein wollte. Oder sie komisch angefasst hätte. Aber nichts davon war der Fall. Gunnar war …« Lisbeth überlegte und schob dabei die Zungenspitze von einer Seite des Mundwinkels zur anderen. »… total unkörperlich.«

Sie schnäuzte sich, und Helle dachte nach. Unkörperlich. Das genau war es. Das war, was sie im Haus der Larsens wahrgenommen hatte, als sie Matilde Larsen die Nachricht vom Tod ihres Mannes überbracht hatte. Gunnar war wie ein Geist. Nicht zu greifen. Es hatte nicht einmal nach ihm gerochen.

Ihre Gedanken wurden von Lisbeth unterbrochen. »Ich weiß, die Ehe war kaputt. Aber ich hatte eher den Eindruck, als ob es Gunnar entweder gleichgültig oder sogar ganz recht war. Er war ganz einfach nicht emotional. Oder liebevoll. Und trotzdem war er ein guter Mensch.« Lisbeth suchte nach Worten. »Er war so total moralisch. Er hat sich an das gehalten, was korrekt war. Verstehst du?« Ihr Blick war flehend. »Da passt es doch nicht, dass sich jemand Kinderpornos anguckt oder seine Schüler verführt!«

Helle schwieg. Einerseits gab sie Lisbeth recht. Andererseits – sie war Polizistin. Und hatte schon einiges gesehen, was sie nicht für möglich gehalten hätte. Trotzdem.

»Es gibt natürlich Gerede. Unter den Lehrern. Irgendwann wird es zu den Schülern und den Eltern durchsickern. Ich darf gar nicht daran denken, was dann passiert.« Jetzt fing Lisbeth wirklich an zu weinen. Sie schluchzte haltlos. Die anderen Gäste und die Bedienung guckten mitleidig zu ihrem Tisch hinüber.

Helle fummelte ein Taschentuch aus ihrem Anorak und reichte es Lisbeth über den Tisch.

»Also okay, in die Richtung gehen die Ermittlungen also.«

Lisbeth guckte überrascht auf. »Aber weißt du das denn nicht? Wieso bist du nicht informiert?« Ihre Skepsis kehrte zurück.

»Weil die aus Kopenhagen ihr eigenes Süppchen kochen, deshalb.« Helle kaute auf ihrer Unterlippe herum und überlegte, wie es ihr gelingen konnte, sich Lisbeths Solidarität zu erhalten und die Kollegen aus Kopenhagen trotzdem nicht schlechtzumachen. »Natürlich haben die ganz andere Mittel, weißt du. Haben Zugriff auf internationale Daten und so. Wir sind ja in Skagen nur eine kleine Polizeistation. Das weißt du ja von Marianne.«

»Verstehe.« Lisbeth nickte. »Aber ich rede lieber mit dir als mit den arroganten Typen.«

Helle winkte der Bedienung wegen der Rechnung. Dann schob sie Lisbeth ihre Visitenkarte zu. »Du kannst mich jederzeit anrufen.« Im Stillen hoffte sie, dass Lisbeth gerade das nicht tat, sondern nur, wenn ihr etwas wirklich Wichtiges einfiel, aber Helle hatte im Lauf ihres Berufslebens gelernt, dass dieser Satz wahre Wunder wirkte. Die Leute fühlten sich wichtig, wenn sie einen direkten Draht zur Hauptkommissarin hatten, und waren eher bereit, ihr Wissen zu teilen.

»Noch eine Frage habe ich.«

Lisbeth drehte die Visitenkarte in ihren sorgfältig manikürten Händen und nickte brav wie eine aufmerksame Musterschülerin.

»Kannst du dir vorstellen, dass irgendjemand Gunnar in dieser Hinsicht verleumdet hat? Jemand von den Schülern oder aus dem Kollegium.«

»Nach seinem Tod? Das ergibt doch gar keinen Sinn! Wenn man Gunnar schaden wollte, dann hätte man das doch getan, solange er Direktor war.« Lisbeth war empört. »Nein, also wirklich. Auf die Sache mit den Kinderpornos müssen die schon selbst gekommen sein.«

»Ich möchte wirklich wissen, wie Sören und seine Truppe auf dieses schmale Brett kommen, dass Gunnar ein Pädophiler war«, sagte Helle ein paar Stunden später nachdenklich und drehte ihr Weinglas in den Händen. Es war erst sechs Uhr, zu früh für Wein, aber sie war seit so vielen Stunden auf den Beinen, und außerdem war es seit einer Stunde stockfinster, deshalb hatte sie das Gefühl, dass die Zeit für Alkohol genau richtig war. »Sie haben seinen Computer beschlagnahmt. Das hat mir Lisbeth erzählt, und sie weiß es von Gunnars Frau Matilde.«

Bengt hob die gusseiserne Pfanne mit den Bratkartoffeln über der Gasflamme und schwenkte sie ein paar Mal mit Schmackes hin und her, sodass die Kartoffelscheiben hoch in die Luft flogen, um dann wieder sicher im Öl zu landen. Helle bewunderte sein Geschick und seine Kraft – wenn sie sich an dem Kunststück versuchte, bekam sie Schmerzen in den Handgelenken von der schweren Pfanne und die Hälfte der Kartoffeln landete auf dem Herd.

Beim Anblick der goldgelben Scheiben lief ihr das Wasser im Mund zusammen. Die Bratkartoffeln waren noch nicht perfekt knusprig, dufteten aber verführerisch, so wie das Champagnerkraut, das schon länger auf dem Herd köchelte.

Helle hatte das erste Glas Lugana zu hastig geleert, das spürte sie nun in Kopf und Beinen. Außerdem hatte sie schrecklichen Hunger, die Schinkenwaffel war längst verdaut, und ihr Magen meldete großes Verlangen nach Nahrung. Aber sie musste sich gedulden und pickte einstweilen nur in dem grünen Salat herum, den Bengt schon auf den Tresen gestellt hatte. Sie liebte es, von ihrem Barhocker aus ihrem Mann beim Kochen zuzusehen.

Sie waren sich damals, als sie das Haus zusammen mit Nikolas planten, einig gewesen, dass sie unbedingt eine große offene Küche wollten, und hatten es nie bereut. Die Küche war Dreh- und Angelpunkt des Hauses. Bengt tat nichts anderes, als zu kochen, zu backen, zu marinieren oder zu fermentieren, sobald er von seinem Job nach Hause kam. Es war sein Hobby, aber auch seine Art, mit all dem, mit dem er täglich als Streetworker zu tun hatte, fertig zu werden. Er sagte selbst, dass er nur in der Küche völlig bei sich war und alles vergessen konnte. Niemand hinderte ihn daran, die Familie hatte schon immer davon profitiert.

»Wieso bist du so sicher, dass Gunnar nicht irgendwelches Zeug auf dem Computer hatte?« Bengt drehte ihr den Rücken zu und hantierte mit Topf und Pfanne.

»Sicher bin ich mir über gar nichts. Aber meine Erfahrung sagt mir, dass er kein Pädophiler war.«

»Gunnar? *Never.*« Leif kam von draußen herein und brachte einen Schwall eisiger Luft mit.

»Mach sofort die Tür zu! Bist du irre?« Helle wedelte in Richtung des Windfangs, dessen Tür zum Wohnraum sperrangelweit offen stand.

»Hallo, Mama, hab dich auch lieb.« Ihr Sohn kam zu ihr und drückte ihr einen Kuss auf die Wange. Dann schielte er in Richtung Herd. »Was gibt's?«

»Du bist nicht eingeplant, tut mir leid.« Bengt holte zwei vorgewärmte Teller aus der Wärmeschublade des Herds, der aussah, als entstamme er der Küche eines viktorianischen Herrenhauses, tatsächlich war er aber ein moderner Gasherd zum Preis eines Einfamilienhauses. Helles Erbe war seinerzeit für den Hausbau draufgegangen, Bengt hatte darauf bestanden, den Herd beizusteuern, und dafür einen Kredit aufgenommen. Zehn Jahre hatte er abbezahlt, seit kurzem gehörte das Monstrum nun zur Gänze ihm.

»Ach komm schon, wir können uns deine Portion teilen.« Leif grinste und zwickte Helle in die Seite. »Keine Angst, Mama, dir isst keiner was weg.«

Beide Männer kicherten, und Helle sah beschämt an sich herab. Es stimmte leider, sie war der Fresssack der Familie, und obwohl Bengt ihr in Sachen Bauch den Rang ablief, hatte ihr gieriger Nahrungskonsum nach der Geburt der zwei Kinder Spuren hinterlassen. Die Hose schloss nur noch unter dem Bauchwulst, und das Wort Taille konnte sie schon lange nicht mehr buchstabieren. Helle gab ihrem Mann die Schuld daran, dass sie etwas aus dem Leim gegangen war, tatsächlich aber wusste sie, dass Essen, Trinken und Schlafen so ziemlich das Einzige war, was ihr richtig Freude machen konnte. Und mit Emil spazieren gehen natürlich. Was man selbst mit gutem Willen nicht als sportliche Betätigung bezeichnen konnte.

Während Bengt noch einen weiteren Teller für Leif bereitstellte, um dann drei Mal Bratkartoffeln und Kraut anzurichten sowie für sich und Helle frische Nordseekrabben darüberzustreuen, ging Helle mit ihrem Weinglas zu dem großen Mischling, der in seinem Körbchen lag und laut schnarchte. Obwohl er sich im Tiefschlaf zu befinden schien, pochte sein Schwanz ein paar Mal mechanisch auf und ab, als Helle sich ihm näherte, als sei er ferngesteuert. Zärtlich strich sie ihm über die weiche Schnauze, die nun immer grauer wurde. Emil war elf Jahre alt und hatte seit einiger Zeit Leberkrebs. Helle konnte ihren Liebling kaum mehr ansehen, ohne in Tränen auszubrechen. In ihren Vorstellungen musste Emil mindestens sechzehn Jahre alt werden – utopisch für einen Hund seiner Größe, auch ohne Krebs.

Jetzt öffnete er ein Auge, sah sie freundlich an und leckte mit seiner warmen Zunge ihre Hand ab. »Gleich gibt's ein paar Bratkartoffeln, mein Schatz«, flüsterte Helle, gab dem Hund einen Kuss auf die Nase und ging wieder zum Tresen, auf dem Mann und Sohn mittlerweile gedeckt hatten.

»Wir müssen das Thema wechseln.« Helle goss sich noch einmal Wein ein, gegen jede Vernunft. »Ich darf mit euch gar nicht über den Fall reden.«

»Tun wir doch auch nicht.« Leif nahm sich ebenfalls ein Glas Weißwein, was Helle nicht gerne sah. Klar, er war siebzehn, auch sie hatte in dem Alter schon Alkohol getrunken, aber sie konnte sich einfach nicht an den Anblick gewöhnen. Er war immer noch ihr kleiner Junge. »Wir reden über Gunnar. Du musst ja nichts von deinen Ermittlungen preisgeben.«

Helle schnaubte. »Von wegen *meine* Ermittlungen.«

»Tadaaa!« Bengt ging mit den Tellern dazwischen und stellte jedem einen vor die Nase. Es roch köstlich, Helle konnte sich kaum beherrschen, nicht sofort darüber herzufallen. Aber das hätte ihren Mann beleidigt. Zwar erwartete er, dass allen schmeckte, was er zauberte, aber schlingen oder schaufeln war in seinen Augen ein Frevel an seiner Kochkunst. Deshalb hob Bengt zunächst sein Glas, sah Helle und Leif feierlich in die Augen und wünschte guten Appetit, dann wurde angestoßen.

»Was ist mit Gunnar passiert?«, erkundigte sich Leif nach den ersten Bissen. »Alle tun furchtbar geheimnisvoll.«

»Ich rede nicht darüber.«

»Es heißt in der Schule, die Polizei hat ihn wegen Kinderpornos in Verdacht.«

»Was an sich schon Quatsch ist«, gab Helle mit vollem Mund zurück. »Warum soll man das Opfer im Verdacht haben?«

Leif zuckte mit den Schultern. »Jetzt sag schon.«

»Ich glaube nicht daran.« Helle warf einen Blick zu Bengt. »Wie ist das in der Szene, hm?«

Bengt war Sozialarbeiter und arbeitete in Fredrikshavn mit Kindern und Jugendlichen, die in Not geraten waren. Er war als Streetworker unterwegs, und selbst in der kleinen

Stadt – Fredrikshavn hatte etwas mehr als 20000 Einwohner – sah er einiges, was ihm den Glauben an die Menschheit hätte austreiben können.

Jetzt nahm er einen großen Schluck Wein, schloss genüsslich die Augen und schüttelte dann den Kopf. »Ich habe keine Ahnung, wie viele Leute sich Kinderpornos reinziehen. Aber es kommt natürlich vor, viel häufiger, als wir uns das vorstellen wollen, auch in unserer kleinen Stadt. Missbrauch allerdings geschieht fast ausschließlich im häuslichen Umfeld. Dass Gunnar sich seinen Schülern irgendwie unsittlich genähert hätte, das wäre sicher nicht unbemerkt geblieben. Nicht über diese lange Zeit.«

»Er war total überkorrekt!« Leif pickte mit der Gabel in der Rechten Bratkartoffeln auf, während er mit dem linken Daumen rasend schnell eine Nachricht in sein Smartphone tippte. Trotzdem gelang es ihm, der Unterhaltung zu folgen und sich daran zu beteiligen. Helle bewunderte die Multitasking-Fähigkeit der Jugendlichen. Sie kam sich vor wie ein digitaler Dinosaurier.

»Gunnar war stocksteif, aber voll korrekt. Ich glaube auch, Papa hat recht. Wäre Gunnar ein Grabscher gewesen, hätte man das gewusst«, fuhr Leif fort. »Aber wieso ermittelt ihr dann in diese Richtung?«

»Ich ermittle gar nicht.« Helle hatte ihren Teller schon wieder halbleer gegessen, als Erste in der Runde. Rasch legte sie ihr Besteck zur Seite, um sich selbst zu disziplinieren. »Das ist Sache der Kopenhagener.«

Bengt und Leif wechselten einen Blick.

»Wieso hast du dich dann heute im Rosi's mit Lisbeth getroffen?« Leif grinste breit.

Helle öffnete den Mund, um sich zu verteidigen, klappte ihn dann aber wieder zu. Sie hatte nicht bemerkt, dass Leif sie gesehen hatte. Zu blöd. Wer hatte sie dann noch alles im Gespräch mit Lisbeth beobachtet?

»Ich bin ein bisschen neugierig. *So what?*«

Ihre Männer lachten. Sie kannten sie zu gut und wussten, dass Helle sich nicht einfach in die Ecke stellen lassen würde. Nicht, wenn es sich um ihren ersten Mordfall handeln könnte.

Wenig später lag Helle mit sich drehendem Kopf und vollem Magen im Bett. Sie war todmüde, ihr Körper wie zerschlagen, aber ihre Gedanken jagten einander, und Helle wusste, dass ihr wieder eine weitgehend schlaflose Nacht bevorstehen würde. Bengt dagegen atmete schon tief und gleichmäßig, die Augen hatte er geschlossen, und es würde nur wenige Minuten dauern, bis sie sein Schnarchen hörte.

Jetzt drehte er sich zu ihr, schob seine Hand unter ihre Decke und legte sie auf ihren Bauch. Helle griff dankbar danach. Bengt hatte Wunderhände. Sie waren immer warm, weich, und sie strahlten. Wenn Bengt eine seiner Hände auf ihren Körper legte, entspannte sie sich sofort. So auch jetzt, sie atmete augenblicklich in den Bauch, ruhiger und tiefer.

»Verbrenn dir nicht die Finger«, murmelte Bengt, schon im Halbschlaf.

»Wie meinst du das?«

»Du sollst diesem Sören nicht in die Quere kommen. Du bekommst Ärger, wenn du auf eigene Faust ermittelst.«

»Tu ich nicht. Ich höre mich nur um. Und trage konstruktiv zu den Ermittlungen bei. Du kennst mich.«

»Eben drum.« Bengts Finger zwickten sie sanft in die Speckrolle. »Du bist unterfordert, da, wo du bist.«

»Quatsch. Ich liebe meinen Job«, widersprach Helle, wusste aber, dass ihr Mann recht hatte. Deshalb hatte sie Sörens Bemerkung mit den Falschparkern und Ladendieben auch so getroffen. Weil er recht hatte.

Bengt seufzte. »Gute Nacht.«

Helle drehte sich zu ihm, kraulte seinen roten Wikingerbart und gab ihm einen Kuss. *»Good night.«*

Bengt drehte sich zufrieden auf die andere Seite und kuschelte sich in seine Decke.

»Wir müssen uns um Jan-Cristofer ein bisschen kümmern«, fiel Helle jetzt ein. »Ich mache mir Sorgen.«

»Warum?« Bengt hatte schon fast geschlafen.

»Ich glaube, er säuft.«

Bengt erwiderte nichts, und Helle glaubte, dass er sie nicht mehr gehört hatte. Mit einiger Verzögerung kam doch eine Antwort.

»Tun wir auch.«

Kurz darauf schnarchte ihr Mann, und Helle starrte an die Decke. Ihre Gedanken waren von ihrem Alkoholkonsum zu ihrem Freund und Kollegen gewandert, um dann doch wieder beim Mord an dem ehemaligen Gymnasialdirektor zu landen.

Gunnar, dachte sie, warum du?

Kopenhagen, in der Nacht

Lustlos klickte er sich durch die Angebote. Nichts sagte ihm zu. Zu jung, zu blond, zu dunkel, zu muskulös. Nicht romantisch genug, zu wenig explizit. Seine Laune sank mit jedem Klick. Immer wieder kehrten seine Gedanken zu der Badekappe im Schuh zurück. Natürlich war das kein Zufall gewesen. Dieser Schwimmer – kannte er ihn? Er musste ihn kennen! Aber wenn er sich die Silhouette in Erinnerung rief, machte nichts klick.

Er dachte an die Jungs, die er manchmal aufgabelte. Am Bahnhof zum Beispiel. Oder in der Nähe von dem Obdachlosenheim. Manche Verabredungen traf er übers Internet. Aber warum sollte ihm eine von diesen Bekanntschaften einen so üblen Streich spielen? Er hatte doch nichts Böses getan.

Denen nicht.

Außerdem waren die meisten dunkel. Kamen aus Tunesien oder keine Ahnung, vielleicht auch aus Afrika, aber Dänen waren die nicht. Deshalb beschwerten die sich auch nicht. Die waren doch froh, dass sie einen Job machen konnten. Die würden ja wohl kaum die Hand beißen, die sie füttert.

Aber was war mit den anderen?

Er war sich nicht sicher, was aus ihnen geworden war. Es war in jedem Fall ein paar Jahre her. Damals, als er noch Schwimmtraining gegeben hatte. Und als Bademeister gejobbt. Damals gab es noch nicht dieses Angebot übers Netz. Was hätte er denn tun sollen? Wie sonst hätte er Bekanntschaften machen sollen? Es ging ja fast nicht anders, als den Jungs einfach direkt ein Angebot zu machen.

Eben.

Da war doch nichts dabei gewesen.

Den meisten hatte es ja auch Spaß gemacht.

Ganz bestimmt.

Er schloss die Augen und versuchte, sich zu erinnern. Vielleicht konnte es ja doch noch ein schöner Abend werden. Er wollte mit einem warmen Gefühl ins Bett gehen. Und nicht mit dieser Ratlosigkeit. Nicht mit dem Gefühl, als sei jemand hinter ihm her.

Er stand von seinem Platz am Computer auf und ging ans Fenster, wo er sich eine Zigarette anzündete. Er kippte das Fenster, damit der Rauch abziehen konnte. Das war besser für die Lunge.

Er warf einen Blick in den Vogelkäfig. Musste mal wieder saubergemacht werden. Aber nicht jetzt, er hatte viel zu schlechte Laune. Das Wasser könnte er auch mal wieder auffüllen. Irgendwann.

Er starrte auf den trockenen Behälter. Bekam eine trockene Kehle davon. Durst konnte er nicht ab. Je länger er auf das ausgetrocknete Wasserreservoir starrte, desto schlechter fühlte er sich.

Also gut. Er knipste den Behälter von den Käfigstangen ab, einer der Vögel piepste kläglich. Die hatten auch lange schon nicht mehr gesungen, fiel ihm auf. Das waren doch Kanaris, warum sangen die denn nicht? Scheißvögel.

Im Bad füllte er Wasser in den kleinen Behälter, dann klickte er ihn wieder an die Stäbe. Sofort kamen die beiden Kanarienvögel an die Tränke und steckten ihre Schnäbel gierig in das Wasser.

Er sah eine Zeitlang zu, dann streute er gnädig noch etwas Futter in den kleinen Behälter, der auf dem verdreckten Boden stand. Wenn er schon mal dabei war, dann wollte er nicht so sein.

Dann drückte er seine Kippe in dem übervollen Aschenbecher aus. Aus den Augenwinkeln bemerkte er draußen vor dem Fenster eine Bewegung, aber als er hinausblickte, war da nichts. Vielleicht war es ein Hund gewesen? Eine Ratte?

Die Aussicht aus seinem Küchenfenster war nicht berauschend. Es ging nach hinten auf den Hof. Mülltonnen, Fahrräder, zwei Büsche. Mehr war da nicht. Und eine funzelige Gaslaterne, die die Szenerie in fahlgelbes Licht hüllte.

Kann natürlich sein, dass da jemand einfach nur seinen Müll in eine der Tonnen geworfen hatte. Aber gehört hatte er nichts davon.

Er drehte sich wieder vom Fenster weg und wollte die Küche verlassen, da hörte er einen leisen Pfiff. Da war doch jemand!

Kinder vermutlich. Spielten in diesem trostlosen Hof. Was blieb ihnen auch, draußen sah es nicht besser aus. Aber um diese Zeit? Irgendwann nach Mitternacht, da spielten wohl keine Kinder mehr draußen. Obwohl, dachte er, seinen Nachbarn war alles zuzutrauen. Da, wo er wohnte, war es nirgendwo schön. Alte und Arme.

Und solche wie er.

Er betätigte den Lichtschalter neben der Tür, da hörte er wieder den Pfiff. Neugierig geworden, schlich er sich zurück zum Fenster und starrte hinaus. Selbst die Vögel waren nun ganz still.

Draußen regte sich nichts.

Und niemand.

Wer hatte gepfiffen?

Und warum?

Verdammt, er litt ja schon unter Verfolgungswahn!

Alles wegen der Badekappe. Na ja, und den Schuhen. Das war ja wohl kein Zufall. Da durfte man sich schon mal ein bisschen mies fühlen.

So blieb er am dunklen Fenster stehen, starrte hinaus und atmete flach. Er wurde beobachtet. Jemand war hinter ihm her.

Sein Leben war doch schon beschissen genug. Kein Job, die Stütze reichte gerade mal für die Kippen. Dann die Scheißkrankheit. Wegen der er nicht mehr arbeiten musste, immerhin das. Ein Glück trank er nicht. Das hätte er sich ja wohl gar nicht leisten können. Er hatte andere Laster.

Seine Mutter hatte ihm vorgehalten, er habe sein Leben weggeworfen. So ein Bullshit. Sein Leben war von Anfang an für die Tonne gewesen. Oder? So war's doch? So war es!

Sein Vater war ein Drecksack gewesen, und jeder Mann, der nach ihm kam, war es auch.

Er setzte sich wieder an den Computer und ging dahin, wo ihm niemand hinterherspionieren konnte. Wo seine Spuren verwischt wurden. Jedenfalls hatte man ihm das gesagt.

Das Darknet war eine super Sache. Hätte er das vor ein paar Jahren schon gewusst, dann wäre vielleicht nie passiert, was passiert war.

Natürlich war es live schöner. Nackte Haut auf nackter Haut.

Oder? War es das wirklich? War es schöner?

Während vor ihm ein Film ablief, kam er ins Grübeln. Manchmal störte ihn auch, wie die Kerle rochen. Oder wie er selber roch. Manchmal tat es weh. Oder die Jungs waren ihm zu abgezockt, die taten ja nicht einmal so, als ob sie ihn mochten. Oder als ob es ihnen gefallen würde. Hose hoch, Geld gezählt, und weg waren sie.

Da war es mit den Filmen oder Bildern ganz anders. Er stellte sich *mehr* vor, nicht mehr Sex, aber mehr Gefühle. In manche von den Jungs hatte er sich verliebt. Sie guckten ihn an, es gab da ein paar, die waren allein in ihren Zimmern und sprachen mit ihm. Guckten ihn direkt an!

Das war doch ganz schön.

Verdammt, er war einfach nicht bei der Sache.

Scheißbadekappe. Scheißgrübelei.

Er sollte jetzt einfach schlafen. Sich gleich hier auf das Sofa schmeißen, Glotze an, damit jemand brabbelte. Und dann irgendwann wegdämmern.

Er klickte den Film weg, er war unaufmerksam gewesen und wusste nicht einmal, auf welchem Kanal er sich befand und wer ihm da Avancen machte. Dann schaltete er den PC aus und den Fernseher an.

Die Hefte und Dosen und Verpackungen wischte er mit einer routinierten Bewegung vom Sofa auf den Fußboden, aufräumen könnte er auch mal wieder, fiel ihm auf, aber das verschob er in Gedanken auf morgen. Oder übermorgen, weiß der Teufel.

Er hatte sich um die Vögel gekümmert, mehr war an einem Tag nicht drin. War er Jesus oder was?

Als er genug Platz für seinen massigen Körper geschaffen hatte, setzte er sich und genehmigte sich eine letzte Kippe. Zappte durch die Programme, bis er eine Dokumentation fand, bei der er sicher war, einschlafen zu können.

Der Zug der Rentiere. Also bitte, wer sah sich ernsthaft so einen Scheiß an? Den Ton schaltete er so weit herunter, dass er nicht Gefahr lief, zuzuhören, aber gerade so laut, dass es als Hintergrundgeräusch durchging.

Da hörte er das Scharren.

Oder war es ein Kratzen?

Er stellte den Ton auf stumm und lauschte in die Dunkelheit der Wohnung.

Tatsächlich, etwas schabte an der Tür. Hörte sich an, als wäre es ein Tier. Ein Hund, der wollte, dass man ihn hereinließ.

Er überlegte. Gab es hier irgendjemanden im Haus, der so eine Töle besaß? Nicht, dass er wüsste. Tierhaltung war sowieso verboten. Nicht so kleines Kroppzeug wie seine Vögel, aber alles, was größer war als ein Meerschweinchen.

Zerkratzte etwa so ein Scheißvieh gerade seine Tür? Na, dem würde er es zeigen.

Er legte die halb gerauchte Zigarette in den Aschenbecher, erhob sich mühsam und ging zur Tür. Kurz dachte er, das Kratzen habe aufgehört, aber kaum trat er in den Flur, kehrte das Geräusch zurück. Irgendwie dringlich. Da begehrte jemand Einlass – oder vielmehr: etwas. Hund oder Katze.

Na warte, dachte er. Ein Kick mit dem Fuß und Schluss ist mit dem Gekratze, Scheißvieh.

Er öffnete die Tür.

Da saß kein Tier.

Sein Blick wanderte nach oben.

Es war seine Nemesis.

Und grinste.

Skagen, kurz nach 6.00 Uhr am Morgen

Der Himmel lag wie gefrorenes Eis auf dem weiten Meer. Zwischen den beiden Blautönen von Luft und Wasser schimmerte der Horizont rotgolden. Das dunkle, tiefe Meer war kaum bewegt, einzelne winzige Schaumkrönchen tauchten auf und schmolzen rasch wieder unter dem kalten klaren Blau des Morgenhimmels.

Unter Helles Füßen knirschte der Sand, sie navigierte zwischen ein paar dicken Eisschollen, die das Meer dort zurückgelassen hatte, gefrorenen Algen und Treibholz hindurch. Emil trottete leichtfüßig ein paar Meter vor ihr und suchte einen geeigneten Platz, um sein Geschäft zu verrichten. Temperaturen unter null waren wie ein Jungbrunnen für den alten Hund, trockene Kälte tat seinen Gliedmaßen gut. Er hatte dickes Fell, und es gefiel ihm nicht, wenn der Kamin im Wohnzimmer den ganzen Abend über mit Holz gefüttert wurde. Dann kratzte er an der großen Panoramascheibe, bis ihm jemand die Tür nach draußen öffnete. Dort lag er, im kalten Dünensand, beobachtete seine Familie im Zimmer oder legte sich schlafen. Bevor Helle und Bengt ins Bett gingen, ließen sie ihn herein, lüfteten das Wohnzimmer und verschlossen das Schiebefenster erst, wenn es angenehm kühl war.

Emil folgte ihnen stets bis ins Schlafzimmer, wo er sich auf Helles Flokati, der neben ihrem Bett lag, ein paar Mal herumdrehte, als trete er Pampasgras in der Steppe nieder, bevor er sich mit einem schnaubenden Seufzer niederlegte. Kurze Zeit darauf begann er zu schnarchen, und wenn ihn niemand mehr störte, dann träumte er auch. Fiepend bewegten sich seine dicken Pfoten, rannten, flüchteten oder jagten. Helle streckte dann eine Hand aus dem Bett und legte sie so sanft wie beruhigend auf den zuckenden Fellkörper.

Morgens um sechs erwachten sie beide gleichzeitig, Helle und Emil. Meistens lag Helle zwischen vier und fünf wach, bevor sie in einen kurzen, aber tiefen Schlaf fiel. Um sechs Uhr aber wurde sie wach und hatte sich angewöhnt, einen ersten Spaziergang mit Emil zu unternehmen.

Heute war der Morgen außergewöhnlich schön. Klirrend kalt und vollkommen klar war die Luft, Helle atmete tief, füllte ihre Lungen und ihr Gehirn mit Sauerstoff, um bereit für den Tag in ihrer warmen Amtsstube zu sein.

Der morgendliche Gang mit dem Hund war für sie die kostbarste Zeit am Tag. Die Weite der Dünenlandschaft und der endlose Horizont über dem Meer vertrieben alle unnützen Gedanken, schärften den Blick aufs Wesentliche. Ihr Kopf wurde durchgepustet, Helle fühlte sich frisch und energiegeladen. Ihre Gedanken mäanderten, und nach einigen Abzweigungen zu den Schulproblemen ihres Sohnes, den Kochkünsten Bengts und ihren Sorgen um den alten Hund landeten sie wieder bei Gunnar Larsen. Ein Mann, der durchschnittlicher nicht sein konnte. Der weder geliebt noch gehasst wurde. Nicht einmal von seiner eigenen Frau. Der moralisch einwandfrei gelebt hatte, aber eines grauenvollen Todes hatte sterben müssen.

Alles an diesem Todesfall gab Rätsel auf, aber Helle konnte ihr Unbehagen an nichts Konkretem festmachen.

Wenn Gunnar zufällig zum Opfer geworden war, weil er zur falschen Zeit am falschen Ort gewesen war, dann würden die Kopenhagener den Täter über kurz oder lang finden. Die Fragen, warum Gunnar sich noch im Anschluss an das Ehemaligen-Treffen in Kopenhagen aufgehalten hatte und wann und wo er seinem Peiniger – oder seinen Peinigern – begegnet war, würde man rekonstruieren können. Es musste Zeugen geben, die Gegend um den Vergnügungspark war immer belebt.

Aber wenn jemand Gunnar getötet hatte, weil er wirklich Gunnar meinte, weil er *diesen* Gunnar Larsen aus der Welt schaffen wollte, dann gab es einen dunklen Fleck im Leben des Gymnasialdirektors und dann konnte es durchaus sein, dass Skagen oder Fredrikshavn dabei eine Rolle spielten. Denn hier hatte Gunnar den Großteil seines Lebens verbracht. Und dieser Zipfel Dänemarks, dachte Helle, das nördliche Jütland, das war ihr Terrain. Hier konnte sie mehr erreichen als die Typen aus der Hauptstadt. Im Gegensatz zu Sören und Olsen waren sie und ihre Truppe hier zu Hause.

Helle merkte, wie die Entschlossenheit ihre Schritte beschleunigte. Sie hatte sich etwas vorgenommen, das keinen Aufschub duldete. Sie würde den Fall Larsen lösen, verdammte Hacke. Eine heiße Dusche, zwei große Becher Kaffee und ein Schmalzbrot – oder zwei –, dann war sie bereit, ihre Ermittlungen in Angriff zu nehmen.

Sollte Sören doch ruhig in Gunnars Computer nach Kinderpornos suchen, sie würde hier ermitteln, vor Ort, sich Gunnars Leben vornehmen. Es war der erste wirkliche Mordfall in ihrem Revier, den würde sie sich nicht durch die Lappen gehen lassen.

Helle hob einen Stock vom Strand auf und rief nach ihrem Hund. Emil blieb stehen, guckte sie an und wedelte freudig mit dem Schwanz. Helle warf den Stock so weit sie konnte, der alte Rüde machte ein paar halbherzige Bocksprünge darauf zu, blieb aber vor dem Wurfgeschoss stehen, schnüffelte und schmiss sich dann rücklings darauf, alle viere in der Luft und rubbelte sich genüsslich den Rücken.

»Hast recht, mein Süßer«, lachte Helle, »man muss nicht jeden Knochen abnagen, den einem jemand vor die Füße schmeißt.«

Dann kehrten sie um und liefen in Erwartung eines üppigen Frühstücks wieder zum Haus am Strand zurück.

Matilde Larsen war spontan bereit gewesen, Helle zu empfangen. Sie wunderte sich auch nicht, warum die Hauptkommissarin aus ihrer kleinen Stadt noch einmal alles wissen wollte, was die Ermittler aus Kopenhagen schon hatten wissen wollen, sondern lud Helle ein, zu einem zweiten Frühstück um acht vorbeizukommen.

Helle fuhr also nicht wie geplant aufs Revier, sondern parkte ihren Wagen wieder vor dem kleinen Reihenhäuschen. Auf den ersten Blick hatte sich nichts an dem gesichtslosen Grundstück der Larsens verändert, es stand so fad da wie bei ihrem ersten Besuch. Erst als Helle direkt vor der Tür stand und klingelte, fiel ihr die Kerze auf, die im Fenster der Gästetoilette stand und brannte. Um ihren Fuß war eine schwarze Samtschleife gebunden, in deren Mitte ein rotes Herz prangte. Ein Zeichen der Trauer und des Vermissens.

Helle hatte gerade das Arrangement registriert, da öffnete die Witwe die Tür. Matilde Larsen sah bedeutend besser aus als am Tag zuvor, als Helle sie aus dem Schlaf gerissen und ihr die Todesnachricht überbracht hatte. Sogar ein wenig Rouge und Lipgloss hatte sie aufgelegt, was ihrem durchscheinenden Äußeren etwas mehr Lebendigkeit verlieh.

»Danke, dass ich dich belästigen darf«, sagte Helle, trat ein und streifte ihre schweren Winterstiefel ab.

Matilde nickte und versuchte ein vorsichtiges Lächeln.

»Es ist nicht einfach«, sagte sie und bat Helle ins Wohnzimmer, wo sie den Tisch mit frischen Brötchen, Eiern, Käse und Obst gedeckt hatte.

»Kaffee oder Tee?«

»Eigentlich lieber Kaffee, aber ich hatte heute schon einen halben Liter, also …«

Matilde nickte. »Tee ist schon fertig. Steht auf dem Tisch. Ich mag keinen Kaffee.«

»Was? Du kannst unmöglich dänische Gene haben«, entgegnete Helle, in dem Versuch, das Eis zu brechen.

Matilde lächelte zaghaft. »Das stimmt. Meine Großeltern stammen aus Nordfriesland. Wir sind also eine Familie von Teetrinkern.«

Sie setzte sich.

»Ich habe beim Reinkommen Koffer gesehen«, erkundigte sich Helle. »Fährst du zu deiner Familie?«

Matilde nickte. »Zu meiner Schwester. Sie lebt auf Bornholm. Sie hat drei Kinder und mittlerweile schon drei Enkelkinder. Ich glaube, das tut mir gut. Ich brauche Abstand.«

»Die Kopenhagener haben nichts dagegen?«

Die Witwe schüttelte den Kopf. »Solange ich erreichbar bin und Dänemark nicht verlasse, spricht wohl nichts dagegen.« Sie legte ihr angebissenes Brötchen auf den Teller zurück und sah Helle direkt in die Augen. »Das bedeutet doch, dass ich nicht unter Verdacht stehe, oder?«

»Jedenfalls nicht unter dringendem Tatverdacht, nein. Aber das hätte mich auch gewundert.« Helle überlegte einen Moment, um sich die passenden Worte zurechtzulegen. »Natürlich ist es zu früh, so etwas zu sagen. Aber bei der Art des Todes liegt es nicht gerade nah, eine Frau zu verdächtigen.«

»Wer tut so etwas?« Tränen traten in Matildes Augen, und sie tupfte sie mit ihrer Serviette ab. »Ich meine ... es ist bestialisch!«

Helle nickte nur. Sie wollte nicht spekulieren – worüber auch, sie wusste rein gar nichts –, sondern Fakten recherchieren, deshalb war sie hier.

»Wie lange wollte Gunnar in Kopenhagen bleiben?«, fragte sie stattdessen.

»Aber das habe ich alles schon ...« Matilde schüttelte fragend den Kopf.

»Ich habe noch kein Protokoll bekommen, tut mir leid«, sagte Helle entschuldigend. »Du musst mir aber auch nicht alles noch mal erzählen. Vermutlich liegt das Protokoll jetzt gerade auf meinem Schreibtisch.« Das glaubte sie natürlich selbst nicht, aber es klang plausibel. Sören Gudmund würde einen Teufel tun und sie über jeden seiner Schritte informieren. Sie konnte froh sein, wenn sie überhaupt noch etwas erfuhr.

»Ach so, nein, schon gut. Das macht mir nichts aus.« Matilde lächelte entschuldigend. »Ich rede gerne über Gunnar. Das hilft irgendwie.«

Helle nickte und nahm einen Schluck von ihrem Tee.

»Er ist zu dem Ehemaligen-Treffen gefahren, weißt du. Sie treffen sich einmal im Jahr. Ehemalige Kollegen von Gunnar. Dann hängt er meistens noch einen Tag dran. Manchmal.«

Helle zog ihren kleinen Notizblock aus der Hosentasche und schrieb sich Stichworte auf. Wo das Hotel war, in dem Gunnar immer abstieg – es war seit Jahren dasselbe –, mit welchem Zug er gefahren war und wo das Treffen stattgefunden hatte. Vermutlich hatten Sörens Leute bereits alle, die an dem Ehemaligen-Treffen teilgenommen hatten, kontaktiert. Das war sein Gebiet, davon musste sie die Finger lassen. Helle entschied sich, das Gespräch lieber auf Gunnars Vergangenheit und das häusliche Umfeld zu lenken.

Es stellte sich heraus, dass das Leben der Larsens ziemlich eintönig gewesen war. Gunnar hatte nur wenige Hobbys, um nicht zu sagen gar keine. Er spielte regelmäßig Schach mit einem Freund aus Fredrikshavn, alle zwei Wochen. Ansonsten ging er spazieren, er beobachtete gerne Vögel, und er las. Zwei Tageszeitungen jeden Tag, dazu verschiedene Magazine, die er abonniert hatte, unter anderem über Geschichte. Außerdem die Mitgliederzeitschrift eines Ornithologen-Vereins und Bücher. Mit Vorliebe Bücher über historische Themen.

Bis auf die Tatsache, dass Gunnar gerne Vögel beobachtete, weckte keine seiner Tätigkeiten Helles Interesse. Aber wenn Gunnar vielleicht etwas gesehen hatte, was er nicht hatte sehen sollen, während er mit dem Fernrohr Vögel beobachtete …

Möglicherweise war das ein Motiv, wenn auch ein an den Haaren herbeigezogenes. Aber an irgendeinen Strohhalm musste sie sich ja klammern.

Schließlich führte Matilde sie noch durchs Haus, hier hatten die Männer von der Mordkommission bereits nach allen möglichen Hinweisen gesucht. Helle mutmaßte, dass sie davon ausgingen, dass Gunnar sich nach dem Ehemaligen-Treffen noch mit jemandem verabredet hatte – und dieses Treffen aus dem Ruder gelaufen war. In Gunnars Büro, das penibel aufgeräumt war, hatten sie den Computer mitgenommen sowie private Korrespondenz und Gunnars Kalender. Viel blieb für Helle nicht übrig, sie durfte sich mit den abgenagten Knochen begnügen.

Zum Schluss ließ sie sich von Matilde noch den Keller zeigen, die kleine Werkstatt sowie die Garage. Nirgendwo etwas Persönliches, kein Notizblock, keine Visitenkarte. Nicht einmal eine To-do- oder Einkaufsliste.

Auf Helles Frage danach räumte Matilde ein, dass Gunnar keine Zettel oder Ähnliches herumliegen zu lassen pflegte, und das, was es handschriftlich von ihm gab, hatten Gudmunds Leute mitgenommen. Sie waren überall gewesen. »Nur das Auto haben sie nicht durchsucht«, meinte Matilde achselzuckend.

»Warum nicht? Da könnten auch Spuren sein, Fingerabdrücke, Haare …«

»Ich habe ihnen erklärt, dass Gunnar das Auto nicht so oft genutzt hat wie ich. Und natürlich sind jede Menge Spuren anderer Leute vorhanden. Ich singe in Fredrikshavn im Chor und nehme immer jemanden mit. Meistens picke ich zwei oder drei Leute auf dem Hinweg auf und nehme sie dann wieder mit zurück.«

»Verstehe.« Helle überlegte. »Und an dem Tag, als Gunnar nach Kopenhagen gefahren ist, ist er selbst gefahren, hast du gesagt?«

»Ich habe ihn zum Bahnhof gebracht. Das mache ich immer.« Matilde wurde verlegen. »Wenn wir zu zweit unterwegs waren, bin immer ich gefahren. Gunnar ist kein besonders versierter Autofahrer. War.« Ein Schatten huschte über ihr Gesicht. »Ich vermisse ihn.«

Helle berührte die andere Frau sanft an der Schulter. »Es tut mir leid.«

Matilde nickte. »Wir waren nicht mehr Mann und Frau, wenn du verstehst, wie ich es meine …«

Helle nickte, und Matilde fuhr fort: »… aber wir waren Gefährten. Fast vierzig Jahre zusammen, da ist so viel Vertrautes. Ich habe mir etwas Anderes gewünscht, aber …« Sie zuckte kurz zusammen, erschrocken, dass sie der an sich Fremden persönliche Dinge anvertraute, und wechselte das Thema.

»Dann sind wir hier fertig?«

Die beiden Frauen standen in der an das Haus angeschlossenen Garage. Helle bekam kalte Füße, sie war noch immer in Socken, da sie die Garage direkt vom Wintergarten des Hauses aus betreten hatten.

»Ich werfe einfach mal einen Blick rein«, entschied sie sich, und nachdem die Witwe genickt hatte, öffnete sie die Beifahrertür des Wagens. Helle trug Einweghandschuhe, sie wollte nichts verunreinigen, das hatte sie sich schon früh angewöhnt. Ingvar, ihr langjähriger Chef aus Fredrikshavn, hatte ihr das von Anfang an eingebläut, weshalb Helle immer welche in der Seitentasche ihrer praktischen – und überaus unkleidsamen – Polizistenhose hatte.

Sie saß auf dem Beifahrersitz und sah sich den Innenraum des Kleinwagens an. Kein Kaffeebecher aus Pappe auf dem Boden. Oder zusammengeknüllte Taschentücher auf dem Sitz. Keine DVD-Hüllen, Hundehaare, abgelaufene Parktickets oder Handtücher, die seit einem spontanen Bad im Meer unter dem Sitz vor sich hingammelten. Stattdessen ein Duftbaum, der frisch sein musste, denn er duftete tatsächlich. Kein Fussel, kein Sandkorn und kein Laub waren zu sehen. Das Auto sah innen aus wie neu.

Es war das glatte Gegenteil ihrer eigenen privaten Albtraumkarre.

In den Fächern der Innentüren befanden sich ein Eisschaber, eine Parkuhr und ein Schwämmchen zum Säubern der Scheibe.

Helle öffnete die Klappe des Handschuhfachs, aber auch da schien alles penibel aufgeräumt zu sein. Gebrauchsanleitung für das Radio, Werkstattheft und eine alte Karte von Dänemark. Oben auf dem Stapel lag ein Zettel. Helle zog ihn hervor. Es war so ein Zettel, den man bei Ärzten bekam, wenn man den nächsten Termin vereinbarte. Allerdings ohne den Stempel des Arztes, lediglich Datum und Uhrzeit waren handschriftlich vermerkt. Das Datum lag in der Vergangenheit, aber nicht allzu fern. Zehnter Januar, das war vor knapp vier Wochen.

»Ist das deins?«

Matilde runzelte die Stirn und schüttelte den Kopf. Sie wollte nach dem Zettel greifen, aber Helle bedeutete ihr, dass es besser wäre, den Zettel nicht anzufassen.

»Das hat vermutlich nichts zu bedeuten, einfach nur ein Arzttermin. Trotzdem, solange wir nicht wissen, was es damit auf sich hat …«

Matilde verstand. »Ich kann mich nicht erinnern, dass Gunnar etwas von einem Arzttermin erzählt hat«, gab sie zu. »Er ist, pardon, war, eigentlich gesund. Aber er ging natürlich regelmäßig zu den Checks. Hausarzt, Augenarzt.«

»Darf ich den Zettel behalten?«, erkundigte sich Helle, während sie aus dem Auto stieg. »Ich würde das gerne überprüfen.«

Wenig später hielt sie ein kleines Plastiktütchen hoch, das Amira und Ole anstarrten. Die beiden saßen vor ihrem Schreibtisch auf Stühlen wie brave Schüler, Marianne lehnte in der Tür und hörte Helles Ausführungen ebenfalls zu. Jan-Cristofer war nicht anwesend, er hatte Nachtschicht gehabt und würde erst später zum Dienst erscheinen.

»Du willst was?«, fragte Ole nach, als sei er begriffsstutzig.

»Das war ja nicht so schwer zu kapieren«, neckte Amira ihn und stieß ihm den Ellenbogen in die Seite. »Oder hast du nicht aufgepasst?« Sie klappte ihren Block, auf dem sie mitgeschrieben hatte, was Helle anordnete, zu.

»Aber das ist doch hirnrissig!« Ole tippte sich an die Stirn. »Wie soll uns denn der Zettel weiterhelfen? Gunnar war vor vier Wochen irgendwo beim Arzt, das hat doch überhaupt nichts damit zu tun, dass ihm ein Irrer in Kopenhagen die Augen rausgeschnitten hat.« Er sah seine beiden Kolleginnen Beifall heischend an. »Meiner Meinung nach war das so ein armer Junkie oder einer von den traumatisierten Flüchtlingen, die am Hauptbahnhof rumlungern. Da hilft uns dieser Wisch überhaupt nicht weiter.«

Helle schob das Tütchen mit dem Zettel in die Schreibtischschublade und legte beide Hände flach auf der Unterlage ab. Ganz ruhig sagte sie: »Richtig, Ole. Vielleicht bringt uns der Zettel nicht weiter. Ziemlich wahrscheinlich sogar. Wenn du möchtest, kannst du dich natürlich weiterhin damit beschäftigen, Falschparker aufzuschreiben, wie Sören das so richtig erkannt hat. Oder randalierenden Jugendlichen Schläge androhen, wie du das manchmal zu tun pflegst …«

Ole öffnete den Mund, um zu protestieren, aber Helle hob einfach nur eine Hand. »Ich weiß, was ich weiß.« Leif hatte ihr von einem solchen Zwischenfall einiger seiner Freunde mit Ole erzählt, und Helle hatte nur nach einer Gelegenheit gesucht, um den jungen Beamten mit ihrem Wissen zu konfrontieren. »Aber das hier ist eine Mordermittlung. Und ich erinnere mich sehr gut, was ich in der Polizeischule gelernt habe: in alle Richtungen ermitteln, prüfen und dann nach und nach das ausschließen, was du definitiv ausschließen kannst.

Also vom Äußeren zum Inneren arbeiten und nicht umgekehrt. Korrigiere mich, wenn ihr mittlerweile etwas anderes lernt.«

Sie sah Ole streng an, und der nickte nur. Helle fuhr fort. »Erst wenn sich zeigt, dass Gunnar einfach nur beim Ohrenarzt oder so war, vergessen wir den Zettel. Erst dann. Bis dahin macht ihr das, was ich euch aufgetragen habe.«

Amira nickte nun auch und stand auf. »Wird gemacht.« Und zu Marianne gewandt: »Wir können ja gleich mal ins Telefonbuch gucken und alle Ärzte, Therapeuten und so weiter raussuchen, was meinst du?«

Marianne war einverstanden. »Ich nehme euch gerne die Anrufe ab. Hinfahren müsst ihr dann selber.«

Die beiden so unterschiedlichen Frauen verließen das Büro, aber Amira drehte sich in der Tür noch einmal zu ihrem Kollegen um. »Und das mit den Junkies und Flüchtlingen, Ole …« Sie verzog nur missbilligend den Mund, was zur Folge hatte, dass Ole zerknirscht guckte. Er wollte den beiden Frauen auf den Flur folgen, aber Helle hielt ihn auf. »Mach mal bitte die Tür zu, Ole.«

Er gehorchte, blieb aber mit dem Rücken zur Tür stehen, anstatt sich wieder hinzusetzen. Helle kam hinter ihrem Schreibtisch hervor, lehnte sich mit dem Hintern an die vordere Seite und verschränkte die Arme. »Dafür, deiner Vorgesetzten einen Vogel zu zeigen, würdest du überall anders ein Disziplinarverfahren bekommen, das ist dir schon klar, oder?«

Ole Halstrup, gute eins neunzig groß und damit einen Kopf größer als seine Chefin, nickte zerknirscht. »Sorry.«

»Du hast dich nicht besonders gut im Griff«, fuhr Helle fort, ohne auf seine halbherzige Entschuldigung einzugehen. »Wenn du bei der Polizei etwas werden willst, dann muss sich das ändern.«

Er sah zu Boden wie ein ertappter Schuljunge und schwieg.

»Ich weiß, dass du keine Lust auf Klinkenputzen hast, Ole,

aber das ist die Arbeit eines Kriminalers. Immer wieder. Auch erfahrene und langjährige Kollegen machen das. Man fängt immer wieder von vorne an. Gewöhn dich dran.«

Sie machte eine Pause, um seine Reaktion abzuwarten, aber als keine kam, sprach sie weiter. »In der Sache mit dem Zettel erwarte ich Ergebnisse, und zwar schnell. Ich bin ehrgeizig, Ole, auch wenn du das nicht glaubst. Der Zettel ist vielleicht ein Anfang, und ich möchte, dass wir weitermachen. Ich möchte, dass wir unseren Teil zu den Ermittlungen beitragen.«

Ole sah sie an.

»Wenn du nicht willst, dass deine sehr fleißige und fähige Kollegin dich überholt – ein Flüchtling *by the way* –, dann hau rein, Ole.«

»Okay!« Der große Junge lächelte, salutierte und schlug die Hacken zusammen.

Er lernt es nicht, dachte Helle amüsiert, es ist immer zu viel des Guten. Bevor er sich anschickte, das Büro zu verlassen, hielt sie ihn auf. »Was ist dein Eindruck von Jan-Cristofer?«

Ole überlegte nicht lange. »Er säuft. Aber er ist ein Guter.« Dann verschwand er rasch auf den Flur, und Helles Blick blieb dort hängen, wo er aus ihrem Blickfeld verschwunden war. Ganz meine Meinung, dachte sie. Noch ist Jan-Cristofer ein Guter, und ich muss dafür sorgen, dass es so bleibt.

Kopenhagen, 10.30 Uhr

Sie hatte den Postboten erwartet oder Frau Pedersen aus dem vierten Stock, vielleicht sogar eines der Kinder der Mellers, weil es seinen Schlüssel vergessen hatte, aber nie und nimmer einen Käfig mit Kanarienvögeln.

Aber da stand er, auf ihrer Fußmatte.

Sie sah sich um, die Vögel konnten nun unmöglich selbst die Klingel bedient haben, aber keine Menschenseele war zu sehen. Auch hörte sie nichts, nicht das Geräusch sich entfernender Schritte im Treppenhaus oder das Klappen einer Tür.

Kurz lauschte sie in die Stille, aber da war nichts. Keine Atemzüge. Also war es auch kein Klingelstreich.

Sie beugte sich zu dem Käfig hinunter und entdeckte erst jetzt, dass zwischen den Stäben ein Zettel klemmte. Verwundert zog sie ihn hervor und entfaltete ihn. Er war schlampig gefaltet worden, so, als hätte ihn jemand in großer Hast zusammengestaucht, und ebenso fahrig wirkte auch die Schrift. In großen Druckbuchstaben stand geschrieben: »FAHRE WEG. BITTE KÜMMERN.« Darunter eine unleserliche Unterschrift. Aber sie wusste sofort, von wem der Zettel war. Wem diese armen Kreaturen gehörten.

Dieser Widerling.

Sie bückte sich mühsam und hob den Käfig vom Boden auf. Der Zustand der beiden Kanaris war erbarmungswürdig. Zerrupft und verschreckt saßen sie eng beieinander auf der Stange. Der Boden des viel zu kleinen Käfigs war mit Zeitungspapier ausgelegt, aber das Papier schon lange nicht mehr ausgewechselt worden. Es war durchweicht von den Ausscheidungen der Vögel, stank durchdringend nach Ammoniak, und der kleine

Plastikbehälter mit Körnern sah alles andere als appetitlich aus. Immerhin, in dem Spender, der an die Käfigstangen geklemmt war, war noch Wasser.

Deshalb hatte sie die Vögel so lange nicht mehr singen hören, dachte sie sich, während sie den Käfig mit in ihre Wohnung nahm. Den armen Tierchen ging es schlecht. Sehr schlecht. Mager sahen sie aus und elend.

Sie stellte den Käfig auf den Küchentisch und setzte sich. Leise begann sie, auf die Vögel einzureden. Mit hoher, leiser Stimme. Vom Singsang der gesprochenen Sprache fiel sie langsam in eine Art Sprechgesang, bis sie sich an die Lieder ihrer Kindheit und Jugend erinnerte. *Tommelfinger, Tommelfinger, hvor er du* oder *Mester Jacob*, nach und nach fielen ihr immer weitere ein, sie sang ein Lied nach dem anderen mit zittriger Stimme.

Sie sang so lange, bis sie das Gefühl hatte, dass die beiden Vögel sich entspannten. Vorsichtig öffnete sie die Käfigtür und steckte eine Hand hinein. Die Vögel saßen wie erstarrt auf ihrer Stange, aber als sie den einen der beiden mit ihrem arthritisch verkrümmten Finger berührte und nicht aufhörte, leise zu singen, ließ er es zu, dass sie ihm den Kopf kraulte. Ja, nach einiger Zeit drückte er sich an ihren Finger und drehte das zierliche Köpfchen mal hierhin, mal dorthin.

Die Armen, dachte sie. Was müssen sie mitgemacht haben? Früher hatte sie gehört, wie die beiden gesungen hatten, direkt unter ihrem Küchenfenster. Aber irgendwann war der Gesang weniger geworden, dann ganz verstummt. Dafür hatte es widerwärtig nach Zigaretten gerochen. Und die gestrige Nacht war die Krönung dessen, was sie von dem Mann, der unter ihr lebte, gewohnt war. Dass er ungepflegt war, viel zu viel rauchte und im Treppenhaus nicht grüßte, war das Eine. Daran hatte sie sich gewöhnen können, schließlich war die Gegend, in der sie wohnte, nicht die beste. Das war noch vorsichtig formuliert. Tatsächlich wurde es immer schlimmer.

Freche Kinder, Ausländer, verschleierte Frauen. Aber sie lernte, sich daran zu gewöhnen. Gestern Nacht allerdings war der Teufel los gewesen in der Wohnung unter ihr. Es rumpelte und polterte, zwischendurch hatte sie sich eingebildet, Schreie zu hören. Im Morgengrauen jedoch, als es ruhiger wurde, war sie sicher, dass die Phantasie mit ihr durchgegangen war.

Jetzt fiel ihr ein, dass sie ihren Neffen benachrichtigen konnte. Er übertraf sie an Tierliebe, ständig lag er ihr in den Ohren, ob sie nicht ein Meerschweinchen oder eine Katze oder sogar einen Hund aufnehmen könne, denn er arbeitete im Tierheim, aber Tierhaltung war verboten in ihrem Haus. Nur dieses kleine Gewusel, wie diese Kanaris hier, das war erlaubt.

Sie nahm das Handy, das der Neffe ihr besorgt und eingerichtet hatte, und tippte mühsam eine Botschaft an ihn. Hirse sollte er ihr besorgen und einen neuen Käfig, einen großen, und vielleicht etwas zu spielen für die zwei neuen Mitbewohner.

Je länger sie den gelben Kopf des kleinen Vogels kraulte und über den groben Klotz unter ihr grübelte, desto sicherer war sie, dass sie diese gefiederten kleinen Gesellen niemals wieder hergeben würde. Sie würde dafür sorgen, dass es ihnen gut ging. Bald würden sie aus voller Kehle gemeinsam singen, und das sollte der gemeine Mann unter ihr ruhig hören!

Jetzt lächelte sie, weil sie einen Plan hatte und dieser Tag ein guter Tag war, weil etwas passierte in ihrem unendlich gleichförmigen Leben und sie fortan nicht mehr allein leben musste, sondern die Gesellschaft zweier kleiner Vögel genießen konnte.

Vorsichtig streckte sie ihren Finger nun dem anderen gelben Gesellen hin, um auch ihn der Zärtlichkeiten teilhaftig werden zu lassen, da wunderte sie sich über einen Fleck auf dem gelben Gefieder.

Was war das? Ein rotbrauner Fleck, der aussah wie getrocknetes Blut.

Skagen, 15.00 Uhr

Die Antwort von Sören Gudmund auf ihre Mail kam prompt. Und es war, wie Helle vermutet hatte: er bedankte sich knapp für den Scan mit der Terminvereinbarung, den sie ihm geschickt hatte, maß dem aber keinerlei Bedeutung bei. Sie hatten es gegengecheckt: Von dem Termin stand nichts in dem Kalender, den sie bei Gunnar zu Hause beschlagnahmt hatten. Er und seine Leute hatten einen großen Schritt in den Ermittlungen gemacht: Sie hatten den Ort gefunden, an dem Gunnar gefoltert worden war.

Angesichts der Bedeutung dieser Entwicklung im Fall Gunnar Larsen war ihr Zettelchen ein Witz. Helle schämte sich sofort in Grund und Boden, sie kam sich jämmerlich vor. Dass Sören ihr seinen Bericht über den Schuppen, den sie ausfindig gemacht hatten, gleich mitsandte, machte es nicht besser.

Helle wusste sehr wohl, dass Sören sie keineswegs demütigen wollte. Es war ein Versuch, fair zu sein, schließlich war es nicht seine Pflicht, sie darüber zu informieren. Aber Helle zögerte, ob sie die Datei überhaupt öffnen sollte. Zu sehr schmerzte es sie, dass sie an den Ermittlungen nicht beteiligt war. Die Kollegen in Kopenhagen arbeiteten auf Hochtouren, machten bedeutungsvolle Arbeit, und sie saß hier, in ihrem kleinen Polizeibungalow, stopfte Zimtschnecken in sich hinein und schickte ihre Leute los, einem irrelevanten Arzttermin des Opfers auf die Spur zu kommen.

Kurz überlegte Helle, ob sie alle zurückpfeifen sollte. Aber das wäre gegen ihre Natur gewesen. Was man angezettelt hatte, sollte man auch ausbaden. Außerdem: Das, was sie zu Ole gesagt hatte, galt noch immer. Die Ermittlungen breit aufstellen, jedem Hinweis nachgehen und erst dann abhaken, wenn sich etwas als bedeutungslos erwiesen hat.

Jan-Cristofer erschien in der offenen Tür und klopfte freundlich. »Hej.«

»Hej! Komm rein.«

Er betrat ihr Büro, und Helle war froh zu sehen, dass er einigermaßen frisch aussah. Ohne Fahne. »Hast du Markus diese Woche?«

Er nickte. »Ja, hab ihn gerade vom Eishockey abgeholt. Später gehen wir Pizza essen.«

Helle freute sich. Jan-Cristofer blühte immer auf, wenn er seinen 15-jährigen Sohn bei sich hatte. »Wollt ihr einen Abend zu uns kommen? Wir könnten Käse-Fondue machen, wenn ich mich richtig erinnere, ist das eines der Lieblingsessen deines Sohnes.«

»Gerne. Ich frag ihn.« Jan-Cristofer setzte sich. »Marianne sagt, du hast Aufgaben?«

Helle erklärte ihm die Sache mit dem Zettel, den sie im Handschuhfach von Gunnar gefunden hatte. Und dass sie wollte, dass sie alle Arzt-, Therapie-, Krankengymnastik-Praxen zwischen Skagen und Fredrikshavn durchtelefonierten. Diejenigen, die genau die Art Zettel verwendeten, sollten anschließend direkt besucht und befragt werden, ob Gunnar Patient bei ihnen war. Angesichts der Tatsache, dass Gunnar Larsen das Opfer eines brutalen Mordes geworden war, würde sich wohl niemand auf die Schweigepflicht berufen.

»Ich weiß, es ist vielleicht viel Aufwand für nichts ...«

»Quatsch«, unterbrach ihr Kollege sie. »Es ist alles, was wir haben. Wir müssen jeder Spur nachgehen.«

Dankbar lächelte Helle. Der Zuspruch ihres langjährigen Freundes und Kollegen tat ihr sehr gut. Sie waren eben beide alte Schule. Hatten zusammen die Ausbildung angefangen – so hatten sie sich kennengelernt –, waren gemeinsam in Fredrikshavn und später in Kopenhagen Streife gegangen, und dann ließ sich Jan-Cristofer nach Skagen versetzen. Sie war ein paar Jahre später gekommen – als seine Vorgesetzte.

»Du hast Physiotherapeuten, Orthopäden, Osteopathen, Fußpflege. Bei Marianne bekommst du deine Liste«, instruierte Helle ihn.

Jan-Cristofer lachte. »Herrlich! Vielleicht kann ich mir irgendwo Vorteile verschaffen. Wer weiß, wann man's brauchen kann.«

Helle sah ihm nach, wie er das Büro verließ, und öffnete endlich Sörens Bericht.

Auf dem Terrain des Tivoli hatten die Ermittler in einem Schuppen für Gartengeräte Spuren gefunden. Vor allem Blut und Gewebe. Helle klickte sich durch die dazugehörigen Bilder. Bei den Augäpfeln, die vertrocknet auf dem dreckigen Boden des Schuppens lagen, wurde ihr schlecht. Furchtbar, der arme Gunnar. Hoffentlich würde seine Frau diese Bilder niemals zu Gesicht bekommen. Aber so viel Kaltherzigkeit traute sie nicht einmal Sören Gudmund zu.

Es waren auch Aufnahmen von dem Werkzeug, das der Täter – oder die Täter, das stand zum jetzigen Zeitpunkt noch nicht fest – verwendet hatte. Es war ein gebogener Metallhaken, mit dem man zum Beispiel Moos aus den Fugen kratzte. Helle schauderte. Aber sie las den sehr penibel verfassten und dementsprechend umfangreichen Bericht ganz genau und aufmerksam durch. Die Spurensicherung war noch damit beschäftigt, alle Spuren aufzunehmen, das konnte ein paar Tage dauern. Schließlich wurde der Schuppen von vielen Mitarbeitern im Tivoli benutzt. Da es nun aber Winter war, war kaum noch jemand in den Schuppen gekommen, der Täter hatte das Schloss aufgebrochen, und niemand hatte es gemerkt. Einiges deutete darauf hin, dass der Schuppen auch als Schlafplatz oder Unterschlupf benutzt worden war.

Auch eine Schubkarre hatten Sören und seine Leute gefunden, von der anzunehmen war, dass der bewusstlose oder sogar bereits tote Gunnar damit vom Schuppen zum Karussell transportiert worden war.

Des Weiteren gab es Zeugenaussagen, die momentan ausgewertet wurden, natürlich hatten eine Menge Leute irgendetwas gesehen, anscheinend war aber noch kein bahnbrechender Hinweis darunter.

Auch der Befund der Rechtsmedizin lag vor. Demnach hatte sich bestätigt, was der Mann bereits von Anfang an vermutet hatte. Aufgrund des Blutflusses konnte er rekonstruieren, dass Gunnar während der Folter an einem Herzstillstand zu Tode gekommen war. Helle betete insgeheim, dass der Tod gnädig gewesen und Gunnar schon beim Anblick des Metallhakens das Herz stehen geblieben war.

Weiterhin fanden sich Spuren von Pfefferspray im Gesicht des Toten. Damit wurde der ehemalige Gymnasialdirektor also schachmatt gesetzt, wie einfach.

Als Helle mit dem Bericht fertig war, druckte sie ihn aus und verabschiedete sich von Marianne. Ole und Amira waren beide auf Streife, außerdem konnten sie bereits die ersten Praxen besuchen, die vielleicht Terminzettel dieser Art vergeben hatten. Jan-Cristofer hielt die Stellung im Büro. Sonst war es ruhig geblieben in Skagen, sie hatten noch einen Einbruch in ein Sommerhaus sowie zwei Ladendiebstähle aufzuklären. Aber Helle hatte bereits in beiden Fällen alles in die Wege geleitet, auf dem Heimweg würde sie noch einmal in dem Angel-Shop, aus dem gestohlen worden war, vorbeifahren und sich mit dem Besitzer unterhalten.

Es dämmerte, als sie nach Hause kam, im Wohnzimmer war Licht, einer ihrer beiden Männer war also bereits da. Emil kam ihr schwanzwedelnd entgegen, schnappte sich auf dem Weg von seinem Körbchen zur Haustür noch schnell seinen kleinen Stoffteddy, um ihn Helle winselnd vor Freude zu bringen. Sie musste dann so tun, als wolle sie ihm den Teddy aus dem

Maul reißen, aber immer blieb Emil zu seiner großen Freude der Sieger und rannte mit seinem Spielzeug drei Mal um den Sofatisch.

»Wir waren schon mit ihm draußen!«, hörte sie die Stimme von Leif.

»Super, danke.« Helle durchquerte Küche und Essbereich und warf einen Blick auf die Sofalandschaft. Hier lag ihr Sohn, Kissen unter dem Kopf, Fernbedienung in der Hand, die Füße auf dem Schoß seines Freundes. Er war barfuß und David massierte ihm die nackten Zehen.

An diesen Anblick musste sich Helle immer wieder aufs Neue gewöhnen. Vor ein paar Monaten hatte Leif sich geoutet, sie und Bengt wussten schon etwas länger, dass ihr Sohn homosexuell war. Ihre Tochter Sina war die Erste, die sich in der Richtung geäußert hatte, und wenig später hatte auch Leif selbst sich getraut, mit seinen Eltern darüber zu reden.

Helle hatte es mit gemischten Gefühlen aufgenommen. Weder sie noch Bengt hatten etwas gegen Schwule. Helle war sogar stolz gewesen, dass Leif sich seiner so bewusst war und sich traute, damit an die Öffentlichkeit zu gehen. Aber gleichzeitig hatte sie große Angst um ihn. Das politische Klima hatte sich im liberalen Dänemark in den letzten Jahren geändert. Mit dem Erstarken der konservativen Kräfte wie zum Beispiel der Dansk Folkeparti war Intoleranz gegenüber Fremden und Andersdenkenden, Künstlern und Homosexuellen wieder salonfähig geworden. Nie hätten sie und Bengt, die sich immer dem sozialliberalen, grünen Umfeld zuordneten, das für möglich gehalten. Aber der Wind wehte rauer, die Arbeitslosenquote stieg, und plötzlich sahen die Dänen ihr Land in Gefahr. Darum machte Helle das Bekenntnis ihres Sohnes zur Gleichgeschlechtlichkeit Sorgen. Was würde ihm widerfahren? Würde er beleidigt, geschlagen, im Beruf benachteiligt, gedemütigt, nur, weil er bekennender Schwuler war?

Bengt schüttelte den Kopf darüber, wenn Helle über ihre

Angst sprach. Er teilte ihre Befürchtungen nicht, und Helle wollte sich ihm nur zu gern anschließen. Aber wenn sie ihren Sohn ansah – so wie im Moment, mit seinem Freund David, den sie ebenfalls ins Herz geschlossen hatte –, dann sah sie immer noch den kleinen zarten Jungen in ihm. Und wollte ihn vor der Welt – die, wie ihr Beruf sie jeden Tag lehrte, nicht die beste war – in Schutz nehmen.

Leif selbst hätte sie für verrückt erklärt.

»Wir haben Veggie-Chili gekocht. Ist noch was da, wenn du Hunger hast.«

»Gerne. Wie lief es bei dir? Mathe-Klausur?«

Leif und David wechselten einen Blick, und Helle ärgerte sich, dass sie das Thema angeschnitten hatte. Was hatte sie erwartet? Bestimmt waren die Aufgaben sauschwer gewesen, der Lehrer hatte ein Thema drangenommen, von dem er vorher nichts gesagt hatte, die anderen sagten auch alle, es sei die schwerste Klausur *ever* gewesen … Sie kannte alle Ausreden, seit vielen Jahren. Die schlechten Noten ihres Sohnes hatten nie den Grund, dass er keine Lust hatte, sich nicht konzentrieren wollte, zu wenig lernte.

»Ganz gut eigentlich. Ich habe zumindest bei jeder Aufgabe etwas hingeschrieben.«

Das war tatsächlich eine Antwort, mit der Helle im Leben nicht gerechnet hatte.

»Wir haben zusammen gelernt. Ich hab ihm ein paar Sachen erklären können.« David lächelte Helle an. Er schien zu wissen, was hinter ihrer Stirn vor sich ging.

Gerade als sie sich bedanken wollte, klingelte ihr Handy. Sie warf einen Blick darauf. Unbekannte Nummer.

»Helle Jespers.«

»Hallo, mein Name ist Christian Laumann. Ich rufe aus Deutschland an, Polizei Kiel. Bitte entschuldigen Sie mein schlechtes Dänisch. Kann ich mit Sören Gudmund bitte sprechen?«

Leif wedelte Helle ungeduldig mit der Hand aus dem Wohnzimmer, sie störte bei *Bates Motel.*

Helle zog die große Panoramascheibe auf, winkte Emil, der sofort ins Freie stürmte, und setzte das Gespräch draußen fort. Sie erklärte dem deutschen Kollegen, dass er völlig falsch gelandet war, was Laumann mit einem Lachen quittierte und auf seine neue Sekretärin schob. Er hatte eine warme und sympathische Stimme, was Helle verleitete, ein bisschen Smalltalk mit dem Mann aus Kiel zu treiben. Sie setzte sich auf die Holzbank, die Bengt selbst gebaut hatte und die nun vor Wind und Schnee geschützt unter dem Hausdach auf der Terrasse stand. Dicke Kissen, über die Helle Lammfelle gelegt hatte, und der freie Blick aufs Meer machten diesen Platz zu einem Lieblingsort der Kommissarin.

Während sie dort saß und sich mit Laumann unterhielt, beobachtete sie Emil, der sich eine tiefe Kuhle in den Sand grub.

»Dann haben Sie mit dem Fall direkt gar nichts zu tun?«, erkundigte sich Laumann gerade.

»Nur mittelbar. Der Tote kommt aus unserem Ort.«

»Ah! Also telefoniere ich gar nicht mit Kopenhagen?«

»Nein«, lachte Helle. »Sie telefonieren mit Skagen. Nördlichstes Jütland.«

»Ich weiß, wo das ist!«, freute sich Laumann. »Dort, wo Nord- und Ostsee zusammenfließen. Als kleiner Junge habe ich da mal Urlaub mit meinen Eltern gemacht.«

Helle wunderte sich. Wie so oft, wenn Leute ihre kleine Stadt kannten. Skagen war winzig, aber in der Saison waren mitunter zehn Mal so viele Touristen wie Einwohner hier. Es kam ihr manchmal vor, als habe jeder zweite Däne und jeder zehnte Deutsche schon einmal hier Urlaub gemacht.

»Jütland, da war aber auch etwas ... Moment.« Sie hörte durch das Telefon, dass Laumann etwas auf seiner Tastatur eingab. »Ja, hier.« Er machte eine kurze Pause. »Ich kann Ihnen das nicht am Telefon sagen, vor allem nicht, weil Sie gar nichts mit dem Fall zu tun haben, aber wir haben oben bei Ihnen auch jemanden im Visier.«

»Aber nicht Gunnar Larsen?«

»Nein, so viel darf ich Ihnen schon sagen. Deshalb wollte ich Sören Gudmund auch sprechen. Über Ihr Opfer liegt uns nichts vor. Gar nichts.«

»Ich nehme an, dass Sören sich an Sie gewandt hat?« Helle war schrecklich neugierig, was die Kieler Polizei mit ihrem Fall zu tun haben könnte.

»Richtig – ohne Ihnen Details zu verraten.« Helle hörte durchs Telefon, dass Laumann schmunzelte. »Wir sind eine Ermittlergruppe, die schon seit langem daran arbeitet, Kinderpornoringe zu beobachten und im besten Fall aufzudecken, grenzübergreifend und europaweit. Wir müssen dabei einen langen Atem haben, manche Ermittlungen laufen seit Jahren. Deshalb ist dieser Kontakt dort oben in Jütland für Sie sicher irrelevant. Wir arbeiten eng mit Ermittlern in Kopenhagen, aber auch Oslo zusammen. Mit ihrer Mordkommission habe ich eigentlich nichts zu tun, die Anfrage aus Dänemark ist nur zufällig auf meinem Tisch gelandet.«

»Alles klar. Dann werde ich wohl nie in den Genuss kommen, mit Ihnen zusammenzuarbeiten.« Helle lächelte in den Hörer. Es machte ihr Spaß, mit dem fernen Unbekannten ein wenig zu flirten.

»Das Bedauern ist ganz meinerseits«, gab Christian Laumann zurück. »Beste Grüße in den Schnee und viel Glück bei Ihren Ermittlungen.«

Helle verabschiedete sich, legte auf und beobachtete ihren Hund, der nach einem kurzen Aktivitätsschub nun in seiner Schnee-Sand-Kuhle lag und schlief. Sie hörte sein Schnarchen und spürte sofort wieder den Stich im Herzen, weil sie unweigerlich daran dachte, wie lange sie dieses wunderbare und für sie so beruhigende Geräusch wohl noch würde hören können.

»Ich hatte heute einen Anruf aus Kiel«, sagte sie zu Bengt, während sie gemeinsam das Abendessen vorbereiteten. Leif und sein Freund waren noch einmal losgezogen. In Skagen war die Auswahl an abendlichen Aktivitäten für junge Leute ziemlich begrenzt, aber irgendjemand fand sich meistens, bei dem man mit einem Bier und einer Tüte Chips vor dem Fernseher Spaß haben konnte. Fast immer war dieser Jemand Leif selber, weil Familie Jespers das größte und gemütlichste Wohnzimmer hatte sowie einen stets gut gefüllten Kühlschrank. Heute Abend aber hatte Helle um etwas Ruhe gebeten, also waren die Jungs zu einer Freundin weitergezogen. Helle wollte sich mit Bengt – und natürlich Emil – einen gemütlichen Abend vor dem Kamin machen.

»Eigentlich hatte er sich verwählt, er wollte Gudmund sprechen. Ein Ermittler in Sachen Kinderpornographie.«

»Ja und?« Bengt hackte Cherry-Tomaten in kleine Stücke und gab diese in die Schüssel mit den ebenfalls gehackten getrockneten Tomaten und dem Knoblauch. Helle wog die Kräuter – Rosmarin, Thymian und Oregano – und gab sie zu den Tomaten.

»Er hat mir erzählt, dass sie in Jütland auch jemanden im Visier haben. Einen Pädophilen.«

»Das darf er doch gar nicht?« Bengt zog die Augenbrauen hoch.

»Eben. Er hat mir auch nicht gesagt, um wen es sich handelt. Aber neugierig bin ich natürlich schon.«

Bengt mischte mit seinen Händen die Tomaten-Kräuter-Mischung, gab noch etwas Olivenöl, Zitronenschale, Pfeffer und Salz dazu und verteilte alles über zwei Scheiben Feta, bevor er es in den Ofen schob. »Du greifst auch nach allem, was du kriegen kannst.«

»Wie meinst du das?« Helle stibitzte sich ein Stück Baguette.

Jetzt drehte sich ihr Mann zu ihr um und sah sie belustigt an. »Was ich gestern schon gesagt habe. Dir fällt die Decke auf den Kopf. Sobald du ernsthafte Polizeiarbeit riechst, und sei sie noch so weit entfernt, würdest du am liebsten alleine losrennen und den Fall aufklären.«

Helle schob die Unterlippe vor, entschied sich aber zu schweigen.

Bengt fuhr fort. »Damit meine ich nicht den Zeitaspekt. Du arbeitest ja rund um die Uhr, aber intellektuell bist du nicht ausgefüllt.«

Helle widersprach. »Manchmal bekomme ich so einen Rappel. Das stimmt schon. Aber eigentlich bin ich froh, dass wir es hier oben so ruhig haben. Ich bin nicht wirklich scharf auf Großstadtkriminalität.« Sie dachte an ihre Zeit in Kopenhagen. Damals war sie noch jung, kinderlos und sehr motiviert gewesen. Und trotzdem war sie abends manchmal weinend zusammengebrochen. Weil sie schreckliche Dinge gesehen hatte. Weil sie chronisch überarbeitet war. Weil die Arbeit sie körperlich und seelisch anstrengte. Weil sie das Gefühl hatte, dass die Kriminalität selbst in einer so reichen und sauberen Stadt wie Kopenhagen stetig zunahm – sowohl von der Brutalität als auch von der Anzahl der Straftaten her.

Letztlich hatte sie das Gefühl nicht ertragen können, dass alles vergebens war. Deshalb hatte sie sich aufs Land versetzen lassen und mit Bengt in aller Ruhe eine Familie gegründet. Sie wusste: Wäre sie in der Großstadt geblieben, hätte sie entweder keine Kinder bekommen oder ihren Beruf aufgegeben.

Ihr Mann lehnte sich jetzt über den Tresen zu ihr, schob sein Gesicht ganz nah an ihres, sodass sie seinen Atem riechen konnte. Er roch gut und frisch. »Ich weiß. Aber die Kinder sind groß und Emil alt. Und ich kenne dich gut genug, Helle Jespers, um nicht zu hören, wie du gerade mit den Hufen scharrst.«

Helle fasste mit beiden Händen in seinen dichten roten Wikingerbart und küsste ihn liebevoll. »Keine Bange. Das sind nur sehr kleine Anflüge von Motivation.«

»Solange du immer wieder nach Hause kommst und dich von mir bekochen lässt, darfst du gerne losgaloppieren.«

Sie ließ den Bart nicht los. »Nur bekochen?«

Jetzt löste sich ihr Mann aus ihrem Griff und wandte sich hingebungsvoll dem Korken einer Weinflasche zu. »Ach weißt du, wenn es ernst wird, bist du ja doch wieder zu müde.«

Der leise Hauch von Frustration in seiner Stimme war nicht zu überhören. Helle schämte sich. Es stimmte sehr wohl. Wenn einer von ihnen beiden über die Jahre die Lust verloren hatte, dann war sie es. Dabei gab es keinen Mann, den sie attraktiver fand als Bengt. Sie roch ihn gerne und fasste ihn gerne an. Sie wurde auch gerne von ihm angefasst – aber kurz bevor es ernst wurde, machte sie meistens einen Rückzieher. Über die Jahre hatte sie die Lust am Sex verloren. Warum, das wusste sie nicht. Und viel schlimmer noch, das warf Bengt ihr in schlechten Momenten völlig zu Recht vor: Sie wollte es nicht wissen.

Eine SMS rettete die Stimmung davor, zu kippen. Es war eine Nachricht von Ole. »Es könnte Nyborg sein.«

Helle antwortete kurz und knapp: »WTF?«

Ole antwortete nicht, er rief gleich an.

»Hej! Störe ich?«

Helle warf einen Blick auf das Weinglas, das Bengt ihr hinstellte, den Korb mit dem frischen Baguette und den Ofen, aus dem es bereits verführerisch roch.

»Um ehrlich zu sein ja, aber für eine gute Nachricht lasse ich alles stehen und liegen.« Bengt schüttelte nur den Kopf, lächelte aber. Es war nicht das erste Mal in ihrem Zusammenleben, dass die Pflicht rief – zu den unpassendsten Momenten. Sogar als Helle im Kreißsaal war und kurz davor, Leif auf die Welt zu bringen, hatte ihr Pager sich gemeldet.

»Also pass auf.« Ole war ganz atemlos vor Aufregung. »Ich hatte ja die Therapeuten und Psychologen und so. Jedenfalls habe ich am Nachmittag auch bei Nyborg angerufen, und die

Sekretärin sagte mir, dass sie ihre Terminzettel nie stempeln – aus nachvollziehbaren Gründen.«

Helle verstand, was er meinte: Manch einer verheimlichte lieber, dass er die Hilfe eines Psychologen oder Therapeuten in Anspruch nahm, und Nyborg war nicht irgendjemand. Er war die *Number one.*

»Ich bin also vorhin noch vorbeigefahren, obwohl ich schon Feierabend hatte. Aber es liegt ja fast auf dem Weg.«

Wenn man einen Umweg von beinahe zehn Kilometern als direkten Weg bezeichnen möchte, dachte Helle, dann schon.

»Die Sekretärin wollte gerade Schluss machen, da habe ich sie mir geschnappt. Die Zettel, die sie rausgeben, sind jedenfalls identisch mit unserem. Also dem von Gunnar. Ich habe sie gefragt, ob Gunnar bei ihnen als Patient war, aber sie wollte es mir nicht sagen. Da kam der Meister *himself* aus seinem Zimmer und hat mich ziemlich blöd angemacht. So von oben herab. Er obliegt der Schweigepflicht, und überhaupt redet er nicht mit dem Fußvolk. Na, du weißt schon.«

»So hat er es gesagt?«

»So hat er es natürlich *nicht* gesagt. Aber gemeint.«

»Okay, Ole. Du hast super Arbeit geleistet. Ich werde mir Herrn Nyborg vornehmen. Natürlich ist nicht auszuschließen, dass auch andere diese Zettel verwenden. Keine voreiligen Schlüsse!«

Damit wollte Helle das Gespräch beenden, vor allem, weil Bengt jetzt den überbackenen Schafskäse aus dem Ofen holte und ihr das Wasser im Mund zusammenlief. Aber Ole hatte noch etwas auf dem Herzen.

»Helle«, hielt er sie auf, »ich weiß, dass ich die Idee, der Zettel könnte eine Spur sein, blöd fand. Aber wenn Gunnar wirklich etwas mit Nyborg zu schaffen hatte … dann hast du wirklich eine gute Nase gehabt.«

»Das ist ein ganz reizendes Kompliment, mein Lieber«, gab Helle ironisch zurück. Dann legte sie auf.

Aber Ole hatte recht. Wenn Gunnar einen Termin bei Markus Nyborg, dem Heiler-Guru gehabt und seine Frau Matilde offensichtlich nichts davon gewusst hatte, dann lohnte es sich vielleicht wirklich, hier nachzubohren. Schuppen im Tivoli hin oder her.

Zwischen Skagen und Fredrikshavn, einen Tag später, 21.30 Uhr

Er versuchte, sich auf die Flamme zu fokussieren und seinen Kopf vollkommen auszuschalten. Das, was ihm immer gelang, die leichteste Übung, wollte heute nicht funktionieren. Dieser Polizist hatte ihn vollkommen aus dem Konzept gebracht.

Warum kamen die zu ihm?

Was hatte er damit zu tun?

Gut, Gunnar war tot. *Shit happens.*

Und zufällig war er vorher bei ihm gewesen, da war doch nichts dabei. Die Polizei konnte ihm schließlich keinen Strick daraus drehen, dass er Leute behandelte.

Trotzdem.

Er starrte in die flackernde Flamme, *om shanti shanti shanti …*

Dieser Gunnar.

Er hatte gleich gewusst, dass es keine gute Idee war, dass Gunnar ausgerechnet zu ihm kam. Der hatte sich natürlich nichts dabei gedacht, der gutmütige Trottel. Und bei diesem anderen auch nicht, vor ein paar Jahren. Das hatte er auch schon nicht gewollt. Anstatt nachzudenken, hatten sie es sich einfach gemacht, diese beiden Idioten: »Ich kenne ja keine Therapeuten, nur Sie.«

Klar, die hatten ja auch nichts zu verlieren. Er dagegen …

Markus Nyborg legte vor der Brust seine Handflächen aneinander, verbeugte sich vor der Flamme, führte die Hände kurz an sein drittes Auge und pustete die Kerze aus. Dann kam er aus dem Lotussitz zum Stehen.

Er sammelte sich einen Moment, verließ sein Dōjo, schaltete das Licht aus und schlüpfte in seine Schuhe. Vielleicht war Meditation jetzt nicht das Richtige. Vielleicht sollte er sich erst ausagieren. Eine Runde laufen. Oder die Sauna anheizen. Ja, das schien ihm jetzt am besten. Alles ausschwitzen, wie die Schamanen, sich von innen her reinigen.

Auf Joggen im Dunklen hatte er jetzt keine Lust. War viel zu kalt.

Sorgfältig schloss Markus Nyborg sein Dōjo ab und lief über den Hof zu seinem Wohnhaus. Augenblicklich sprangen die Bewegungsmelder an, und die dezenten Spots erleuchteten das antike Katzenkopfpflaster. Einer der Spots funktionierte nicht, fiel Nyborg auf, er musste morgen dem Hausmeister Bescheid sagen.

Den Dreiseitenhof zu kaufen war die beste Idee gewesen, die er seit Jahren gehabt hatte. Der Makler hatte ihm abgeraten: zu marode, viel zu einsam gelegen, zu hohe Unterhaltskosten und weiteres typisches Maklergeschwafel. Weil solche Menschen nur kurzfristig denken konnten. Klar, kurzfristig war es ein Millionengrab. Aber er, Markus Nyborg, hatte sofort das Potenzial entdeckt. Hatte gesehen, was man daraus machen konnte, wie er sich dank des Hofes langfristig entwickeln konnte, und dann würde er alles, was er investiert hatte, mehrfach wieder rausholen können.

Und genau das hatte sich erfüllt.

Das war seine Stärke, aus Scheiße Gold zu machen. Nicht umsonst hatte er diese Fähigkeit zu seinem Beruf gemacht. Er war ein Trüffelschwein, ganz gleich, auf welchem Gebiet. Verkorkste Seelen, Frauen oder eben Häuser.

Zwölf Jahre war es her, dachte Nyborg, während er über Smarthome die Sauna in der alten Scheune anschmiss, dass er den Hof gekauft und umgebaut hatte. Gleichzeitig mit der Entscheidung, hier ein Seminarzentrum aufzuziehen, hatte sein Aufstieg begonnen. Wenn er an die kleinen Räume in Fredrikshavn dachte, in denen er jahrelang therapiert hatte. Wie hatte ihn das niedergedrückt, natürlich war er nicht immer bei der Sache gewesen. Er war nicht *open minded*, nicht fokussiert genug, nicht so durchlässig, wie er es heute war.

Nyborg lachte kurz auf. Natürlich war es Unfug, sich wegen der Polizei Gedanken zu machen. Wenn sie kamen und ihn nach Gunnar fragten, würde er Auskunft geben. Ganz lässig, dann würden mit Sicherheit auch keine Nachfragen kommen. Niemand würde eine Verbindung zu diesem unglücklichen Vorfall ziehen. War doch schon lange her.

Und wenn man es mal ernsthaft betrachtete: Was hatten sie falsch gemacht? Nichts im Grunde genommen. Was war passiert? Auch nichts. Der Junge war wieder abgereist. *So what*? Eine Verkettung unglücklicher Umstände.

Nur war es trotzdem so, dass er nicht gerne daran erinnert wurde. Er hatte kein gutes Gefühl bei dieser Sache, auch nach all den Jahren nicht. Nicht, dass er sich schuldig fühlte. Aber eben auch nicht wirklich *comfortable*.

Überhaupt dachte er nicht gerne an früher. Mann, was war er für ein verkorkster Typ gewesen! Dass es ihm überhaupt gelungen war, sich als Therapeut durchzubeißen. Er wusste ganz genau, wie scheiße er gewesen war. Das war schließlich das Fundament seines Selbstbewusstseins. Zu wissen, dass er sich verändert hatte. Dass er von einem Maulwurf zu einem Adler geworden war.

Transformation war möglich, das war es, was er seinen Jüngern vermittelte: Seht *mich* an!

Nyborg sah auf die Uhr. Die Sauna war jetzt bei gut achtzig Grad. Zeit, hinüberzugehen und einen ersten Durchgang zu machen. Er plante drei Durchgänge, den letzten bei fünfundneunzig Grad, das war *Detox de luxe*, danach würde er wie ein Baby schlafen, und dieser Polizist war ein für alle Mal vergessen.

In der alten Scheune, wo er die Räume seines Spa hatte einbauen lassen, erwartete ihn sanft gedimmtes Licht, blütenweiße, nach Limetten duftende Handtücher und ein flauschiger Bademantel. Minh war eine Göttin. Sie schaffte mit ihren Händen wunderbare Oasen der Ruhe und Spiritualität. Düfte, Lichter, Blumen, alles war ganz auf seine Bedürfnisse abgestimmt. Er verabscheute alles Grelle, Laute, stark Riechende.

Minhs asiatische Seele war allgegenwärtig, und doch schaffte sie es, dass er sie selten bei der Arbeit sah. Das hätte die schöne Illusion zerstört.

Wollte er sehen, wie eine ältere Asiatin im grünen Kittel und Puschen in seinem Spa herumwuselte? Eher nicht. Woher kam sie überhaupt? Vietnam? Thailand? Am Ende von den Philippinen. Grundgütiger, er wollte es gar nicht wissen.

Stattdessen goss er sich etwas von dem Wasser aus der Glaskaraffe ein, auf deren Grund verschiedene Edelsteine lagen. Rosenquarz, der war ihm besonders wichtig. Der Stein des Umbruchs, der die Entfaltung des Ichs symbolisierte und für Selbstliebe stand. Erst, wer sich selbst liebt, kann auch seine Mitmenschen bedingungslos annehmen – das predigte Markus Nyborg all jenen, die zu ihm kamen und Veränderung suchten.

Und sie kamen zu ihm, viele, gebückt, und sie gingen aufrecht wieder von ihm fort.

In einer flachen Schale, die mit Wasser gefüllt war, schwammen kleine runde Kerzen, zusammen mit einer Lotusblüte. Die war künstlich, klar, aber so supergut gemacht, die perfekte Illusion. Nyborg zündete die Kerzen an, und kurz darauf verbreitete sich der zarte Duft von Sandelholz im Vorraum der Sauna.

Er zog sich aus, legte Hose, Hemd und Socken sorgsam gefaltet auf die Bambusbank und streckte sich. Im Spiegel bewunderte er seinen Körper. Hervorragend sah er aus. Ein Dreiundsechzigjähriger im Körper eines dreißigjährigen Mannes. Durchtrainiert, kein Gramm zu viel, die Muskeln straff.

Das Waxing ließ ihn glatt aussehen, verführerisch. Du meine Güte, als ob es so schwer war, ein bisschen auf sich zu achten. Disziplin und Selbstbeherrschung hatten diesen Körper geformt.

Er nahm eines der Handtücher, die in flauschigen Stapeln für ihn bereitlagen, und betrat die Saunakabine. Breitete das Handtuch auf der obersten Bank aus. In die Decke hatte er kleine LED-Lämpchen in Form der Himmelskörper zum Zeitpunkt seiner Geburt eingelassen. Jupiter strahlte am hellsten. Durch die Glasscheibe an der Stirnseite konnte man in die jütländische Weite blicken – vorausgesetzt, es war noch Tag. Jetzt war es stockfinster, aber die Lampen draußen erhellten den Schnee sowie einige der Büsche, die er als Sichtschutz hatte pflanzen lassen.

Kurz glaubte er, etwas gesehen zu haben, aber als er einige Minuten angestrengt nach draußen gestarrt hatte, erkannte er, dass er sich getäuscht haben musste. Also streckte er sich der Länge nach auf der Bank aus, blickte in das künstliche Firmament und dachte daran, was für morgen im Seminarkalender stand. Am Vormittag hatte er keine Termine, in der Zeit konnte er sich mental vorbereiten, ein wenig Yoga oder Iaido machen. Der Nachmittag würde mit einem Vortrag beginnen, »Der Einfluss der Tiefenatmung auf unsere spirituelle Effizienz«, das war eine Firmenbuchung. Die obere Etage eines Herstellers von Leuchtmitteln, wenn er sich richtig erinnerte.

Ein Geräusch riss ihn aus den Gedanken, es hörte sich an, als kratze jemand draußen an der Saunawand. Nyborg setzte sich auf. Das Geräusch verstummte. Aber es war da gewesen!

Jetzt verfluchte er den Sternenhimmel mit den LEDs, der verhinderte, dass er besser erkennen konnte, was da draußen in der Dunkelheit vor sich ging. Andererseits: Wer sollte nachts hier rauskommen? Der Hof lag abseits der anderen Siedlungen, es führte nur eine einzige Straße zu ihm, und die endete an seinem Grundstück.

Es kratzte erneut, aber jetzt hatte er das Gefühl, dass es ein Tier war. Vielleicht einer von den Waschbären, die ihm neuerdings zu schaffen machten. Sie machten sich über den Müll her, insbesondere, wenn der Hausmeister abends die Tonnen rausgestellt hatte. Manchmal erzählte er Nyborg, dass er am Morgen erst einmal den überall verstreuten Müll wieder einsammeln musste. Ekelhaft.

Waschbären hatten lange Krallen, oder nicht?

Stille.

Nyborg hielt den Atem an, lauschte.

Nichts.

Okay, er würde einen Aufguss machen. Im Holzzuber war Wasser, es roch nach Menthol, perfekt, *clear your mind.*

Die glühenden Kohlen zischten, er verwirbelte mit seinem zusammengedrehten Handtuch über dem Kopf die Luft, jetzt schoss der Schweiß aus seinen Poren, gleich noch mal nachlegen, es konnte gar nicht heiß genug sein.

Plötzlich ein Schlag.

Nyborg zuckte zusammen, das kam von der Scheibe. Instinktiv drückte er sich an die Tür, zog sich das Handtuch vor die Brust.

Er hielt den Atem an und lauschte. Eine halbe Ewigkeit. Die Steine im Saunaofen glühten, das Menthol stach in seinen Lungen.

Aber da kam nichts mehr. Keine Bewegung, kein Kratzen, kein Schlag.

Was spielte sich da draußen ab, verdammt?

Er entschied sich, den Hausmeister zu rufen. Der sollte augenblicklich herkommen und nachsehen. Und jetzt raus aus der Sauna, in der Hose war das Handy.

Kaum hatte er die Kabine verlassen, kühlte der Schweiß auf seiner Haut ab und er hatte noch nicht einmal den Bademantel an, da zitterte er schon. Hektisch suchte er nach dem Smartphone, aber dann fiel ihm ein, dass er es im Haupthaus in der Küche hatte liegen lassen. Digital entschlacken war seine neue Devise, und wer dachte schon daran, dass man in der Sauna ein Handy brauchte.

Nyborg schlüpfte in seine Klamotten, warf sich den Bademantel noch darüber und stürmte aus der alten Scheune, dem neuen Spa. Er hatte schon die Hälfte des Hofes überquert, da hielt er inne. Sollte er nicht selber nachschauen? Angenommen, der Hausmeister kam und stellte fest, dass ein Tier hinter der Sauna Unfug getrieben hatte, wie stand er dann da? War er eine Memme oder was?

Ganz sicher nicht.

Er zurrte den Bademantel fester um sich und ging zurück zur Scheune. Er entschloss sich, an der rechten Seite herumzugehen, links war ja der eine Scheinwerfer kaputt. Vielleicht waren das auch die vermaledeiten Waschbären, dachte er, durfte man die eigentlich schießen? Oder standen die unter irgendeinem blöden Schutz? Die nervten gewaltig.

Er blickte auf den Boden, wo ein schmaler Trampelpfad in den Schnee getreten war, sorgfältig war Kies gestreut, damit man auf dem hartgefrorenen Boden nicht ausrutschte.

Nichts zu sehen.

Dann erstarrte er. Das matte Licht des Sternenhimmels aus der Saunakabine warf einen Schimmer über die Schneedecke. Die, da legte Nyborg Wert drauf, jungfräulich zu sein hatte. Niemand sollte hier entlanglaufen, er liebte es, wenn er in der Sauna saß und auf die weiße glatte Schneefläche blicken konnte. Das war so unglaublich rein und pur, hatte eine total transzendentale Wirkung auf ihn.

Aber jetzt war da etwas im Schnee. Ein Engel.

Jemand hatte einen Schneeengel gemacht. Mitten in der Sichtachse.

Nyborg blickte sich entsetzt um. Er war sicher: Heute Nachmittag war da noch kein Abdruck in der Schneedecke gewesen. War das frisch? Jetzt sah er auch die Fußspuren. Es waren nicht die Abdrücke von Kinderschuhen. Große Stiefel waren hier unterwegs gewesen, und wie es aussah, waren die Abdrücke frisch.

Jemand scherzte. Machte Geräusche und einen Engel.

Aber warum denn bloß?

Zwischen Skagen und Fredrikshavn, 22.00 Uhr

Ich sehe ihm zu, wie er über den Hof hastet, in seinem weißen Bademantel, und sich vor Angst in die Hosen macht. Ich triumphiere und freue mich. Schlecht soll er sich fühlen. So schlecht wie ich.

Ich friere, und ich weiß, lange kann ich hier nicht bleiben. Morgen wird der Hausmeister kommen, dann muss ich verschwunden sein. Am besten gehen, wenn es noch dunkel ist, dann schläft der Sack, und ich kann unbeobachtet verschwinden. Am Tag sieht man mich.

Wohin soll ich gehen?

Es war vielleicht ein Fehler, hierherzukommen. Zu früh, zu schnell. Bei Jutta hätte ich noch bleiben können. In Christiania hätte ich vielleicht sogar so lange bleiben können, bis es mir wieder bessergeht.

Bis das Kind verschwunden ist, das böse Kind.

Es hat mich im Griff, und ich weiß, wenn es wiederkommt, kann ich ihm nichts entgegensetzen. Ich habe keine Medizin, um es zum Schlafen zu bringen.

Es war vielleicht ein Fehler, überhaupt aus Portugal wegzugehen. Da ging es mir nicht schlecht. Die Wärme, die Arbeit, die Gruppe. Aber das Kind wollte. Es wollte die Medizin nicht nehmen und nicht in der Wärme bleiben, es wollte endlich Rache.

Das Kind ist schuld, dass ich hier in diesem Schuppen sitze, schon wieder ein Schuppen. Es ist zu kalt dafür. Ich mag nicht hierbleiben, gestern ist der kleine Zeh abgefroren.

Ich könnte den Job erledigen. Ihn schnell erledigen und nicht so blutig.

Dem Kind zuvorkommen.
Das Pfefferspray steckt in meiner Tasche.
Aber jetzt ruht das böse Kind. Das kann ich vielleicht ausnutzen und ihm entkommen. Das Kind ist erschöpft von der letzten Tat, und ich bin es auch.
Es muss enden.
Es muss enden.
Es muss …
Ich könnte den Zug nehmen, das klappt immer. Morgen wäre ich wieder in Kopenhagen. Dann gehe ich zu Jutta. Sie hat Mitleid und kocht für mich, zum Glück hat sie das Kind nicht kennengelernt.
So weit darf ich es nicht kommen lassen.
Ich könnte auch Fredo anrufen, damit er mich holt.
Ob sie mich vermissen?
Ob sie mich suchen lassen?
Es tut mir so leid, dass ich gegangen bin, ohne etwas zu sagen. Ich möchte zurück. So gerne zurück, dahin, wo es warm ist.
Die Tiere mögen mich, und ich mag die Tiere.
Vielleicht reicht es dem Kind, wenn wir ihnen nur etwas Angst einjagen. So wie ihm hier. Ich hatte Spaß, und er hatte Angst.
So soll es sein.
Reicht das nicht?
Aber das Kind ist verfressen, es will mehr, als es haben darf.
Das böse Kind.
Es hat Spaß an den schlimmen Sachen.
Ich nicht.
Ich fahre zurück.

Skagen, 9.00 Uhr

Die tägliche Lagebesprechung in Helles Büro war eher ein gemeinsames Frühstück als eine strategische Einsatzvorbereitung. Im Sommer, wenn die Touristen kamen, sah es anders aus, da verteilten sie schnell die Aufgaben und schwärmten dann sofort wieder aus. In der Ferienzeit hatten sie stets mehr als genug zu tun. Aber wenn der kleine Ort wieder in den Winterschlaf fiel, saßen sie gemütlich zusammen, aßen Selbstgebackenes von Marianne oder Helle und tranken plaudernd Kaffee.

Heute allerdings lag etwas mehr Anspannung in der Luft. Markus Nyborg hatte früh angerufen und gemeldet, dass Unbefugte sein Grundstück betreten hätten. Er verlangte, dass jemand von der Polizei bei ihm vorbeikäme und sich der Sache annahm. Er wolle Anzeige gegen Unbekannt erstatten.

»Kannst du das bitte noch einmal wiederholen? Ich glaube, ich habe es nicht richtig verstanden«, bat Helle Amira, die das Gespräch mit Nyborg geführt hatte.

»Jemand hat einen Schneeengel auf seinem Grundstück gemacht«, grinste Amira breit.

Ole kicherte. Jan-Cristofer sah kopfschüttelnd zu Boden, und Marianne lachte lauthals.

»Zwickt mich mal jemand?« Helle blickte in die Runde. »Ich glaub es nicht. Was hast du zu ihm gesagt?«

»Ich habe gesagt, dass er sich schon herbemühen muss, wenn er Anzeige erstatten will«, gab die Polizeianwärterin zur Antwort. »Daraufhin er: ›Ihre Chefin wollte doch zu mir kommen, also warte ich.‹ Dann hat er aufgelegt.«

»Typisch«, klinkte sich jetzt Ole ein. »Mir hat er ja auch zu verstehen gegeben, dass er mit dem Fußvolk nicht spricht. So ein arroganter Sack.«

»Dann werde ich mir ein bisschen Zeit lassen, bis ich zu ihm rausfahre«, beschloss Helle.

Ole ignorierte sie und sprach einfach weiter. »Ich hab ihm aber gesagt, wenn meine Chefin kommt, dann wird er sich wünschen, dass er besser mit dem Fußvolk geredet hätte.«

Daraufhin brachen sie alle in Gelächter aus – bis auf Jan-Cristofer.

»Er muss ganz schön Angst haben.« Er guckte ernst.

Helle hakte nach. »Wie meinst du das?«

»Ich meine, wenn sich jemand wegen eines Schneeengels in die Hosen macht, dann hat er Grund dazu.«

Helle stieg sofort ein. »Nyborg fühlt sich bedroht. Vielleicht gar nicht mal von einem Unbekannten. Vielleicht hat er einen konkreten Verdacht.«

»Möglich.« Jan-Cristofer hielt Helles Blick. Es war ein gedankliches Ping-Pong-Spiel, sie spielten es seit ihren Anfängen bei der Polizei. In irgendeinem Seminar war die Übung aufgekommen, und Helle hatte nie wieder einen so guten Ping-Pong-Partner wie Jan-Cristofer gefunden.

»Oder er ahnt nur vage etwas. Warum aber jetzt? Hat es mit Gunnar zu tun?«

»Gunnar wird ermordet, und Nyborg fängt plötzlich an, sich zu fürchten.«

»Das heißt, er weiß etwas über das Mordmotiv.«

»Vielleicht auch über den Täter.«

»Wie auch immer – er bezieht irgendetwas an der Tat auf sich.«

»Wir müssen nachsehen, ob er bereits früher solche Anzeigen wegen nichts erstattet hat. Oder sich wegen Belanglosigkeiten bei der Polizei gemeldet hat. Dann würde es bedeuten, dass er ein notorischer Beschwerer ist und dieser Vorfall nichts mit dem Mord an Gunnar zu tun hätte.«

»Oder«, Jan-Cristofer hob einen Zeigefinger, »wir sind auf dem Holzweg, und Nyborg hat Angst vor Einbrechern – wegen des Einbruchs in das Sommerhäuschen.«

»Auch dann hätte seine Angst gar nichts mit Gunnar zu tun«, ergänzte Helle nachdenklich.

»Das mit dem Sommerhäuschen kann er nicht wissen«, mischte sich nun Amira ein. »Das stand noch gar nicht in der Zeitung. Ich war gestern erst mit Ole dort, und wir haben uns alles angeguckt. Vermutlich haben Jugendliche da eine kleine Spontanparty gefeiert. Sieht ganz danach aus. Kippen, Bierflaschen und das Fenster dilettantisch eingeschlagen.«

»Vielleicht kennt er die Besitzer und hat deshalb davon erfahren?« Ole runzelte die Stirn. »Vielleicht hängen die auch in was mit drin?«

Helle klatschte in die Hände. »Ihr beide überprüft das. Ole und Amira: alles klären, was den Einbruch angeht. Mit den Besitzern sprechen, nach Nyborg und Gunnar fragen. Ich spreche mit Matilde und erkundige mich ebenfalls, ob es irgendeine Verbindung zu ihnen oder Nyborg gibt. Jan-Cristofer, fährst du zu Nyborg raus und sichtest die Spuren? Des Schneeengels …«

Ihr Freund und Kollege schüttelte den Kopf. »Ich dachte, du willst wegen des Zettels mit ihm sprechen? Du bist viel besser im Angsteinjagen als ich.«

»Stimmt auch wieder. Außerdem bin ich neugierig. Ich wollte mir das Seminarzentrum schon immer mal angucken.«

»Ich bin sowieso mit den beiden Ladendiebstählen beschäftigt«, Jan-Cristofer zog seinen Notizblock aus der Brusttasche seines Hemdes. »Im Supermarkt haben wir die Täter, zwei Schülerinnen, sie sind auf dem Videoband gut zu erkennen. Ich wollte heute zu den Familien fahren und mit den Mädchen sprechen. Anzeige wegen Ladendiebstahl wurde erstattet, also … na ja, nicht sehr erfreulich.«

»Okay.« Helle machte sich ebenfalls eine Notiz. »Im Anglershop war ich gestern. Der hat im Laden kein Überwachungssystem, wir haben praktisch keine Chance, das aufzuklären. Der Besitzer, Michael, meint, die teure Angel ist verschwunden, als er mal kurz auf Toilette war.«

Jetzt mischte sich Marianne ein. »Mal kurz auf Toilette? Michael hat eine ziemlich laute Türglocke. Das hätte er doch gehört, wenn jemand reingekommen wäre. Also nein, ich weiß nicht.«

Jan-Cristofer machte sich eine Notiz. »Du hast recht. Ich überprüfe das noch mal. Vielleicht will er auch nur ein paar Kröten mit der Versicherung machen. So richtig gut läuft der Laden wohl nicht.«

Helle hatte noch einen offenen Punkt auf der Besprechungsliste. »Marianne, wie sieht es mit den Nachforschungen bezüglich des Zettels aus?«

»Abgeschlossen.« Ihre Sekretärin berichtete nicht ohne Stolz. »Es gab insgesamt vier Praxen, die exakt diese Zettel verwenden. Es sind Notizzettel, die nicht von einem Pharmaunternehmen sind, sondern aus dem ganz normalen Bürobedarf. Deshalb werden sie auch von diesen vier Praxen verwendet – alles Therapeuten beziehungsweise Psychologen. Die Zettel sollen so neutral wie möglich sein. Am Telefon habe ich nur von einer Praxis Auskunft über Gunnar bekommen – nämlich, dass man ihn dort nicht als Patient führt. Bei einer anderen Praxis, also bei Nyborg, war Ole gestern. Zwei sollten heute noch besucht werden, sie sind in Fredrikshavn.«

»Okay«, subsummierte Helle. »Die heben wir uns auf. Wer heute noch Zeit hat, informiert die Kollegen vor Ort, dass wir auf ihrem Terrain wildern, und fährt die Praxen ab. Ansonsten sind alle Aufgaben verteilt?«

Die Kollegen nickten und verließen einer nach dem anderen Helles Zimmer.

Es war mittlerweile halb zehn, Zeit, eine kleine Runde mit Emil zu drehen, den Helle heute mit ins Büro gebracht hatte. Er lag auf ihren Füßen unter dem Schreibtisch und schlief. Von

Zeit zu Zeit stieg ein unangenehmer Geruch in Helles Nase, das Verdauungssystem des alten Hundes arbeitete offenbar auf Hochtouren. In dem Mief konnte sich Helle nicht gut konzentrieren, also drehte sie die Heizung ab, öffnete das Fenster weit und weckte ihren Liebling.

Als beide eine Viertelstunde später von der kleinen Hunderunde zurückkamen, lag ein Zettel auf Helles Schreibtisch. »Sören Gudmund bittet um RR.«

»Magnus Vinterberg – sagt dir der Name was?« Typisch Gudmund. Fiel umstandslos mit der Tür ins Haus. Keine Begrüßung, kein »Wie geht's«, stattdessen kam er ohne Umschweife zur Sache.

»Noch nie gehört«, antwortete Helle wahrheitsgemäß. »Wer ist das? Der Täter?«

»Das zweite Opfer.«

Helle verschluckte sich augenblicklich an ihrem Vollkornbrot, von dem sie gerade abgebissen hatte. Ein Teil des Bissens landete in ihrer Luftröhre, und sie glaubte zu ersticken. Krampfhaft hielt sie eine Hand über den Hörer, damit Sören Gudmund nicht hörte, wie sie hustete und würgte. Als der Anfall vorüber war, ächzte sie mit dem ersten bisschen Luft in ihren Lungen: »Der gleiche Täter?«

»Anzunehmen.«

»Willst du mir mehr dazu sagen?«

Helle hörte, wie der Mordermittler tief seufzte.

»Ich habe wirklich wenig Zeit, Helle. Und weißt du – ich denke nicht, dass der Fall irgendwie mit Skagen zusammenhängt, also, nimm es mir nicht übel, aber in dem Fall …«

»Ich bin morgen in Kopenhagen«, unterbrach Helle ihn hektisch, »kann ich vorbeikommen?«

Er schwieg.

»Ich besuche meine Tochter. Ist lange schon geplant, so ein Zufall!« Helle wusste, dass sie total unglaubhaft war, aber sie wollte auf keinen Fall lockerlassen. Auf keinen Fall. Aller Wahrscheinlichkeit nach hatte Sören Gudmund recht, und der Fall hatte absolut nichts mit Skagen zu tun. Vielleicht war Gunnar tatsächlich aus purem Zufall einem Irren in die Hände gefallen. Helle gab zu, dass alles darauf hindeutete. Aber ein winziges Fitzelchen Hoffnung blieb, dass das Mordmotiv in Gunnar Larsens Vergangenheit zu suchen war, und solange es diesen Bruchteil einer Chance gab, wollte sie die Hoffnung nicht aufgeben.

»Helle, ganz ehrlich, du stehst hier nur im Weg.«

»Bitte!« Oh mein Gott, wie konnte sie sich nur so klein machen? »Ich habe hier auch noch eine Spur. Das ist ganz interessant, erzähle ich dir morgen«, versuchte Helle zu retten, was nicht mehr zu retten war.

»Also gut. Wenn du in der Stadt bist, ruf mich an, vielleicht können wir ein paar Takte reden. Wenn du willst, kannst du den Tatort sehen. Wir sind sowieso die meiste Zeit dort.«

Helle spürte, dass Gudmund das Gespräch schnell beenden wollte, aber sie kam ihm zuvor. »Ein paar Informationen. Ich hatte einen Anruf aus Kiel. Ein Christian Laumann hatte sich verwählt …«

Gudmund schnitt ihr das Wort ab. »Routine. In Sachen Pädophilie mache ich sofort eine Rundabfrage bei unseren Nachbarn. Bei Gunnar übrigens ohne Ergebnis, das wird dich interessieren.«

»Danke.« Helle hatte nichts anderes erwartet. »Und wieso kommt ihr darauf, dass es der gleiche Täter sein könnte?«

Er zögerte. »Pfefferspray«, antwortete er schließlich. »Er wurde ebenso wie Gunnar Larsen mit Pfefferspray außer Gefecht gesetzt.«

»Und wo wurde er gefunden? Auch so … inszeniert?«

Wieder dauerte es mit einer Antwort. »Inszeniert schon. Aber das Opfer wurde zu Hause gefunden. Das Problem mit ihm war: Er war fett. Und er wohnte im vierten Stock. Den hätten nur vier starke Männer aus der Wohnung schleppen können. Und das wäre vermutlich nicht unbeobachtet geblieben.«

Dann legte er auf. Einfach so, ohne Verabschiedung.

Helle saß auf ihrem Stuhl, den Hörer in der Hand und war vollkommen elektrisiert. Was war das für ein Täter? Brutal, skrupellos, aber offenbar durchaus planvoll. Die Sache mit dem Pfefferspray deutete jedenfalls darauf hin, dass er seine Opfer strategisch außer Gefecht setzte. Und es verging nicht viel Zeit zwischen den Morden. Das war beängstigend.

Wahnsinn. Ein irrer Fall. So etwas hatte sie noch nicht erlebt. Irrer Serientäter, das war beileibe nicht Polizeialltag. Helle war fest entschlossen, sich an dem Fall festzubeißen, wie ein Terrier in der Wade eines Joggers – diesen Vergleich bemühte Bengt sehr gerne.

Sie nahm ihren Notizblock und ging zu Jan-Cristofer ins Büro. Er musste sie vertreten, während sie in Kopenhagen war.

Ihr Kollege beendete soeben ein Gespräch und lächelte Helle freudig an. »Hab gerade mit Bengt telefoniert. Wir kommen heute zum Käsefondue zu euch. Markus und ich.«

»Oh!« Helle zögerte kurz. Vielleicht könnte sie auch erst morgen fahren. Andererseits: Die Fahrt in die Hauptstadt dauerte. Mit dem Zug von Fredrikshavn fünfeinhalb Stunden. Brach sie erst morgen auf, dann wäre sie frühestens am Nachmittag bei der Mordkommission. Zu spät. Sie hatte vor, sich den ganzen Tag an Sörens Fersen zu heften.

»Jan-Cristofer, tut mir leid. Ich muss nach Kopenhagen, so schnell wie möglich.«

Sie sah die Enttäuschung in seinem Gesicht und beeilte sich, den Schaden zu begrenzen. »Aber kommt doch trotzdem. Macht einen Jungsabend. Bengt und Leif, du und Markus. Wahrscheinlich habt ihr ohne mich sogar mehr Spaß.«

Ihr Freund und Kollege überlegte kurz, nickte dann aber. »Okay. Bengt wollte jetzt ohnehin zum Einkaufen aufbrechen.« Er zuckte mit den Schultern. »Trotzdem schade. Was machst du so plötzlich in Kopenhagen?«

»Ein zweites Opfer.«

»Was?« Jan-Cristofer riss die Augen auf. »Erzähl!«

Er schob ihr einen Stuhl hin, und Helle setzte sich. »Ich weiß leider gar nichts. Dieser Sören rückt ja nichts raus. Er findet überhaupt, dass uns das nichts angeht.« Sie holte tief Luft. »Aber ich will mich nicht ins Abseits drängen lassen. Ich habe so ein Gefühl, was Gunnar angeht. Und dem gehe ich nach, bis sich ganz sicher erweist, dass ich auf dem Holzweg bin.« Helle warf einen Blick auf ihren Notizblock. »Magnus Vinterberg heißt das Opfer. Und ich weiß nur, dass er fett ist, im vierten Stock wohnt und mit Pfefferspray schachmatt gesetzt wurde.«

Jan-Cristofer starrte sie an. »Okay ...«

»Du musst mich hier vertreten. Ich komme übermorgen wieder zurück. Die Aufgaben haben wir verteilt, es wäre gut, wenn du für mich mit Matilde telefonierst und dich danach erkundigst, ob Gunnar bei Nyborg in Behandlung war.«

»Und was ist mit Nyborg selber? Du wolltest doch rausfahren.«

Helle dachte kurz nach. »Den lassen wir zappeln. Checkt erst mal die beiden anderen Praxen in Fredrikshavn. Ich knöpfe mir Nyborg vor, wenn ich wiederkomme.«

»All right.«

Zwei Stunden später saß Helle Jespers im Zug nach Kopenhagen. Sie hatte Bengt benachrichtigt, sich kiloweise Proviant eingepackt und in ihre kleine Sporttasche zwei Unterhosen, T-Shirts, einen Pullover und Jeans geschmissen. Marianne würde eine Dienstfahrt für sie beantragen, deshalb behielt sie auch ihre Uniform an. Zwar hatte sie gegenüber Sören Gudmund behauptet, sie sei privat in Kopenhagen, aber drauf geschissen, dachte Helle, das interessiert den sowieso nicht.

Erst, als sie ihren Thermosbecher mit Kaffee, ein Smörrebröd und die Tafel Karamellschokolade ausgepackt hatte, fiel ihr ein, dass sie Sina benachrichtigen musste. Ihre Tochter hatte keinen Schimmer, dass in ein paar Stunden ihre Mutter vor der Tür stehen würde, und sie sollte wenigstens die Chance haben, ihr WG-Zimmer auf Vordermann zu bringen. Helle schrieb ihr eine WhatsApp-Nachricht, wartete allerdings vergeblich auf die zwei blauen Häkchen.

Die Fahrt mit dem Zug von Skagen in die Hauptstadt war nicht eben die kürzeste Möglichkeit, nach Kopenhagen zu gelangen, aber die günstigste. Außerdem liebte Helle die Fahrt quer durch Jütland. Der Zug hielt in jedem zweiten Kaff, und Helle erinnerte sich noch an Zeiten von vor dreißig Jahren, als manchmal Bauern mit ihren Hühnerkäfigen einstiegen, um zum Markt in die nächste Kleinstadt zu kommen.

Ihren Proviant hatte Helle bereits nach einem Drittel der Reise aufgegessen, sie beschränkte sich darauf, nur noch aus dem Fenster zu schauen; die vorbeiziehenden schneebedeckten Wiesen und Weiden, kleine hingeduckte Siedlungen und Straßen, auf denen nur vereinzelt Autos unterwegs waren, beruhigten ihre Nerven. Immer wieder fielen ihr die Augen zu, und als Helle schließlich wieder aufwachte, hatten sie bereits den Eisenbahntunnel unter dem Großen Belt hinter sich gelassen. Sie hatten Seeland erreicht. Noch eine knappe Stunde bis Kopenhagen. Sina hatte sich noch immer nicht gemeldet, geschweige denn, die Nachricht ihrer Mutter überhaupt gelesen. Kurzerhand rief Helle Sinas Nummer direkt an, hatte aber auch da keinen Erfolg. Okay, dachte sie, wenn Sina gar nicht da ist oder bis in die Puppen unterwegs, nehme ich mir ein Hostel. Sie googelte nach bezahlbaren Unterkünften und hatte Glück. Da weder Ferien noch Wochenende war, fand sie zwei Hostels in Nørrebro, in denen es freie Betten gab.

Anschließend textete Helle Jan-Cristofer, ob es etwas zu berichten gab. Er antwortete, dass Ole und Amira wegen des

Terminzettels bei den Therapie-Praxen in Fredrikshavn nachgefragt hatten. Bei beiden bekamen sie die gleiche Auskunft, nämlich dass Gunnar dort nicht als Patient geführt wurde. Blieb also nur noch Nyborg – oder sie waren auf dem Holzweg.

Als der Zug im wunderschönen alten Hauptbahnhof von Kopenhagen hielt, war es gerade einmal halb sieben am frühen Abend. Helle verließ den Bahnhof am nördlichen Ausgang, sie hatte vor, in Richtung des Ørstedsparken zu laufen. Sina wohnte in Nørrebro, einem szenigen Multikulti-Viertel. Zu Fuß war es ein gutes Stück Weg, aber Helle sehnte sich nach frischer Luft und der Großstadt. Sie wollte Kopenhagen einsaugen, die Stimmung der Stadt in sich aufnehmen, zu lange war sie schon nicht mehr hier gewesen. Als Sina im Sommer ihren Umzug gemacht hatte, war die ganze Familie zu Besuch gewesen, danach hatten sie und Bengt es nicht mehr geschafft, noch einmal zu kommen.

Leif fuhr ziemlich oft in die Stadt, er verstand sich gut mit seiner Schwester und hatte immer große Sehnsucht danach, das ländliche Jütland zu verlassen. Gleich, ob Christopher Street Day, eine Demo gegen Fremdenfeindlichkeit oder einfach nur ein Wochenende durch die Clubs ziehen – alles war für ihn besser, als in Skagen zu versauern.

Als Helle aber vor dem Bahnhof stand, auf Busse, Taxis, Backpacker und Bettler blickte, überlegte sie es sich doch anders. Sie musste nur ein paar Meter gehen, und dann war da der Tivoli, Vergnügungspark und Tatort. Da Sina sich noch immer nicht gemeldet und auch nicht auf die Rückrufbitte ihrer Mutter reagiert hatte, stapfte Helle mit ihrer Sporttasche zu einem der Eingänge in der Bernstorffsgade.

Normalerweise lag der große Park zu dieser Jahreszeit im Winterschlaf. Bis Silvester tobte hier das Leben, ein spektakulärer Weihnachtsmarkt lockte Besucher aus aller Welt an, den

Höhepunkt der Saison bildete schließlich das opulente Silvesterfeuerwerk. Dann schlossen sich für Besucher bis April die Pforten, weder bunte Glühbirnen noch Musik lockten zum Eintritt ins Vergnügungsparadies. In der Zeit von Januar bis April wurden die Fahrgeschäfte auf Vordermann gebracht, die Buden frisch gestrichen, hier und da etwas Platz für eine neue Attraktion gemacht. In diesem Februar allerdings fand wie schon im Jahr davor das Winterthema statt. Mit leuchtenden Rentieren und Lampen in Form von Eiskristallen und einer riesigen Schlittschuhbahn.

Natürlich hatte der Fund von Gunnars Leiche einige Aufmerksamkeit erregt, und die Leitung des Vergnügungsparks war alles andere als erfreut über die »schlechte PR«, wie ein Mitarbeiter ziemlich unglücklich in der Zeitung zitiert wurde. Die Polizei hatte darum gebeten, den Park für ihre Ermittlungen zu sperren, konnte dieses Verbot aber gerade einmal für zwölf Stunden durchsetzen.

Jetzt, als Helle vor dem Eingang stand, tobte der winterliche Betrieb, als wäre nichts geschehen, und sie sah dem Treiben mit gemischten Gefühlen zu. Es war wie nach den terroristischen Anschlägen auf Konzerte, Weihnachtsmärkte oder Fußballstadien. Das Leben ging weiter, musste weitergehen, die Menschen wollten feiern und fröhlich sein. Und sie hatten ein Recht darauf. Trotzdem empfand sie es als pietätlos und konnte sich auch an den glücklichen Kindern im Park nicht richtig erfreuen.

Helle trat auf eines der Kassenhäuschen zu, zeigte ihren Dienstausweis und bat darum, zum gesicherten Tatort vorgelassen zu werden. Trotz ihrer Uniform stellte sich die Kassiererin quer und wollte von Helle den normalen Eintritt kassieren. Schließlich und endlich hatte Helle Sören Gudmund angerufen, der eine Reihe kaum unterdrückter Flüche vom Stapel gelassen hatte, ihr dann aber per Mail eine Erlaubnis aufs Handy schickte, die ihr schließlich den Weg ebnete.

Helle wusste, dass sie ihm morgen eine Erklärung würde liefern müssen.

Ein Mann von Danskeguard geleitete Helle schließlich vom Eingang in der Bernstorffsgade zum Schuppen, der am anderen Ende des Areals in Richtung H. C. Andersens Boulevard lag. Es war absurd, sich durch die Menge der Menschen zu drängeln, es roch nach kandierten Äpfeln und Zuckerwatte, und Helle wurde ein bisschen übel – sie wusste, dass sie wohl nie wieder einen kandierten Apfel würde essen können.

Der Security-Mann, der neben Helle hertrabte und ihnen beiden eine Schneise durch die Menschenmenge pflügte, war alt, dickleibig und kurzatmig.

»Bist du von der Mordkommission?«, erkundigte er sich.

»Nein«, antwortete Helle wahrheitsgemäß. »Das Opfer kommt aus Skagen. Und ich bin die Leitende Beamtin der Polizeistation dort.«

Der Mann neben ihr nickte und schien nachzudenken. Schließlich gab er sich einen Ruck. »Claas Lind«, sagte er und hielt ihr die Hand hin. »Ich habe die Leiche gefunden. Mit meinem Kollegen.«

Sieh an, so ein Glück, freute sich Helle und drückte die ihr dargebotene Hand. »Kein schöner Anblick, was?«

»Kann ich dir sagen.« Claas schüttelte den Kopf. »Meinen Kollegen hat's gleich aus den Latschen gehauen. Na ja, so ein Jungspund. Du weißt schon.«

Helle wusste nicht, nickte aber.

»Ich habe ja schon eine Menge gesehen.« Der Wachmann war offenbar in Plauderlaune, und Helle hatte nicht die Absicht, ihn davon abzubringen. »Ich war selbst lange Jahre bei der Polizei«, raunte er ihr vertraulich zu.

»Tatsächlich?« Helle blieb stehen und blickte Claas direkt ins Gesicht, der augenblicklich zehn Zentimeter größer zu werden schien. »Das habe ich mir fast gedacht, dass du ein Profi bist.«

»Tja, einmal Bulle, immer Bulle.« Der Beleibte grinste geschmeichelt.

Helle leistete in Gedanken Abbitte bei Gott weiß wem, weil sie dem Typ neben ihr so um den Bart ging, aber falls er etwas zu erzählen hatte, wollte sie es wissen. Tatsächlich berichtete der Security-Mann nun recht umständlich, wie es dazu gekommen war, dass er und sein junger Kollege, von dem er augenscheinlich keine besonders hohe Meinung hatte, den Toten gefunden und die Polizei benachrichtigt hatten. Claas behauptete, von vorneherein ein komisches Gefühl gehabt zu haben, und als er die Musik des Karussells gehört hatte, wusste er gleich, dass etwas nicht stimmte. Helle ließ ihn seine Version der Geschichte erzählen, wurde aber besonders aufmerksam, als der Mann berichtete, er habe jemanden im Bergwerk vermutet.

»Als wir da vorbeigekommen sind, dachte ich: Da steht doch jemand!«, berichtete Claas. »Und kaum waren wir vorbei, habe ich die Schritte gehört.«

»In welche Richtung?«

»Ausgang Vesterbrogade.« Der Mann deutete vage in die Richtung.

Helle nickte. »Das haben Sie bestimmt auch den Kollegen erzählt.«

»Natürlich! Alles, haarklein. Ob sie allerdings zugehört haben … Ich habe da so meine Zweifel.«

Vielleicht redest du ein bisschen viel, lieber Claas, dachte Helle bei sich. »Weiß man denn, wie das Opfer in den Park kam?«

Claas zuckte mit den Schultern. »Vermutlich ganz normal durch einen der Eingänge. Er hatte zwei Tickets in der Manteltasche.«

»Ach?«

Der Wachmann nickte eifrig. »Ich hab ihn natürlich sofort durchsucht.«

Hilfe, dachte Helle, ein Superbulle.

»Verändert habe ich aber nichts!«, beeilte sich Claas zu versichern. »Ich dachte nur, ich schau mal, ob ich herausfinden kann, wer er ist.«

»Und? Hatte er noch mehr in seinen Taschen?«

»Ein benutztes Stofftaschentuch.«

Ihm fehlt also eine Tasche, notierte Helle sich im Kopf. Er muss ja etwas bei sich gehabt haben. Brieftasche, Schließfachschlüssel oder Handy oder beides. Und er hat den Täter in den Tivoli eingeladen. Wie seltsam. Matilde Larsen war sich sicher gewesen, dass ihr Mann kein Interesse an so etwas wie dem Tivoli hatte. Eher wäre er in ein klassisches Konzert gegangen. Aber wer weiß, phantasierte Helle, vielleicht in Begleitung eines Kindes …? Aber ein Kind war wohl kaum dieser skrupellose Mörder.

Schließlich waren sie an dem Gartenschuppen angelangt. Claas wies mit dem Kinn auf die Tür. Der junge Beamte, der das Häuschen bewachte, ließ sich Helles Dienstausweis zeigen und reichte ihr Überzieher für die Schuhe. Ihre Einmalhandschuhe hatte sie bereits aus der Tasche geholt.

Sie betrat den Raum, in dem Gunnar Larsen, Gymnasialdirektor ihrer Kinder, zu Tode gefoltert worden war.

Insektenvernichtungsmittel in großen Plastikkanistern, Säcke mit Rasensaat und Eimer mit Dünger. Schmutzige Gartenhandschuhe, Astsägen, Heckenscheren und Schutzbrillen. All das stapelte sich bis zur Decke in den Regalen des großen Holzschuppens.

Dieses Sammelsurium war das Letzte, was Gunnars Augen je erblickt hatten. Vermutlich, bewiesen war nichts.

Helle stand stumm und atmete flach durch den Mund. Die Luft biss in Hals und Lungen. Die Mischung aus den Chemikalien und dem Verwesungsgestank, der vermutlich von dem Gewebe stammte, das auf dem Bretterboden eingetrocknet war, war schier unerträglich. Dass sich der intensive

Geruch hielt, obwohl trockene Kälte herrschte und es in dem Holzschuppen an allen Ecken und Enden zog, war erstaunlich. Vielleicht, dachte Helle, ist es auch die Angst des Opfers oder die Bosheit des Täters, die die Luft verpesteten.

Weiter als bis zur Türschwelle durfte sie sich nicht bewegen. Die Spurensicherung war vermutlich noch nicht fertig mit der Aufnahme, manchmal dauerte so etwas tage- oder gar wochenlang, wenn der Ort des Verbrechens sehr kontaminiert war. Auf jeden Fall war das weitere Betreten des Schuppens verboten, und der junge Beamte, der hier Dienst schob und darüber wachte, betrachtete die jütländische Polizistin argwöhnisch.

Natürlich gab es nicht wirklich viel zu sehen, aber viel wichtiger war es für Helle, die Eindrücke aufzunehmen, die Atmosphäre. Ein Bild formte sich vor ihrem geistigen Auge, ein Bild, das sie ihre gesamten Ermittlungen über begleiten würde.

Hier hat Gunnar also gesessen, gefesselt mit Gaffa-Tape. Der Stuhl, an dem noch Reste des Tapes hingen, stand inmitten des Raumes, angestrahlt von zwei Industrielampen, die von der Decke hingen. Bestimmt hat er sich nach hinten gestemmt, als der Täter ihm den Haken für das Unkraut vor die Augen gehalten hatte. Wo hat der Täter gestanden? Seitlich, frontal? Waren es doch mehrere?

Schreien konnte Gunnar nicht, auch sein Mund war verklebt gewesen, man hatte auch davon Klebereste gefunden. Helles Blick wanderte zum Boden, dorthin, wo die Spurensicherer Markierungen hinterlassen hatten.

Helle dachte an den Apfel. Hatte der Täter ihn bereits hier im Schuppen bei sich gehabt? Das würde bedeuten, er hätte seine Inszenierung genau geplant. Oder war ihm der Einfall erst auf dem Weg gekommen? Sie würde Sören danach fragen.

Es vergingen einige Minuten, in denen die Hauptkommissarin versuchte, sich genau darauf zu konzentrieren, jedes Detail zu scannen, in ihr Gedächtnis einzubrennen, sodass alles jederzeit abrufbar war. Dann aber spürte sie, dass ihre Konzentration nachließ, dass die Düsternis des Ortes sie umfing und ihre Auffassungsgabe trübte.

Zeit zu gehen.

Zeit, einen Schnaps zu trinken, dachte Helle. Jetzt möchte ich noch etwas Schönes machen. Meine Tochter sehen und mit ihr am Tisch sitzen und reden. Etwas essen.

Eine Dreiviertelstunde später bog sie von der Sankt Hans Gade in die Ryesgade ein und drückte die schwere Tür des mehrstöckigen alten Mietshauses mit der Schulter auf. Das Schloss war also immer noch kaputt, registrierte sie, das war beim Einzug schon so gewesen. Das war nicht gut, auch hier in der Gegend war die Kriminalitätsrate hoch.

Als sie etwas außer Atem im vierten Stock vor der Tür von Sinas WG stand, drang von drinnen Musik heraus. Irgendjemand war also zu Hause, bestimmt könnte sie auf Sina warten, dachte Helle dankbar.

Sie klingelte.

Ein junger Mann öffnete und starrte sie entsetzt an. Helle hatte ihn noch nie gesehen. Er trug einen roten Vollbart, in dessen unteres Ende ein paar Perlen eingeflochten waren. Noch bevor sie sich vorstellen konnte, rief der Mann über die Schulter »Fuck! Die Bullen!« Und donnerte ihr die Tür vor der Nase zu.

Skagen, 21.00 Uhr

Bengt öffnete eine Flasche Rotwein und hielt sie ihm vors Gesicht. Er zögerte. »Also weißt du ... ich bin mit dem Auto da.«

»Klar. Ich will dich nicht überreden. Kannst gerne noch Tee haben. Oder ich koch dir einen Kaffee.«

»Nee, lass mal«, sagte er. »Bloß keine Umstände. Ein Glas wird wohl okay sein.«

Bengt nickte, goss ein und setzte sich Jan-Cristofer gegenüber.

Sie prosteten sich zu und nahmen jeder einen Schluck. Bengt zeigte mit dem Kinn zum Sofa, wo Leif und Markus nebeneinandersaßen und sich irgendwelche Clips auf dem iPad ansahen.

»Wie läuft es? Markus ist ganz schön groß geworden.«

Er nickte stolz. »Ich glaub, ganz gut. Ich habe das Gefühl ... ich bin als Vater gerade angesagt. Er fühlt sich bei mir wohl, und ich habe vielleicht ein paar mehr Antworten als Ina. Thema Rasieren zum Beispiel.«

Sie lachten. Dann erst fiel ihm ein, was er gesagt hatte. War es daneben gewesen? Immerhin war Bengts Sohn schwul, vielleicht war das für Bengt ein ganz anderes Vatergefühl. Was hatten die für Männerthemen?

»Und du und Ina? Ist die Scheidung durch?« Bengt blickte ihn offen an. Das war so ein Typ, dachte er, dem man alles anvertraute. Kein Wunder, dass Bengt Sozialarbeiter geworden war. Oder war er so, weil er Sozialarbeiter geworden war?

Solange er zurückdenken konnte, war Bengt so einer gewesen. Der Ruhige, Stabile, der, an dessen Schulter man sich ausweinen konnte, der Kumpel, mit dem man durch dick und dünn gehen konnte. Kein Wunder, dass Helle sich damals in Bengt verliebt hatte und nicht in ihn. Er war lange nicht darüber hinweggekommen und hatte sich erst mit vielen Frauen getröstet, dann mit Ina. Was von vorneherein keine gute Idee gewesen war.

Und jetzt? Ina weinte er eigentlich keine Träne hinterher. Aber er war traurig, dass sie keine Familie mehr waren. Dass er keine Familie mehr hatte. Das schon. Deshalb soff er auch.

Das, was seine Freunde hatten, Bengt und Helle, das war unerreichbar für ihn. Er hatte versucht, so etwas mit Ina und Markus hinzubekommen, aber es hatte nicht geklappt. Sie waren einfach nicht Bengt und Helle.

Er sah sich um. Dieses Haus am Meer, der Kamin, die irrwitzige Küche, die gemütliche Sofalandschaft, ja, sogar der alte Hund – das alles war wie aus einem Bilderbuch. Ikea-Katalog-de-Luxe-Leben. Manchmal schüttelte ihn der Neid. Warum klappte bei denen einfach alles und bei ihm gar nichts?

Er nahm noch einen Schluck Rotwein. Und eine von den Oliven. Selbst eingelegt, klar. Wie machten die das?

Bengt schwieg und beobachtete ihn.

»Sorry«, beeilte er sich und suchte nach einer Entschuldigung für seine gedankliche Abwesenheit. »Ich bin heute nicht besonders redselig. Tut mir leid.«

»Was beschäftigt dich?«

»Diese zweite Leiche.« Das war noch nicht mal gelogen. Und wie ihn das beschäftigte. Um ehrlich zu sein, dachte er an nichts anderes.

Bengt nickte. »Scheint ja eine große Sache zu sein. Ich verstehe nur nicht, warum Helle deswegen nach Kopenhagen musste.«

Er lachte. »Musste sie nicht. Ich glaube nicht einmal, dass die Typen von der MK besonders glücklich sind, sie da zu sehen.«

Jetzt lachte auch Bengt und schüttelte seinen Kopf. »Mein

Terrier. Sie hat sich in den Kopf gesetzt, dass sie diejenige ist, die den Mord an Gunnar löst …«

»… und nicht etwa die Mordkommission mit zwanzig Bullen und einem hochtechnisierten Apparat.«

»Genau. Helle-Jespers'-One-Woman-Show.«

»Auf Helle!«

»Ja. Immer. Auf Helle!«

Die beiden Männer prosteten sich erneut zu, und ihm war es besonders unangenehm, dass er nicht in die Pötte kam. Bengt war ein guter alter Freund, er hatte sich Mühe gegeben, hatte ein tolles Fondue vorbereitet, jede Menge leckerer Schweinereien drum herum auf den Tisch gestellt, und auch Leif gab ihm und Markus das Gefühl, dass sie beide sehr willkommen waren und irgendwie zur Familie gehörten.

Nur er bekam die Zähne nicht auseinander.

Magnus Vinterberg. War das zu fassen? Sollte *er* das sein? *Der* Vinterberg? Eigentlich hatte er vorgehabt, den Computer zu bemühen und zu gucken, wie viele Magnus Vinterbergs es in Dänemark gab. Aber dann hatte er sich nicht getraut, nicht im Polizeicomputer, das war zu leicht nachzuverfolgen. Es musste ein anderer sein.

Warum tauchte dieser Name plötzlich auf – nach so vielen Jahren?

Warum brachte jemand Gunnar um?

Warum kam Nyborg ins Spiel?

Und jetzt Vinterberg.

Er hatte seit heute Morgen, seit Helle ihm gesagt hatte, wer das zweite Opfer war, das Gefühl, etwas schnüre ihm die Kehle zu. Er bekam keine Luft, hatte so einen Druck auf der Brust.

Diese Sache damals …

Er hatte sich nicht schuldig gefühlt. Der Junge hatte viel erzählt und nicht viel Wahres. Es war also in Ordnung gewesen, dass sie die Sache unter den Tisch gekehrt hatten, oder nicht?

Als der Junge und seine Mutter abgereist waren, hatte er versucht, die Sache zu vergessen. Er hatte damals kein Fass aufmachen wollen, eine Anzeige aufnehmen, Ermittlungen, das ganze Drumherum, dafür, dass der Junge eine rege Phantasie besaß. Das hatte schließlich der Fachmann bestätigt. Nyborg hatte mit dem Jungen gesprochen und war sicher gewesen, dass dieser log.

Dem hatte er sich angeschlossen. Klappe zu, Affe tot.

Sie hatten nie wieder darüber geredet, auch nicht, als er bei Nyborg war wegen der Paartherapie. Dieser Nyborg hatte ja tierisch Karriere gemacht, war ein richtiger Psycho-Guru geworden, weit über die Grenzen Jütlands hinaus. Der musste also Bescheid wissen, war ein Profi. Es gab überhaupt keinen Anlass, an seinem Urteil zu zweifeln.

Oder doch?

Er hatte angefangen, daran zu zweifeln. Und zwar nicht jetzt erst. Als die Toten auftauchten und alles nach oben spülten. Diesen Sommer nach oben spülten.

Es war heiß gewesen, ein Jahrhundertsommer. Viele Badegäste, Hochsaison, die Campingplätze überbelegt, die Sommerhäuser auch, und sie waren unterbesetzt. Markus war gerade zwei und schrie die ganze Zeit, seine Ehe mit Ina war schon in der Sackgasse, nächtliche Streitereien. Er war völlig überfordert gewesen. Und dann kam dieser Junge mit seiner Geschichte.

Später, viel später – Markus war in dem Alter, in dem der Junge damals gewesen war – hatte er an das Kerlchen zurückgedacht. Und hatte angefangen zu zweifeln. Vielleicht hatte der Junge eine blühende Phantasie gehabt. Aber vielleicht war unter den vielen Lügen auch ein wahrer Kern gewesen. Und allein deshalb hätte er etwas unternehmen müssen. Mehr unternehmen müssen.

Ein Kind musste man schützen. Um jeden Preis. Und das hatten sie nicht getan.

Und jetzt war dieser Vinterberg tot. Wenn es überhaupt derselbe war.

Möglicherweise – und das war die Hoffnung, an die er sich den ganzen Tag klammerte – war alles nur ein großer Zufall.

Denn letzten Endes war die große Frage: warum Gunnar? Gunnar hatte mit der Geschichte nur mittelbar zu tun gehabt, um ihn war es nicht gegangen, warum also Gunnar?

Der Hund pochte an die große Schiebetür, und Bengt stand auf, um Emil hinauszulassen.

Er beobachtete Bengt und überlegte, ob er sich ihm anvertrauen sollte. Er hatte keine anderen Kumpels, die Jungs, mit denen er manchmal kickte, Altherren-Fußball. Mit denen konnte er gut herumfrotzeln, aber so etwas bereden? Eher nicht. Bengt war da schon der Richtige. Er kümmerte sich ja schließlich um Kinder und Jugendliche, sicher hatte er Erfahrung mit solchen wie dem Jungen.

Dann verwarf er den Gedanken. Er würde erst abwarten, ob Vinterberg, die zweite Leiche, auch wirklich der Vinterberg von damals war. Und dann wäre es richtiger, gleich mit Helle zu sprechen. Schließlich könnte die Geschichte von damals der Schlüssel sein.

Hoffentlich nicht, dachte er und schenkte sich nach. Denn dann bin ich dran.

Skagen, 21.15 Uhr

Schönes Tier, guter Hund.
Das Kind mag den Hund.
Braver Hund, braver Hund.
Der Hund mag das Kind. Schau, wie er ihm die Hand leckt.
Hab nichts für dich dabei, du guter Hund. Das nächste Mal bringt das Kind dir etwas mit.
Das gute Kind, gutes Kind.
Das Kind ist ein gutes Kind zu Tieren, das weiß der Hund.
Da drinnen, da sitzt einer, der war gar nicht gut zu dem Kind.
Gar nicht gut. War gar nicht gut zu dem guten Kind.
Gutes, böses Kind. Gutes Kind, böses, gut, böse, gut, böse.
Das Kind hat ihn gesucht. Und gefunden.
Schau, braver Hund, schau da drinnen.
Alle hat es gesucht, das gute Kind. Alle bösen Männer.
Gutes Kind, böse Männer, gutes Kind, böse, gut, böse.
Alle gesucht, alle gefunden.
Braver Hund, das nächste Mal bringt dir das gute Kind etwas mit. Ein Leckerli.
Bis zum nächsten Mal, braver Hund.
Braver Hund, gutes Kind.
Böse Männer.

Kopenhagen, 22.00 Uhr

»Kiffst du auch?«

Sina warf den Kopf zurück und lachte aus vollem Hals. »Quatsch, nein! Mama, echt nicht.«

Das klang vorwurfsvoll, dabei fand Helle, dass ihre Frage durchaus Berechtigung hatte. Nach diesem Empfang jedenfalls. Als der junge Mann ihr die Tür vor der Nase zugeknallt hatte und gleich darauf aus der Wohnung erheblicher Tumult zu vernehmen war, hatte Helle die Nerven verloren. Sie hatte mit der Faust gegen die Tür gehämmert und so lange den Namen ihrer Tochter gebrüllt, bis diese ihr mit Verwunderung im Blick die Tür geöffnet hatte. Helle hatte daraufhin ebenso verwundert geguckt. Sina war völlig verändert – die langen blonden Haare hatte sie rundherum abrasiert, nur oben auf dem Kopf saß ein großes Nest aus blauen Dreadlocks. Dazu trug ihre Tochter eine Jeansweste mit bunten Stickereien, eine rotglänzende Leggings und darüber Shorts aus Leder. Der bunte geringelte Strickpullover hatte mehr Löcher als ein Nudelsieb und schien vorher einem Gorilla gehört zu haben.

Alles in allem: gewöhnungsbedürftig.

»Was machst du hier?«, hatte Sina gefragt und Helle noch immer nicht hereingelassen.

Die war richtig sauer geworden, hatte ihren Polizeistiefel auf die Türschwelle gestellt, ihre Marke gezückt und sie dem Rotbärtigen gezeigt, der hinter dem Rücken ihrer Tochter ängstlich aus seinem Zimmer lugte.

»Du lässt mich jetzt endlich rein, oder ich nehme die Kifferbude von Rumpelstilzchen dahinten auseinander. Ohne mit der Wimper zu zucken!«

Augenblicklich hatte Sina die Tür ganz geöffnet und Helle hereingelassen. Sie wusste, dass mit ihrer Mutter nicht zu spaßen war, wenn sie schlechte Laune hatte.

Ein kaltes Bier später hatten sie alle Missverständnisse aus der Welt geräumt und es sich in der WG-Küche gemütlich gemacht. Sina hatte Helle erklärt, dass sie einen digitalen Entzug machte, Bernd – das rotbärtige Rumpelstilzchen, ein deutscher Kommilitone – hatte sie darauf gebracht, dass sie zu viel Lebenszeit damit vergeudete, online zu sein, anstatt sich auf die wesentlichen Dinge des Lebens zu konzentrieren, die ganz und gar analog waren: essen, trinken, lieben und sich politisch engagieren.

Beim Stichwort »lieben« war Helle zusammengezuckt und betete, dass ihre Tochter ganz analog noch andere Männer kennenlernen würde und sie sich nicht mit dem Kiffer-Kumpel als dem Vater ihrer zukünftigen Enkelkinder anfreunden musste.

Helle hatte Sina erzählt, was mit Gunnar Larsen geschehen war und weshalb sie Hals über Kopf nach Kopenhagen aufgebrochen war.

Sina war sehr erschüttert darüber, dass ihr ehemaliger Schuldirektor die Leiche aus dem Tivoli war, die Kopenhagen seit Tagen in Atem hielt.

»Wer macht denn so was?« Sina knibbelte gedankenverloren das Etikett ihrer Bierflasche ab. »Ich meine, Gunnar!« Sie schüttelte den Kopf, und das Dreadlock-Nest schwankte bedrohlich.

»Ich würde dir sehr gerne eine Antwort darauf geben können«, sagte Helle. »Vor allem auch seiner Frau. Matilde. Es ist einfach nicht gerechtfertigt, dass plötzlich schlecht über Gunnar geredet wird, vor allem diese Spekulationen, er sei ein Pädophiler gewesen.«

»Was?« Sina blickte Helle mit ihren großen Scheinwerferaugen an. Sie hatte die langen dichten Wimpern ihres Vaters geerbt, um die Helle die beiden sehr beneidete. Bei ihren Stummelwimpern half nicht einmal Wimperntusche. Die sammelte sich nur in Lidfalte und Tränensäcken an.

»Das ist völliger Humbug.«

»Ja, Sina. Ist es. Ich bin überzeugt davon, dass nichts davon wahr ist.«

»Warum setzen die Bullen dann solche Gerüchte in die Welt?« Sina bezog sich auf Helles Erzählung, dass die Mordkommission Gunnars Computer beschlagnahmt und entsprechende Fragen gestellt hatte.

»Das haben sie nicht. Sie, also wir, müssen allem nachgehen. Die Ermittlungen gehen in alle Richtungen. Aber vielleicht hat irgendjemand so eine Äußerung gemacht. Eltern, die Gunnar nicht leiden konnten. Du kannst dir vorstellen, dass es eine ganze Menge Leute gibt, die einem Schuldirektor nicht eben Gutes wollen.«

»Er war kein schmieriger alter Sack. Überhaupt nicht.«

»Ich weiß. Lass uns das Thema wechseln. Was macht das Studium?«

Sina ging nonchalant über die Frage ihrer Mutter hinweg. »In dem Jahr, als ich Abi gemacht habe, da gab es so einen Fall an der Schule …«

Helle horchte auf. »Was für einen Fall?«

»Verdacht auf sexuellen Missbrauch.« Sina runzelte die Stirn und versuchte offenbar, sich zu erinnern. »Ein Mädchen aus der Fünften. Sie war ziemlich verhaltensauffällig, und dann ging das Gerücht um, dass da vielleicht was mit ihr ist.«

Helle fiel aus allen Wolken. »Wieso weiß ich das nicht? Und wieso weißt du das? Ich meine, wenn so ein Verdacht besteht, kann doch nicht die ganze Schule darüber reden! Das muss doch diskret gehandhabt werden.«

Sina wedelte genervt mit der Hand in der Luft herum. »Ja, komm wieder runter. Das haben sie ja auch. Es waren halt Gerüchte, und ich weiß es auch nur, weil Carlotta die Klassenfahrt von den Fünftklässlern begleitet hat.« Carlotta war Sinas engste Freundin. »Die hat so was mitbekommen. Ich weiß nur noch, dass Gunnar sich da ziemlich eingesetzt hat, und plötzlich war das Mädchen nicht mehr auf der Schule.«

»Weißt du noch, wie das Mädchen hieß?« Sie wollte sich Notizen machen, fand aber in der Küche nichts zu schreiben. Einkaufszettel und Putzplan wurden hier auf eine große Tafel geschrieben.

Sina zuckte mit den Schultern und schüttelte den Kopf. »Nee.«

Helle aktivierte die Funktion für Sprachmemos an ihrem Smartphone. »Bei Lisbeth nachfragen, ob sie etwas von der Geschichte mit dem Mädchen aus der Fünften weiß. Eventuell auch Carlotta fragen. Letztes Dienstjahr von Gunnar.«

Sina lächelte. »Wow! Immer im Dienst.«

»Jetzt nicht mehr.« Helle stellte das Handy auf Flugmodus und stand auf. »Ich werfe mich in den Pyjama, du machst mir was zu essen und bitte noch ein Bier.«

»Zu Befehl. Und kein Arbeitstalk«, mahnte ihre Tochter. »Heißt: auch nichts übers Studium!«

Helle seufzte. Sie würde sich fügen müssen, sonst könnte sie das zweite Bier und einen Snack wohl vergessen.

Es war Punkt neun Uhr, als Helle am nächsten Morgen bei Sören Gudmund auf der Matte stand. In privaten Klamotten, sie hatte ihm gegenüber ja behauptet, dass sie ihrer Tochter einen Besuch abstatten würde, und das tat sie wohl kaum in Uniform.

Sören war alles andere als begeistert. Er sah aus, als hätte er in eine Zitrone gebissen.

»Helle Jespers. Darauf habe ich schon sehnlichst gewartet.«

»Und ich wusste, wie sehr du dich auf mich freuen würdest.«

Helle hatte sich fest vorgenommen, sich nicht abwimmeln zu lassen, und machte einen halben Schritt über die Türschwelle in Gudmunds Büro. Der wich überrascht ein wenig zurück.

»Wir haben jetzt große Lagebesprechung, also viel Zeit habe ich nicht.«

»Super. Dann bin ich ja gleich auf Stand.«

»Es ist nicht dein Fall, Helle, tut mir leid, dass ich so deutlich werden muss.« Er verstellte ihr den Weg in sein Büro und verschränkte die Arme vor der Brust. Sein eisblauer Blick ruhte ungnädig auf ihr, und die gesamte Körperhaltung signalisierte Abwehr.

Helle spürte, dass sie einem Schweißausbruch nicht entgehen konnte, unter ihrem Haaransatz sammelten sich die ersten Schweißperlen, auch die Oberlippe fühlte sich feucht an und erst recht der Bereich unter ihren Achseln. Jetzt nicht klein beigeben! Sie rückte ihm ein wenig näher auf die Pelle. So nah, dass sie sein Aftershave riechen konnte. *Sauvage* von Dior. Nobel. Auch Sören würde sie riechen können, ihren glamourösen Duft nach dem veganen Shampoo ihrer Tochter und dem Nivea-Deo.

»Es ist aber auch nicht *nicht* mein Fall. Oder besser: Es ist der Fall von euch Jungs, klar. Das akzeptiere ich. Aber ich bin noch nicht raus aus der Show. Ich kenne Gunnar. Und wenn er kein Zufallsopfer ist, dann bin ich der Schlüssel, mit dem ihr an seine Vergangenheit kommt und möglicherweise an ein dunkles Geheimnis. Ohne Skagen kommt ihr nicht weiter.«

Sören Gudmund verlor für den Bruchteil einer Sekunde seinen überheblichen Ausdruck im Gesicht. Er blickte Helle ungläubig an, dann huschte ein winziges Lächeln in seine Mundwinkel.

»Was für ein Problem hast du eigentlich? Langweilst du dich da oben am Ende der Welt?«

»Ja.« Helle verschränkte jetzt auch ihre Arme und stellte sich Sören breitbeinig gegenüber. Bloß nicht ins Bockshorn jagen lassen.

Sie lieferten sich ein kleines Blickduell, dann gab Sören Gudmund nach. »Okay. Pass auf. Ich glaube nicht, dass wir über Ermittlungen in Skagen irgendwie weiterkommen. Das zweite Opfer hat mit eurer Ecke da oben nichts zu tun – also jedenfalls, was wir bisher wissen.« Jetzt nahm er Helle am Arm und drängte sie aus dem Büro. Die Tür zog er hinter ihnen zu und wies ihr den Weg den langen Gang entlang. Weil er währenddessen redete, folgte Helle ihm bereitwillig.

»Auf der anderen Seite: Okay, zu meiner Entlastung kannst du alles übernehmen, was wir noch an offenen Fragen dort oben haben. Wenn wir etwas in seinem Computer finden oder noch mal mit Zeugen in Nordjütland reden müssen, dann darfst du ran. *Deal*?«

Sie hatten den Aufzug erreicht, und Gudmund hielt ihr seine Hand hin.

»Du willst, dass ich den kleinen Brocken, mit dem du mich abspeist, glücklich schlucke und schnell nach Hause abzische«, lächelte Helle, »dann bist du mich los, und ich nerve nicht mehr. Habe ich verstanden und weißt du was? Ich akzeptiere. Aber vorher will ich auf Stand gebracht werden. Sonst kann ich nicht sorgfältig arbeiten.«

Er verdrehte demonstrativ die Augen, nickte aber.

»Du kannst mit in die Lage kommen. Ich stelle dich meinetwegen auch vor, und du bekommst eingeschränkten Zugang zu unseren Dateien. Zufrieden?«

Helle wäre am liebsten in Triumphgeheul ausgebrochen, konnte sich aber gerade noch zusammenreißen und nickte nur.

Die Vorstellung fiel kurz und knapp aus. »Das ist Helle Jespers, sie kommt aus Jütland und wird unsere Ermittlungen dort oben übernehmen. Danke.«

Da diese Information kaum jemanden zu interessieren schien, wandte sich Sören Gudmund seiner Zusammenfassung über den Stand der Ermittlungen zu.

Helle stand in der hintersten Reihe, niemand beachtete sie, was ihr nur entgegenkam. Dann bemerkte auch keiner der anderen, was dieser Moment für sie bedeutete. Wie nervös und aufgeregt sie war. Ihre Handinnenflächen waren pitschnass, sie wischte sie beständig an ihrer Hose ab. Als sie ihren kleinen Notizblock und den Bleistift herausfummelte, um sich möglichst viel von dem, was Sören und andere Mitarbeiter referierten, aufzuschreiben, zitterte ihre Hand leicht.

Sie war noch niemals in ihrer Polizeilaufbahn so nah an einer großen Mordermittlung gewesen. Nicht an so einer bedeutenden jedenfalls. Und auch nicht an so einer skurrilen. Sie kannte viele Fälle von Totschlag, war an Ermittlungen wegen fahrlässiger Körperverletzung und anderen Gewaltverbrechen beteiligt gewesen. Aber niemals im Zentrum – sie durfte mit ihren Kollegen die Fleißarbeit übernehmen. Sobald ein Fall versprochen hatte, für die Presse interessant zu werden, oder sich als komplex herausstellte, kamen »die großen Jungs« und ließen niemanden mehr mitspielen. Und dann hatte sie sich ohnehin aufs Land versetzen lassen.

Adieu Karriere.

Bis zu diesem Fall hatte Helle eigentlich nicht wirklich gemerkt, was ihr bei ihrer Arbeit fehlte. Sie war recht zufrieden mit ihrem geruhsamen Posten gewesen – mit Falschparkern und Ladendieben, wie Sören so treffend bemerkt hatte.

Aber jetzt war der alte Spürhund in ihr geweckt worden, sie war noch immer ein Terrier, und sie hatte Witterung aufgenommen.

Helle fokussierte sich nun ganz auf den Bericht der Rechtsmedizinerin, die Sören abgelöst hatte und ihre Ergebnisse am Whiteboard referierte. Obwohl die Leiche von Magnus Vinterberg erst vor nicht einmal vierundzwanzig Stunden gefunden worden war, lagen bereits umfangreiche Ergebnisse vor.

Im Gegensatz zu Gunnar Larsen war Vinterberg durch Ersticken gestorben – tief in seinem Rachen hatte man eine zusammengeknüllte Badekappe aus Gummi gefunden. Gleichzeitig hatte der Täter den Kopf seines Opfers in der Badewanne unter Wasser gedrückt, sodass dieses nicht mehr durch die Nase hatte einatmen können.

Gegenwehr hatte das Opfer kaum geleistet, was, wie die Medizinerin schlüssig nachweisen konnte, daran lag, dass Vinterberg in mehrfacher Hinsicht betäubt wurde. Ebenso wie Gunnar Larsen hatte der Angreifer seinem Opfer Pfefferspray in die Augen gesprüht und Vinterberg damit außer Gefecht gesetzt. Dann hatte Letzterer mit einem stumpfen Gegenstand einen Schlag auf den Kopf bekommen, Larsen dagegen wurde vermutlich gleich mit Tape gefesselt. Was, wie die Medizinerin mutmaßte, mit der sehr unterschiedlichen Statur beider Opfer zu tun haben konnte. Gunnar Larsen war ein alter Mann gewesen, sehr dünn, kaum Muskeln, einen Meter fünfundsiebzig groß, aber nur siebenundsechzig Kilo schwer. Magnus Vinterberg dagegen war ein Koloss – er brachte bei einer Körpergröße von einem Meter achtzig weit über hundert Kilo mehr als Gunnar auf die Waage. Er war außerdem trotz seiner Fettleibigkeit erstaunlich gut trainiert. Alles in allem ein Mann, den ein einzelner Täter nur schwer überwältigen würde, es sei denn, Magnus Vinterberg war bewusstlos.

Da der Täter – auch eine Täterin konnte zu diesem Zeitpunkt nicht ausgeschlossen werden – seinem Schlag auf den Kopf nicht allein vertrauen wollte, hatte er dem Opfer außerdem einen Medikamentencocktail eingeflößt. Laut Rechtsmedizin ein vollkommen wahlloses Gemisch aus allen Tabletten und Säften, die in Vinterbergs Medizinschrank zu finden waren. Keineswegs toxisch, aber mit betäubender Wirkung.

Des Weiteren hatte das Opfer mehrere Stichverletzungen. Weder besonders tief noch gezielt gesetzt. Die Rechtsmedizinerin legte ihre Vermutung dar, dass der Täter das Opfer auf diese Art in der Küche – wo sich die meisten Blutspritzer fanden – dazu bringen wollte, den Medikamentencocktail zu trinken.

Die Bilder, die die Rechtsmedizinerin mit Hilfe ihrer PowerPoint-Präsentation auf das Board projizierte, waren alles andere als appetitlich. Vinterberg lag nackt in seiner Badewanne, mit blau angelaufenem Kopf und aufgerissenen Augen und den Stichwunden in Gesicht und Oberkörper. Sein gigantischer Bauch ragte wie eine Vulkaninsel aus dem Wasser. Ein Kranz aus spärlichem blondem Haar umfloss die hohe Stirn, eine Hand und ein Bein hingen aus dem Wasser.

Nach der Rechtsmedizinerin referierten verschiedene Ermittler, unter anderem ein Mann und eine Frau, die als erste Beamte der Mordkommission vor Ort gewesen waren. Außerdem ein Spurensicherer, der sich aber angesichts der Überfülle an zu sichernden Spuren sehr bedeckt hielt und keinerlei Prognosen abgeben wollte.

Die Polizei war am Morgen des vergangenen Tages kurz vor neun Uhr von der Feuerwehr verständigt worden, die wegen eines entstandenen Wasserschadens gerufen worden war. Offenbar hatte der Täter das Wasser der Badewanne nicht richtig abgedreht, sodass diese irgendwann übergelaufen war und in der Erdgeschosswohnung Wasser von der Decke tropfte. Nachdem der Hausmeister vergeblich bei Vinterberg geklingelt hatte, aber klar sein musste, dass aus dessen Wohnung das Wasser kam, hatte er die Feuerwehr gerufen, die die Wohnungstür aufbrach.

Den Feuerwehrleuten hatte sich ein verheerendes Bild geboten. Der Boden der Wohnung war übersät mit Müll – Aschenbecher, Getränkedosen, Zigarettenschachteln, Pizzakartons. Dazu Hefte und Magazine, allesamt mit pornographischem Inhalt, von Soft- bis Hardcore waren laut Sören Gudmund alle Varianten dabei, allerdings lag der Schwerpunkt auf pädophilen Inhalten.

Laut ersten Zeugenbefragungen war Magnus Vinterberg kein umgänglicher Zeitgenosse gewesen, er lebte seit acht Jahren in der Wohnung, immer allein, empfing jedoch ein bis zwei Mal die Woche Besuch von jungen Männern. Im Umgang mit seinen Nachbarn war er wortkarg und zurückgezogen. Die ältere Dame, die direkt über ihm wohnte, beklagte sich über seinen immensen Zigarettenkonsum, sie habe ihr Küchenfenster stets geschlossen halten müssen, da der Rauch sonst in ihre Wohnung gezogen sei. Das hätte nicht nur sie, sondern auch ihre Kanarienvögel gestört.

Außerdem gab sie an, dass sie in der betreffenden Nacht aus der unteren Wohnung großen Tumult und gelegentliche Schreie gehört hatte. Auf die Nachfrage der Kriminalbeamten, warum sie nicht die Polizei verständigt hatte, gab die Dame zu Protokoll, dass es bei Vinterberg ab und zu mal etwas lauter geworden war und sie sich nichts dabei gedacht hatte.

Eine ganze Menge Zeugen wiederum gab es im Fall Larsen. Die Polizei hatte in *Jyllands-Posten* zur Mithilfe aufgerufen und entsprechend viele Hinweise bekommen. Der Tivoli war wegen des Winterfestes an dem Abend, als Gunnar starb, gut besucht gewesen und es hatten sich tatsächlich eine Menge Zeugen gefunden, die ihn an der Seite eines jungen Mannes im Vergnügungspark gesehen hatten. Im Moment wurden Phantomzeichnungen angefertigt. Allerdings hatte der Mann, der von allen Zeugen als Mittzwanziger beschrieben wurde, wegen der Minustemperaturen eine dicke Mütze, Kapuze und Daunenanorak getragen, von seinem Gesicht war nur wenig bis gar nichts zu erkennen gewesen.

Helle war erstaunt zu hören, dass Gunnar anscheinend freiwillig und ohne besondere Anspannung oder gar Furcht neben seinem Begleiter hergelaufen war. Mutmaßlich kannte er den Täter also, und es durchzuckte sie – wie alle anderen an dem Fall arbeitenden Ermittler auch – unweigerlich der Gedanke, dass es ein ehemaliger Schüler gewesen sein mochte, den Gunnar zufällig in Kopenhagen wiedergetroffen hatte.

Die Aussagen aller Ehemaliger, mit denen Gunnar in Kopenhagen zusammengetroffen war, deckten sich. Gunnar sei leutselig gewesen, aufgeräumt und für seine Verhältnisse überraschend gesprächig. Er hatte in demselben Hotel übernachtet wie alle anderen von weiter her Angereisten auch, es war das Hotel, das sie seit vielen Jahren für diesen Zweck buchten.

Die Gruppe hatte sich schließlich vor dem Hotel verabschiedet, einige seien mit dem Privatauto angereist, andere mit dem Flugzeug, wieder andere kamen sowieso aus Kopenhagen und Umgebung. Gunnar war der Einzige, der mit dem Zug gekommen war, deshalb hatte ihn auch niemand zum Bahnhof begleitet. Von einer Verabredung, die er möglicherweise vor der Abreise noch hatte, hatte Gunnar nichts gesagt. Er war mit einem Rollkoffer und einer Herrenhandtasche in ein Taxi gestiegen.

Den Taxifahrer hatten Sörens Leute schnell ausfindig gemacht, er bestätigte die Fahrt und gab an, Gunnar Larsen samt Gepäck am Nordeingang des Bahnhofs abgesetzt zu haben.

Hier verlor sich seine Spur. Niemand erinnerte sich an den alten Mann. Sein Koffer und die Herrenhandtasche waren nicht aufgetaucht, Sören entschied sich, die Presse darüber zu informieren, und gab eine Beschreibung der Gepäckstücke heraus. Die Phantomzeichnungen wollte er einstweilen noch nicht veröffentlichen, zuerst sollten Beamte damit am Bahnhof herumfragen.

Momentan gingen Sören Gudmund und die leitende Staatsanwältin davon aus, dass Gunnar Larsen und Magnus Vinterberg von demselben Täter, derselben Täterin oder denselben Tätern hingerichtet worden waren. Eine Frau war allerdings eher unwahrscheinlich, ob eine Tätergruppe in Frage kam, würde sich erst nach der Auswertung aller DNA-relevanten Spuren an den Tatorten zeigen – und das konnte noch dauern.

Wichtig war nun, mit der Phantomzeichnung voranzukommen, die Lebensumstände von Magnus Vinterberg zu durchleuchten – wozu auch gezielte Nachfragen im Strichermilieu gehörten – und einen Zusammenhang zwischen den beiden Opfern herzustellen. Im Moment schien es zwischen Larsen und Vinterberg keinerlei Verbindung zu geben.

Bei Gunnar Larsen hatten sich keine Verdachtsmomente in Hinsicht auf sexuellen Missbrauch oder Pädophilie gezeigt – allerdings war er ja in Begleitung eines deutlich jüngeren Mannes im Tivoli gesehen worden, Sören beschloss deshalb, den Ermittlern, die sich im Milieu umhörten, auch ein Foto von Gunnar mitzugeben. Es sei nicht auszuschließen, dass der ehemalige Gymnasiallehrer den jährlichen Besuch in Kopenhagen dazu genutzt hatte, einer heimlichen Leidenschaft nachzugehen.

Magnus Vinterberg dagegen war offen pädophil und hatte seine Zeit zum großen Teil im Darknet verbracht, auf der Suche nach stimulierendem Bildmaterial. So viel hatte eine erste Überprüfung seiner Computeraktivitäten ergeben, auch da lag aber noch ein Berg Arbeit vor den Ermittlern.

Vinterberg war außerdem bereits einmal wegen Verdachts auf Missbrauch angezeigt worden. Er hatte offenbar in einem früheren Leben als Bademeister und Schwimmlehrer gearbeitet, und die Eltern eines Jungen hatten Anzeige erstattet. Zur Anklage war es dann nicht gekommen, die Eltern hatten ihre Anzeige zurückgezogen und sich mit Vinterberg auf einen Vergleich geeinigt. Allerdings hatte Vinterberg dadurch seine Anstellung verloren und laut ersten Ermittlungsergebnissen auch keine neue Anstellung mehr gefunden. Kein Wunder, mit dem Makel wollte ihn niemand mehr im Bereich der Jugendarbeit einsetzen. Seit ein paar Jahren war er wegen einer chronischen Krankheit nicht mehr arbeitsfähig und bezog Sozialhilfe.

Sören setzte zwei seiner Leute darauf an, mit den Eltern des betreffenden Jungen zu sprechen und nach Möglichkeit Listen von ehemaligen Schwimmschülern sowie Bademeisterkollegen ausfindig zu machen, um weitere mögliche Opfer von Vinterbergs Übergriffen zu finden.

Das war dann auch der einzige gemeinsame Nenner: beide, Gunnar Larsen, der ehemalige Gymnasialdirektor, und Magnus Vinterberg, der ehemalige Schwimmlehrer, hatten in ihrem Berufsleben mit Kindern zu tun gehabt.

Lag hier der Schlüssel zu einem Motiv?

Die Lagebesprechung war zu Ende, und Helle blieb in ihrer Ecke stehen, um die Mitarbeiter der Mordkommission an sich vorbeiziehen zu lassen. Einige nickten ihr zu, andere würdigten sie keines Blickes. Sie war hier eine Nummer unter vielen. Ricky Olsen ging auch an ihr vorbei und ließ sich immerhin zu einem kurzen Gruß hinreißen.

Sören Gudmund befand sich noch im Gespräch mit der Staatsanwältin, bei dem Helle nicht stören wollte, aber als der Raum so gut wie leer war, fiel sein Blick auf sie, und er unterbrach das Gespräch.

»Inga«, eine junge Frau mit roten Haaren, die schon fast an Helle vorbei war, drehte sich um, »kannst du bitte für Helle Jespers einen Account anlegen? Du weißt schon. Zugang zur Ermittlungsakte.« Dann nickte Sören Helle zu und widmete sich wieder der Staatsanwältin.

Die Rothaarige hielt Helle die Hand hin. »Hej! Inga Lund. IT. Freut mich.«

Helle schüttelte die Hand. Der Griff der jungen Computerfachfrau war angenehm, fest und zupackend. »Helle Jespers, freut mich auch.«

»Na, dann komm mal mit in unsere Katakomben.« Inga lief den Gang hinunter, Helle folgte.

»Erst mal einen Kaffee?« Inga sah sich über die Schulter kurz um. Sie hatte ein offenes Gesicht voller Sommersprossen und war Helle auf den ersten Blick sympathisch. Nichts an ihr wirkte, als sei sie einer dieser IT-Nerds, die 24/7 vor der Kiste saßen; sie sah mit ihrer sportlichen Figur, der Cargohose und den Sneakers eher aus, als sei sie gerne und häufig draußen unterwegs. Helle hätte eher auf Hundestaffel getippt.

Inga lachte lauthals, als sie beide in der Kaffeeküche standen und Helle ihr ihre Einschätzung mitteilte.

»Ich liebe Hunde! Mann, wahrscheinlich wäre die Hundestaffel die bessere Wahl gewesen.« Inga lachte wieder und zuckte mit den Schultern. »Aber der Job hier ist auch cool. Bin da so reingerutscht. Und du? Wie lange machst du den Job schon?«

Helle ratterte stark verkürzt ihren Werdegang bei der Polizei herunter.

»Skagen?« Inga bekam diesen verzückten Ausdruck im Gesicht, den Helle schon kannte, und sie wusste auch, was jetzt kam. »Da war ich mal im Urlaub! Total schön. Nur Sand und Meer, sonst nichts.«

»Tja«, gab Helle zurück. »So sieht's aus. Da habt ihr schon mehr Abwechslung hier.«

»Aber hallo.« Inga hielt Helle eine Packung mit Haferkeksen hin. Die ließ sich nicht zwei Mal bitten, das Frühstück in der WG lag schon zwei Stunden zurück. »Ist dir das nicht zu langweilig da oben? Ich meine, da bei euch ist doch verbrechensmäßig tote Hose.«

Helle kaute auf ihrem trockenen Keks herum und spülte den Rest mit einem großen Schluck Kaffee hinunter.

»Stört mich nicht«, sagte sie.

Und war sich nicht sicher, ob das gelogen war.

Zwischen Skagen und Fredrikshavn, 10.30 Uhr

»Markus, hier möchte dich jemand dringend sprechen. Ein Herr Sörensen. Er sagt, es ist privat.«

»Jette, zum Teufel! Wie oft soll ich …«

»Er sagt, er ist von der Polizei.«

»Stell durch, das ist wegen des Einbruchs.«

»Jan-Cristofer Sörensen? Ich verbinde dich jetzt mit Doktor Nyborg.«

»Danke.«

»Nyborg.«

»Seit wann bist du Doktor?«

»Seit wann … was soll das? Was hat das mit dem Einbruch zu tun? Wird höchste Zeit, dass du anrufst.«

»Einbruch? Nein, ich rufe wegen Vinterberg an.«

»Moment, wer bist du?«

»Sörensen. Jan-Cristof Sörensen. Wir hatten schon einmal miteinander zu tun.«

»Ich weiß, wer du bist.«

»Ja, also dann … Wieso fragst du dann so etwas? Hast du es gehört?«

»Wovon redest du? Also hör mir mal zu, Jan-Cristofer. Lassen wir diese alte Kiste bitte ruhen. Wenn du wieder einen Termin wegen der Eheprobleme brauchst – da warst du mit Jette schon richtig verbunden. Lass dir von ihr einen Termin geben.«

»…«

»Aber wo ich dich schon dranhabe, du bist ja bei der Polizei. Also ich habe schon ein paar Mal heute früh angerufen und um Rückruf gebeten.«

»Das … ist das wegen dem Schneeengel? Das ist doch lächerlich. Deswegen rufe ich nicht an. Es geht um Vinterberg. Hast du gehört, dass er auch tot ist?«

»Welcher Vinterberg? Nein. Ich weiß nicht, wovon du redest.«

»Natürlich weißt du das.«

»Ja, okay, aber lass doch diese Sache ruhen, Mann! Was haben wir denn damit zu tun?«

»Was hatte Gunnar Larsen damit zu tun?«

»…«

»Eben! Ich frage mich … also meinst du, *er* kann es sein? Ob er zurückgekommen ist?«

»Nach so vielen Jahren? Wie lange ist das her? Zehn, zwölf Jahre? Unsinn. Und außerdem: warum? Warum sollte er zurückkommen? Es ist nichts passiert. Das habe ich damals so gesagt, und dazu stehe ich heute noch. So ein *Bullshit.*«

»Ich weiß nicht.«

»Also kommt jetzt jemand wegen des Einbruchs? Was seid ihr denn für ein schlapper Haufen? Ihr habt doch sonst nichts zu tun bei der Polizei.«

»Ich schicke ein paar Kollegen.«

»Ich bitte darum. Wird allerhöchste Zeit.«

»Und wenn *er* es war? Der Einbrecher?«

»*Bullshit.* Komm mal klar, Mann. Konzentrier dich.«

»Du meine Güte, was bist du nur für ein Arschloch.«

Kopenhagen, 11.00 Uhr

Helle verließ das Präsidium zur Otto Mønsteds Gade und lief in Richtung Bahnhof auf die Tietgensgade zu. Hier stand die größte Loopingbahn des Tivoli, »Daemonen«, das Rattern der Räder und die Schreie der ersten Fahrgäste konnte sie schon von weitem hören. In der Tietgensgade bog Helle nach links ab, nahm den Weg rechts auf der Bernstorffgade und lief damit immer an der Umgrenzung des Vergnügungsparks entlang.

Sie grübelte über Gunnars letzte Stunden. Was war geschehen in der Zeit zwischen seinem Eintreffen am Bahnhof und dem abendlichen Gang über den Tivoli? In Begleitung eines jüngeren Mannes. Gunnar hatte mit niemandem darüber gesprochen, dass er noch eine Verabredung hatte, was entweder auf ein zufälliges Treffen – mit einem ehemaligen Schüler? – oder ein heimliches – mit einem Liebhaber? – hindeutete.

Was hatte er eigentlich seiner Frau gesagt, wann er aus Kopenhagen zurückkommen würde? Sören hatte Matilde vernommen, er hatte sie mit Sicherheit darüber befragt. Helle würde sich die Protokolle im Zug durchlesen, sie hatte genügend Zeit, sich mit der Ermittlungsakte zu befassen. Inga hatte ihr noch geholfen, die Sachen aufs iPad zu laden. Helle war beeindruckt, in ihrer kleinen Skagener Polizeistation waren sie noch weit weg von der alles umfassenden Digitalisierung, und sie nahm sich vor, das in nächster Zeit mal anzugehen.

Die einfachste Lösung, die auf der Hand zu liegen schien, war, dass beide Opfer, Gunnar und Magnus, an einen nicht zurechnungsfähigen Prostituierten geraten waren. Im Moment schien das jedenfalls die einzige Verbindung zwischen beiden

Männern zu sein, und Sören Gudmund hatte den Fokus der Ermittlungen auch auf diesen Verdacht gerichtet.

Dennoch zweifelte Helle. Natürlich konnte es sein, dass Gunnar im Alter seine Liebe zu Männern entdeckt hatte. Wie hatte Matilde es ausgedrückt? »Wir haben schon lange nicht mehr als Mann und Frau zusammengelebt.« Das ließ ja nicht viel Interpretationsspielraum. Und dass Gunnar sich nicht traute, seine mögliche Homosexualität in Fredrikshavn oder Skagen auszuleben, lag auch auf der Hand. Das hätte ihn und seinen Ruf nachhaltig beschädigt. Warum aber fand man nichts in dieser Hinsicht in seinen privaten Unterlagen? Keinen Film, keine Fotos, kein Heft, keinerlei Dateien oder auch nur Links im Browserverlauf. Sollte es Gunnar genügt haben, einmal im Jahr im Anschluss an das Ehemaligentreffen jemanden zu daten?

Nun ja, überlegte Helle, nicht wenige werden im Alter genügsam.

Sie hatte die Ostseite des Bahnhofs erreicht, und ihr geschulter Blick nahm sofort wahr, welche Geschäfte hier angeboten wurden. Prostitution und Drogenhandel, organisierte Bettelei – trotz der direkten Nähe zum Polizeipräsidium ließ sich die Kriminalität auch am Kopenhagener Hauptbahnhof nicht eindämmen. Ständige Razzien und Festnahmen vertrieben die armseligen Gestalten, die sich und ihre schmutzigen Geschäfte hier anboten, nur kurzfristig. Aber wo sollten sie auch hin? Nur die wenigsten hatten ein Zuhause und trotz der mittlerweile sehr rigiden Flüchtlingspolitik der Regierung strandeten auch hier Menschen aus aller Welt, von den Dänen, die schon lange kein Sozialstaat mehr auffing, nicht zu reden.

Aber darum musste Helle sich heute nicht kümmern, und sie bemühte sich, an dem Elend vorbeizusehen. Stattdessen deckte sie sich mit Proviant für die sechsstündige Zugfahrt ein – Chai-Tee, ein Netz Clementinen, ein Käse-Schinken-Baguette und zwei Schokocroissants – und lief zu ihrem Gleis.

Während sie noch auf den Zug wartete, bekam sie einen Anruf von Amira.

»Ole und ich fahren jetzt zu Nyborg. Da ist eingebrochen worden.«

»Tatsächlich eingebrochen oder hat er wieder Angst vor Schneeengeln?«

Amira lachte. »Nee, du, er sagt, jemand habe in seinem Schuppen das Schloss aufgebrochen.«

Helle horchte auf. Ein Schuppen? Schon wieder? Vor ihrem geistigen Auge erschienen sofort die Bilder des großen Gartenschuppens im Tivoli.

»Ist etwas gestohlen worden?«

»Hat er nicht gesagt. Er meinte nur, es sieht aus, als hätte da jemand gepennt.«

Bei Helle schrillten sofort alle Alarmglocken. Obwohl es keinerlei Verbindung von Gunnar oder Magnus Vinterberg zu Nyborg gab, außer vielleicht diesen kleinen ominösen Terminzettel, passten plötzlich der Schneeengel und der aufgebrochene Schuppen, in dem jemand übernachtet hatte, ins Bild. Der Schneeengel war ein ebenso kindliches Symbol wie der glasierte Apfel. Helle war sich vollkommen im Klaren darüber, dass ihre Befürchtungen, der Täter könnte sich plötzlich statt in Kopenhagen fünfhundert Kilometer weit weg in Nordjütland herumtreiben, an den Haaren herbeigezogen war, ja, sie sah Sören Gudmund vor sich, wie dieser skeptisch seinen Mund verziehen würde, wenn sie ihm mit so einer Behauptung käme – aber verdammt noch mal, was, wenn sie einfach eine gute Intuition hatte?

»Pass auf, Amira, möglicherweise und wirklich nur sehr hypothetisch ist das nicht nur ein normaler Einbruch, sondern etwas Größeres.«

»Was meinst du?«

»Egal erst mal, erkläre ich dir später. Ganz wichtig: Sichert den Tatort! Latscht nicht mit euren Botten da rein, fasst nichts ohne Handschuhe an, sperrt den Schuppen ab, niemand darf da rein – auch Nyborg nicht. Macht Fotos und sichert, so gut es geht, Spuren. Von allem! Wenn es ein Lager ist, finden sich vielleicht Haare, Hautschuppen, was weiß ich. Einen Spezialisten bekommen wir dafür nicht, also erinnert euch, was ihr gelernt habt. Alles sichern!«

»Ja, okay, machen wir. Aber warum?«

»Eventuell gibt es eine Verbindung zu den Morden in Kopenhagen. Ganz eventuell, es ist nur ein Gefühl. Aber ich will nachher nicht diejenige sein, die es vermasselt hat.«

»Puh! Alles klar, ich sag es Ole, der wird ausflippen. Du weißt schon, wenn der das Gefühl hat, wichtig zu sein …«

Jetzt musste Helle grinsen. »Schwing die Peitsche, Amira. Koch den Jungen ein bisschen runter. Er soll in seinem Übereifer keinen Fehler machen.«

»Aye, aye.«

Der Zug fuhr jetzt ein, und Helle ergatterte noch einen Platz mit Tisch. Sie breitete ihre Sachen aus und klappte das iPad auf. Bevor sie sich aber an die Ermittlungsakten machte, schrieb sie Sören eine Mail. Er würde sie natürlich nicht für voll nehmen, das tat er nie, aber Helle wollte korrekt vorgehen und den Dienstweg unbedingt einhalten. Schließlich war sie offiziell Teil des Ermittlungsteams, Alleingänge wären jetzt nicht konstruktiv.

Allein drei Fahrstunden lang war Helle damit beschäftigt, die Ermittlungsakte durchzugehen. Die groben Fakten waren ihr bekannt, aber viele Details waren neu für sie. Sie machte sich akribisch Notizen – unter anderem fand sie Matildes Aussage, dass Gunnar nach dem Ehemaligen-Treffen manchmal noch einen Tag dranhängte, um ein Museum zu besuchen. Dann blieb er entweder über Nacht noch in Kopenhagen oder er nahm einen sehr späten Zug. In diesem Fall hatte er sich bei seiner Frau gemeldet und angekündigt, dass er um Mitternacht in Fredrikshavn ankommen würde und sich ein Taxi bestellt hatte, das ihn nach Hause bringen sollte. Er hatte nicht gewollt, dass Matilde sich so spät noch auf den Weg machte, um ihn abzuholen. Deshalb war Matilde ins Bett gegangen und hatte ahnungslos geschlafen, bis Helle sie frühmorgens mit der Todesnachricht aufgeweckt hatte.

Trotzdem hatte Gunnar sich ein Taxi zum Bahnhof genommen – aber offenbar gar nicht vorgehabt, den nächsten Zug nach Fredrikshavn zu nehmen, sonst wäre er deutlich vor Mitternacht dort eingetroffen und hätte sich von Matilde in Fredrikshavn abholen lassen. Das ließ darauf schließen, dass er am Bahnhof eine Verabredung hatte, für die er zwischen einer und drei Stunden eingeplant hatte.

Helle markierte sich die zentrale Frage mit Leuchtschrift: Wen hatte Gunnar in Kopenhagen getroffen und wie war die Verabredung zu Stande gekommen? Im Computer fand sich laut Ermittlungsakte keine Mail, die einen solchen Inhalt hatte.

Helle ging ihre Notizen mit allen offenen Fragen durch. Dabei stieß sie auch auf die Geschichte, die Sina erwähnt hatte, dass es in Gunnars letztem Dienstjahr den Verdacht auf sexuellen Missbrauch einer Fünftklässlerin gegeben hatte. Helle beschloss, dem sofort nachzugehen, und rief Lisbeth an.

»Ich hätte noch ein paar Fragen an dich, ich möchte das aber ungern am Telefon besprechen.«

»Oooh …«

»Keine Sorge. Nichts Dramatisches. Ich wollte über eine Schülerin sprechen. Da gab es wohl einen Vorfall in Gunnars letztem Amtsjahr.«

»Dann kann es wohl nur um Smilla gehen. Wann willst du vorbeikommen?«

»Das Problem ist, ich sitze gerade noch im Zug von Kopenhagen. Kurz nach sechs bin ich in Fredrikshavn.«

»Alles klar, pass auf. Der Bahnhof liegt auf meinem Weg.

Wenn ich Schluss mache, hole ich dich ab. Dann können wir dort einen Kaffee trinken.«

»Das ist total nett von dir, Lisbeth. Bitte entschuldige die Umstände. Es dauert auch nicht lange.«

»Ich helfe gern, weißt du. Ich tu's für Gunnar.«

»Also bis dann. Wenn du weißt, um wen es geht, wäre es nett, wenn du vielleicht schon mal die Adresse der Eltern raussuchen könntest. Bis nachher!«

Sie legten auf, und Helle machte ein weiteres Häkchen auf ihrer To-do-Liste. Dann klappte sie das iPad zu, lehnte sich zurück und starrte aus dem Fenster in die vorüberziehende Landschaft. Der Zug hatte gerade Odense passiert, draußen war es grau und neblig. Einzelne Schneeflocken segelten zu Boden, Helles Blick glitt über die graue Weite, die am Horizont mit dem trüben Himmel verschmolz. Sie kuschelte sich tiefer in den Sitz und deckte sich mit ihrem Anorak zu. Jetzt hätte sie gerne Jan-Cristofer dagehabt, um sich die Gedanken hin und her zu werfen und ein bisschen zu brainstormen.

Sie dachte an Magnus Vinterberg. An seine Jobs als Bademeister und Schwimmlehrer. Viel wusste die Mordkommission noch nicht darüber, offenbar war er in seiner Vergangenheit nicht immer in städtischen Bädern angestellt worden, sondern hatte auch Aushilfsjobs angenommen. Den allerersten oberflächlichen Auswertungen seiner Festplatte zufolge war er als jüngerer Mann regelmäßig nach Südostasien gereist. Helle schüttelte sich, weil sie eindeutige Bilder von einsamen Männern in thailändischen Bars vor Augen hatte. Schnell lenkte sie ihre Gedanken wieder nach Dänemark. Wenn Magnus als Schwimmlehrer gearbeitet hatte – hatte er dann auch Schulklassen Unterricht gegeben? Sie versuchte sich zu erinnern, wie das bei Leif und Sina gewesen war. Nein, da hatten die jeweiligen Sportlehrer den Schwimmunterricht selbst übernommen. Aber der Bademeister war doch gewiss anwesend, oder?

Gab es da eine Verbindung zu Gunnar? Aber was sollte der in einer Schwimmhalle? Gunnar war alles andere als ein Sportlehrer. Diese Überlegungen mündeten in einer Sackgasse.

Und trotzdem: Beide unterrichteten Kinder.

Zum Teufel! Helle kam alleine nicht weiter. Ihre Gedanken kreisten immer wieder um dasselbe: der Apfel im Mund von Gunnar, der Tivoli, das Karussell, der Schneeengel, Kinder in der Schule, Kinder im Schwimmbad …

Der Zug ratterte gleichmäßig, vor dem Fenster fiel der Schnee nun dichter, bald war es ganz finster, und Helle fielen die Augen zu.

Von der Ansage, dass der Zug in Kürze die Endstation Frederikshavn erreichen würde, wachte sie auf. Sie fröstelte und schlüpfte ganz in ihren Anorak. Der letzte Rest Chai war eiskalt, Helle entsorgte ihn zusammen mit dem anderen Müll und spürte, wie sehr sie sich auf zu Hause freute. Sie war nur eineinhalb Tage weg gewesen, aber in der kurzen Zeit waren viele Eindrücke auf sie eingestürmt und sie sehnte sich jetzt nach einer Badewanne, ihrer Jogginghose, dicken Socken und Emil. Kurz schämte sich Helle dafür, dass sie zuallererst an den Hund dachte, noch vor Mann und Sohn, aber die beiden würden darüber nur lachen – Helles Prioritäten waren in der Familie nur allzu bekannt.

Lisbeth wartete vor dem Eingang in die schmucklose Halle des Bahnhofs. In der Hand hielt sie zwei Pappbecher, aus denen Dampf emporstieg, und Helle roch den vielversprechenden Duft von frischem Kaffee.

»Herrlich! Genau das Richtige«, sagte sie und nahm Lisbeth dankbar einen der Becher ab.

»Ich habe nachgesehen«, antwortete Lisbeth, die in dem dicken Mantel aus Teddyplüsch aussah wie eine geschminkte Grizzlybärin, »du hast fünfzehn Minuten, dann geht dein

Anschluss nach Skagen. Deshalb habe ich gedacht, wir verschwenden keine Zeit und bleiben hier in der Bahnhofshalle.«

Mit den Worten steuerte sie eine Sitzbank unter dem Fahrplanaushang an, Helle folgte ihr.

»Es geht um Smilla Jacobson?« Lisbeth sah Helle aufmerksam an. In ihrem Blick lag eine Spur Besorgnis.

»Ich weiß nicht, wie das Mädchen heißt.« Dann erzählte Helle Lisbeth das Wenige, was sie von Sina wusste.

Lisbeth nickte wissend. »Ja, das ist Smilla gewesen.« Sie holte tief Luft. »Du kennst ja sicher die Statistiken – dass jedes fünfte Kind von sexuellem Missbrauch betroffen ist. Jedes fünfte in einer Klasse! Wir haben oft darüber geredet, im Kollegium und natürlich auch mit Gunnar. Darüber, dass man es doch merken müsste …« Sie nahm einen Schluck von ihrem Kaffee, und Helle unterbrach nicht. »Aber man merkt es eben nicht. Außer bei Smilla. Sie kam zu uns, und die Lehrerin – Gela Carlsen – sagte sehr schnell, dass Smilla verhaltensauffällig sei. Dass mit ihr etwas nicht stimme. Dann waren sie auf Klassenfahrt, und Smilla hat Gela wohl etwas erzählt. Ich weiß nicht, was es war, sie sind sehr diskret gewesen, aber Gela sprach sofort mit Gunnar und der war total außer sich.«

Ganz so diskret hat man es wohl nicht gehandhabt, dachte Helle bei sich, sonst wüsste Sina nicht davon. Aber bei solchen Sachen war die Flüsterpost immer erschreckend schnell. In ihrem Kopf notierte sie, dass sie mit Gela Carlsen sprechen sollte.

»Er hat sich wahnsinnige Sorgen um das Mädchen gemacht, sofort den psychologischen Dienst verständigt und die haben dann das Gespräch mit den Eltern gesucht. Wie auch immer, Smilla wurde von der Schule genommen, und die Familie ist weggezogen. Wohin, weiß ich nicht, aber das müsstet ihr ja leicht rauskriegen.«

»Die Eltern konnten einfach so wegziehen? Und wenn der Missbrauch in der Familie stattfand?«

Lisbeth schüttelte den Kopf. »Nein! Das war es nicht. Es war kein Verwandter. Ich glaube, der Babysitter oder so. Gunnar hatte noch lange mit den Eltern Kontakt, und ich weiß, dass er sehr zufrieden war, weil der oder die Täterin angezeigt werden konnte.« Sie gab Helle einen Zettel. »Hier, das sind die Namen der Eltern. Du findest sie ja wohl im Melderegister.«

»Danke.« Helle guckte auf den Zettel. »Wenn ich das richtig verstehe, hat Gunnar sich das sehr zu Herzen genommen.«

»Absolut! Er war völlig außer sich deswegen. Und er hat sich sehr engagiert, damit das Mädchen eine psychologische Betreuung bekommt und alles. Weißt du, das war nicht geheuchelt. Gunnar war der Auffassung, dass es ein schweres Verbrechen ist, Kindern Gewalt anzutun. Er würde niemals …«

Lisbeths Stimme brach ab, und sie schüttelte einfach nur ihren Lockenkopf, ohne etwas weiteres zu sagen. Aber das musste sie auch nicht. Helle hatte verstanden, was Lisbeth ihr mitteilen wollte. Sie würde dringend mit Matilde über den Fall sprechen müssen. Und herausfinden, wer damals der Täter war. Vielleicht hatte dieser sich an Gunnar rächen wollen. Oder war es am Ende Magnus Vinterberg gewesen, gab es deshalb eine Verbindung? Dann hätte der vielleicht einen Grund gehabt, Gunnar zu töten. Aber wer hätte dann Vinterberg getötet? Und dessen Methode mit dem Pfefferspray imitiert?

Dieser Fall warf mehr Fragen auf, als sie im Moment beantworten konnte.

»Eine Frage habe ich noch, Lisbeth. Hat Gunnar jemals Schulklassen zum Schwimmunterricht begleitet? Oder ist selbst gerne zum Schwimmen gegangen?«

Lisbeth guckte überrascht, dann lachte sie. »Was ist das denn für eine Frage? Gunnar? Niemals! Ich würde mich wundern, wenn er überhaupt schwimmen konnte.« Sie wollte sich fast ausschütten vor Lachen. »Sorry, aber das ist total abwegig. Gunnar in Badehose!« Schließlich besann sie sich und wurde wieder ernst. »Ganz bestimmt nicht. Gunnar ist auch niemals im Sommer an den Strand gegangen, in einer Freistunde oder nach der Arbeit. Nein, also da bist du total auf dem Holzweg.«

Helle zog ein Foto von Magnus Vinterberg aus der Tasche. »Kennst du den?«

Das Foto hatten die Beamten offenbar von Magnus' Personalausweis kopiert. Er starrte freudlos in die Kamera, den spärlichen blonden Haarkranz hatte er vergeblich zu bändigen versucht, am Kinn zeigte sich Bartschatten.

Lisbeth besah sich das Foto genau, schüttelte dann aber den Kopf. »Nein. Den habe ich noch nie gesehen. Wer ist das?«

»Das zweite Opfer«, gab Helle zur Antwort. »Mach zu Hause den Fernseher an, dann erfährst du mehr.«

Lisbeth klappte den Mund auf. »Ein zweites Opfer? Hier?«

»Nein, in Kopenhagen. Das Furchtbare ist: Er ist ein Pädophiler mit Vorgeschichte. Es ist also anzunehmen, dass die Gerüchte um Gunnar jetzt erst recht hochkochen.«

»Okay.« Die Sekretärin nickte tapfer, dann stand sie auf. »Dein Zug fährt gleich. Wann immer ich helfen kann, oder wenn mir noch etwas einfällt …«

»Danke.« Helle stand auch auf und umarmte Lisbeth kurz. »Ich denke, Matilde kann auch ein bisschen Beistand brauchen. Sie fährt zwar zu ihrer Schwester nach Bornholm, damit ist sie zum Glück aus dem Fokus, aber ich glaube, es gibt nicht so viele, die in der Situation zu ihr halten. Oder zu Gunnar.«

Lisbeth schniefte. »Klar.«

Dann winkte sie kurz und ging davon.

Helle wollte sich gerade umdrehen und zu ihrem Gleis gehen, als sie ein heiseres Bellen hörte. Ein heller Blitz schoss quer durch die Halle an Lisbeth vorbei auf sie zu, am hinteren Ende ein Propeller befestigt, der unaufhörlich rotierte.

»Emil!«

Der Hund drückte sich an Helles Beine, jaulte, wedelte und versuchte gleichzeitig, an ihr hochzuspringen und ihr das Gesicht abzulecken. Helle kniete sich hin und sah hinter Emil

Bengt auf sie zulaufen. Sie winkte, Bengt lächelte breit unter seinem Wikingerbart. Als er sie erreicht hatte, hatte Emil sich wieder beruhigt – der kurze Euphorie-Anfall hatte ihn physisch an seine Grenzen gebracht – und schmiss sich auf den Rücken, eine unmissverständliche Aufforderung, seinen schmutzig-nassen Bauch zu kraulen. Helle verzichtete und stand lieber auf, um Bengt zu umarmen.

»Woher weißt du, dass ich hier bin?«

Bengt rollte belustigt die Augen. »Nicht nur Bullen können kombinieren. Du hast mir doch geschrieben, wann du in Skagen bist! Also musste ich nur in den Zugfahrplan gucken.«

»Du bist der Beste.«

»Ich weiß. Nach dem Hund.«

Helle grinste. »Der kann allerdings nicht kochen.«

Bengt nahm ihr die Sporttasche ab, mit der anderen Hand fasste er sie um die Taille. »Quiche Lorraine, Salat, kalter Grauburgunder. Wartet alles nur auf dich.«

»Willst du mich heiraten?«

»Weiß nicht. Ich denk drüber nach.«

Zwischen Skagen und Fredrikshavn, 20.30 Uhr

Das Licht ließ er aus. Er wollte keine Zielscheibe sein. Im hellerleuchteten Fenster stehen und der Irre brauchte nur zielen und *Bäm*. Nein danke, er war ja nicht vollkommen verblödet.

Andererseits konnte er seinen Abend nicht in der Finsternis verbringen. Er würde heute nicht in die Sauna gehen. Auch das Laufen sparte er sich. Das brachte ihn vollkommen aus seiner Mitte, *holy shit*.

Wenn die Bullen nicht so einen Aufriss gemacht hätten. Von seinem Fenster im ersten Stock des Herrenhauses konnte er zum Schuppen hinübersehen. Überall rotweißes Absperrband. Dieser Jungspund war ja vollkommen durchgeknallt. Ein Wichtigtuer, hatte vor seiner kleinen Kollegin den Superbullen raushängen lassen.

Die Polizistin war ganz niedlich gewesen. Zart und dunkel, Augen wie ein Reh – genau sein Beuteschema. Allerdings war sie auch nicht eben freundlich zu ihm gewesen. Er war sich vorgekommen, als hätte er etwas verbrochen. Konnten die nicht ein bisschen zuvorkommender sein? Fassen Sie das nicht an und das auch nicht – dabei war *er* hier der Herr im Haus! Seinen eigenen Schuppen sollte er nicht betreten dürfen? Was dachten die eigentlich?

Zum Teufel, es war doch wohl nur ein Gammler gewesen, irgendein armer Obdachloser, der sich ein warmes Plätzchen gesucht hatte.

Oder?

Er starrte hinunter in den Hof. Er konnte nicht anders, es war zwanghaft, warum legte er sich nicht auf die Matte und meditierte?

Oder fuhr zu Anja, ihre Wohnung stand ihm jederzeit offen. Sie flehte ihn ja förmlich an, zu ihr zu kommen. Er könnte ein bisschen Sex mit ihr haben oder das Ganze in die Länge ziehen, sich von ihr verwöhnen lassen, Tantra, Massagen … das würde ihn sicher auf andere Gedanken bringen.

Er dachte an ihre Möpse und bekam das Ziehen in den Leisten. Anja hatte einen geilen Body, sie harmonierten gut. Das war vielleicht wirklich eine bessere Idee, als hier im Dunklen zu sitzen, wie das Kaninchen vor der Schlange, und darauf zu warten, dass sich da draußen etwas regte.

Seit Stunden rannte er immer wieder zum Fenster und blickte hinaus. Sie hatten das Studio heute früher geschlossen, den Qigong-Kurs verlegt. Eigentlich eine dämliche Idee, dachte er jetzt. Das wäre Ablenkung gewesen und Leben auf dem Hof. Aber er war im ersten Moment völlig aus der Mitte, nachdem die Bullen wieder abgezogen waren. Mit ihren Tütchen und Pröbchen und Fotos und diesen lächerlichen Plastiktüten an den Schuhen. Er hatte geglaubt, dass er nicht geerdet genug wäre, um den Kurs abzuhalten, dabei, *damned*, konnte er den Laien doch sonst was erzählen, die nahmen ihm alles ab, das schaffte er noch blind und taub!

Eine Kurzschlussreaktion – dass ihm das noch passierte. Er war seit so vielen Jahren auf einem anderen Trip, und plötzlich, *Pow!*, zerstob alles in der Luft, pulverisierte, als hätte er niemals an sich gearbeitet.

Er schloss die Augen und konzentrierte sich auf die Basisübung, Chakren-Wanderung, von unten nach oben. Perineum, Nabel, Solarplexus, Herz, Kehle, Stirn, Scheitel. Hoch und runter, hoch und runter, hoch und … scheiße, hatte sich da nicht was bewegt? Da, hinter der Scheune? War da nicht eben ein Schatten gewesen?

Er starrte in die Dunkelheit, bis ihm die Augen brannten. Aber nichts. Er hatte sich getäuscht. Oder es war nur ein kleines Tier.

Die Lichter funktionierten alle wieder, das war das Erste, was er dem Hausmeister aufgetragen hatte. Bloß keine dunklen Ecken! Er wollte alles einsehen können, er musste wissen, dass da niemand auf seinem Grundstück rumlungerte. Auch keine verfickten Waschbären.

Er hatte ihn in den Nachrichten gesehen. Der Bulle hatte recht gehabt. Es war Vinterberg. Diese Augen. Immer noch unschuldig, aber die Fresse war zum Reinschlagen. Er war fett und hässlich geworden, sah verwahrlost aus.

Und das, was in den Nachrichten über ihn gesagt wurde …

Er war sich damals ganz sicher gewesen, dass der Junge log. Gelogen hatte. Und klar, ganz auszuschließen war das immer noch nicht. Aber er hatte Vinterberg wohl falsch eingeschätzt. Damals hatte er ihm zu hundert Prozent geglaubt. Aber der Mann war kein Unschuldiger, und das nagte jetzt an ihm. Er hatte offensichtlich richtig Scheiße gebaut.

Kurz überlegte er, ob er den Bullen anrufen sollte, dem war der Arsch ja wohl auch ziemlich auf Grundeis gegangen. Klar, der hatte den gleichen Fehler gemacht wie er. Nur Gunnar hatte damals anders gedacht. Und trotzdem hatte der sterben müssen. Warum? Das war doch total unlogisch.

Er würde doch mit Jan-Cristofer darüber reden müssen. Vielleicht konnte er ihn überreden herzukommen? Dann wäre er nicht allein, falls etwas passieren sollte.

Aber hatte er Lust, mit dem zu reden?

Eben. Da war Anja schon die bessere Wahl.

Er nahm die Atmung wieder auf, und nach einiger Zeit stellte sich das wattige Gefühl im Kopf ein. Alles löste sich. Er war entspannt und in seiner Mitte.

Er ließ das Rollo runter, suchte ein paar Sachen zusammen, das Massage-Öl, ein paar Toys – Anja stand auf so was – und Klamotten.

Er würde sich von ihr verwöhnen lassen und morgen früh

wieder herkommen. Bei Tag sah alles anders aus, und dann würde er sich mit dem Bullen unterhalten. Der wusste doch sicher, was bei den Ermittlungen der Stand war. Ob ernsthaft Gefahr bestand oder nicht.

Draußen sah er sich erst um, bevor er die Tür verriegelte und zur Garage lief. Er hatte sie schon mit der Fernbedienung geöffnet, damit er nicht schutzlos im Hof herumstand und warten musste, bis sich das Tor öffnete.

Die Garage war hell und warm, beim Porsche glühte schon die Sitzheizung vor, er musste nur seine Tasche auf den Beifahrersitz werfen und den Motor anlassen.

Als er den Zündschlüssel umdrehte und das Bullern des Boxermotors hörte, stockte er.

War da nicht jemand hinter dem Auto vorbeigehuscht? Er hatte eine Bewegung im Rückspiegel gesehen.

Verdammter Scheiß, er sah Gespenster, höchste Zeit, hier wegzukommen. Er haute den Rückwärtsgang rein und jagte mit Vollgas vom Hof.

Zurück blieb die Garage – hell, warm und sperrangelweit geöffnet.

Skagen, 23.30 Uhr

Zum ersten Mal seitdem ich bei Jutta weg bin, wird mir warm. Richtig warm.
Was für ein Glück, dass ich das Bootshaus gefunden habe.
Niemand kommt hier rein vor dem Frühling.
Die kleine Kajüte, der Ofen, das Bett, ich stelle mir vor, dass es mein Boot ist. Und dass ich damit zurücksegle. Vielleicht sollte ich das tun.
Mit dem Boot nach Portugal segeln. In die Sonne.
Fredo würde sich freuen.
Und die Tiere erst.
Mit geht es gut. Das Kind schläft.
Soll es schlafen, ich bin erschöpft.
Ich fülle noch ein bisschen von dem Benzin nach, dann heizt der Ofen die ganze Nacht und ich kann im Warmen schlafen.
Der Idiot, lässt die Garage offen stehen!
Wenn das Benzin aus ist, kann ich mir jederzeit Nachschub holen. Er hat ja genug.
Damit komme ich bis in den Frühling. Wenn es mir gut geht, dann schläft das Kind tiefer.
Vielleicht schaffe ich es, einfach nur hierzubleiben. In dem Boot.
Ab und zu muss ich mir was zu essen holen.
Niemand darf mich sehen.
Das wäre ein Leben.
Und wenn der Frühling kommt, dann segle ich davon.

Skagen, 8.30 Uhr

»Du warst ja schon fleißig.« Marianne besah sich kopfschüttelnd den Stapel Papier auf ihrem Schreibtisch. Außerdem war der Kaffee für die Morgenbesprechung bereits durch den Filter gelaufen, Helle hatte die restlichen Clementinen von ihrer Zugfahrt mitgebracht sowie einen Hefezopf vom Bäcker und alles auf einer großen Platte für ihre Mitarbeiter angerichtet.

»Ich habe zur Abwechslung mal durchgeschlafen«, gab Helle zurück. »Ich hatte total vergessen, wie man sich fühlt, wenn man sieben Stunden am Stück schlafen darf.«

Marianne hörte nur mit einem Ohr zu, ihre Konzentration war auf die Papiere gerichtet, die ihre Chefin ihr hingelegt hatte.

»Du beantragst neue Computer? Und Tablets? Warum denn um alles in der Welt?«

»Und Fortbildungen – für uns alle.« Helle zog ein weiteres Papier aus dem Stapel und hielt es Marianne unter die Nase. »Ich will, dass wir die Digitalisierung mitmachen. Dafür gibt es Fördertöpfe, ich habe mich da heute früh reingefuchst.«

Ihre Sekretärin verzog missbilligend den Mund. »Wozu denn bloß? Wir kommen doch auch so ganz gut zurecht.«

»Schon. Aber schau dich bitte mal um. Akten über Akten. Wir wissen doch gar nicht mehr, wohin mit dem Kram.«

»Ich sichere die Sachen jetzt schon auf CDs«, protestierte Marianne.

Helle guckte skeptisch. »Aber du druckst es trotzdem aus?«

»Zur Sicherheit!«

»Eben. Und damit muss Schluss sein. Wir ersticken in den Akten. Und für die Umwelt ist es auch nicht gut. In Zukunft sichern wir unsere Sachen auch auf den Zentralservern. Und in der Cloud.«

»Wo auch immer das ist …«, grummelte Marianne.

»Wird höchste Zeit«, mischte sich Ole ein, der in dem Moment zur Arbeit erschien. Er klopfte sich den Schnee von der Jacke und trat ein paarmal mit den dicken Winterstiefeln auf. »Man könnte meinen, wir sind in Lappland, oder nicht?«

Helle blickte aus dem Fenster. Tatsächlich hatte der Schneefall in der letzten halben Stunde wieder zugenommen. Ungewöhnlich, dass es hier oben so tief verschneit war.

»Ja, wunderbar. Emil ist heute Morgen ausgerastet.«

»Ich erkläre euch das mal mit der Cloud.« Ole hängte seine Jacke an die Garderobe und rieb sich die Hände vor Vorfreude auf Kaffee und Kuchen.

»Nicht jetzt, später gerne«, sagte Helle.

»Die Chefin will uns digitalisieren«, erklärte Marianne mit leicht eingeschnapptem Unterton.

»Finde ich super.« Ole kaute und sprach mit vollem Mund. »Wir sind ein total verschnarchter Haufen. Tut uns ganz gut, Anschluss an den Rest der Welt zu haben.«

»Danke, Ole! Und jetzt ab zur Morgenlage.« Helle nahm ihren Becher Kaffee, winkte Jan-Cristofer und Amira, die gemeinsam mit seinem Auto gekommen waren und sich nun durch den Schnee zum Eingang kämpften. Die beiden wohnten im selben Haus, Jan-Cristofer hatte sich damals für Amira stark gemacht, damit die Auszubildende an eine Wohnung kam. Ohne seine Fürsprache wäre es für die junge Frau aus Afghanistan nicht ganz leicht gewesen, einen dänischen Vermieter von sich zu überzeugen.

Als sie alle mit Essen und Getränken versorgt waren, eröffnete Helle die Besprechung mit einem detaillierten Bericht über ihren Besuch in Kopenhagen. Sie hatte sich auf ihrem Computer in die Ermittlungsakten der Mordkommission eingeloggt und den Bildschirm so zu ihren Zuhörern gedreht, dass alle etwas sehen konnten. In Zukunft wird das einfach auf ein Whiteboard übertragen, freute sie sich in Gedanken.

Ihre kleine Crew hörte konzentriert zu. Als die Bilder aus Vinterbergs Wohnung sowie Fotos von der Leiche am Tatort über den Bildschirm flackerten, konnte sich Ole nicht zurückhalten. »Boah, das ist ja widerlich. Was für ein Schwein.«

»Ole, bitte! So reden wir hier nicht.«

»Ist doch wahr.« Marianne nickte zustimmend. »Wirklich, Helle. Einer, der sich an kleinen Jungs vergreift, ekelhaft. Was Schlimmeres gibt es kaum.« Sie nickte zu Ole hinüber. »Wir sind ja unter uns, da wird man so was schon mal sagen dürfen.«

»Nein, das wird man eben nicht mal sagen dürfen!«, protestierte Helle. »Ich möchte, dass wir hier versuchen, nicht zu werten. Auch, wenn wir unter uns sind. Das verstellt den Blick in der Ermittlungsarbeit. Und es ist auch so nicht in Ordnung.« Sie versuchte, streng zu gucken, aber den Blick, den Ole und Marianne sich zuwarfen, hatte sie gesehen. Und den konnte man nicht missinterpretieren. Die beiden fanden, dass Helle übertrieb und sich zu Unrecht so aufregte.

Amiras Miene war keinerlei Regung abzulesen, sie wirkte konzentriert und fokussierte sich, wie es ihre Art war, auf die Fakten. Manchmal ertappte Helle sich dabei, dass sie sich fragte, was die junge Frau wohl alles schon erlebt haben musste, so sehr war sie darauf bedacht, ihre Vergangenheit, ihr Privatleben und ihre Gefühle für sich zu behalten.

Jan-Cristofer dagegen konnte man ansehen, dass er sich den Fall sehr zu Herzen nahm. Er war kreideweiß und sah aus, als müsse er sich übergeben. Helle führte das darauf zurück, dass ihr Kollege einen minderjährigen Sohn hatte, ihr ging es genauso – alle Verbrechen, die an Kindern begangen wurden, entsetzten sie über die Maßen. Und stets stellte sie sich vor, wie es sich anfühlen würde, wenn sie an der Stelle der Eltern wäre.

Schließlich hatte Helle ihren Bericht beendet und stand den Kollegen noch Rede und Antwort. Außerdem wurde wild spekuliert, was denn nun die mögliche Verbindung zwischen den beiden Opfern war. Helle hatte auf Jan-Cristofer gehofft, ein bisschen Brainstorming mit ihm hätte ihr vielleicht neue Denkanstöße beschert, aber er blieb stumm wie ein Fisch. Dagegen war Ole mit Feuereifer bei der Sache.

»Hat sich dieser Vinterberg schon mal in Jütland rumgetrieben? Weiß man das?«

»Im Moment liegen darüber noch keine Erkenntnisse vor, aber die Kollegen sind da dran«, antwortete Helle und verwies darauf, dass Sören angeordnet hatte, dass sich jemand auf die ehemaligen Arbeitsstellen von Magnus Vinterberg konzentrieren sollte.

»Hallo? Hallo? Wo zum Teufel steckt ihr?«, polterte jemand im Eingang der Polizeistation.

Marianne stand sofort auf. »Ich komme, Moment!«

»Ach da hinten.« Der Jemand stiefelte mit schwerem Schritt durch den Gang zu ihnen und noch bevor Marianne aus dem Zimmer gehen konnte, stand der alte Andersson in der Tür.

»Alle auf einen Haufen«, grummelte er und stolperte ein paar Schritte hinein.

»Andersson, wir haben gerade eine Besprechung«, Helle guckte mit Entsetzen auf die schmutzigen Schneehäufchen, die die Stiefel in ihrem Büro hinterließen, aber der alte Mann ließ sich nicht aufhalten.

»Ich warte nicht, Mädchen! Bei mir ist eingebrochen worden, und ihr bewegt euren verdammten Arsch zu mir rüber und fangt den Mistkerl, dass das mal klar ist!«

Helle wusste natürlich, dass der Alte sich nicht besänftigen lassen würde. Sie deutete auf die Platte mit dem Hefezopf und den Clementinen.

»Setz dich hin, nimm dir was zu essen und einen Kaffee. Dann erzählst du uns, was passiert ist.«

Der alte Andersson brummelte etwas Unverständliches in seinen Bart, setzte sich auf den Stuhl, den Jan-Cristofer ihm überließ und nahm sich gleich zwei Scheiben des Kuchens. Marianne goss ihm einen Becher Kaffee ein, und nachdem er den ersten Schluck genommen hatte, gurgelte er damit, schluckte und berichtete.

»Heute Nacht haben sie den Laden aufgebrochen. Oder heute Morgen, gestern Abend, was weiß denn ich. Zwei Packungen Toastbrot, sechs Dosen Heineken, Marmelade, Pölser und Senf.«

Ole brach auf der Stelle in Lachen aus. »Andersson, das sind vielleicht siebzig Kronen Warenwert. Und deshalb machst du hier so einen Aufriss?«

Andersson fuhr herum und nahm den vorlauten Jungpolizisten ins Visier. »Halt den Mund, du frecher Frosch! Meinst du, ich weiß nicht, dass du dir immer etwas stibitzt hast? Einen Kaugummi oder ein Bonbon, immer hast du etwas mitgehen lassen, ich zieh dir den Hosenboden stramm, Ole Halstrup!«

Ole machte große Augen und hörte augenblicklich auf zu lachen.

Andersson – niemand kannte seinen Vornamen – besaß den Krämerladen von Skagen. Jahrzehntelang war sein Geschäft das einzige am Ort gewesen, bis vor drei Jahren ein Kvickly Supermarkt eine Filiale in Skagen eröffnet hatte. Seitdem ging niemand mehr zu Andersson, außer ein paar alte Leute und die, die Mitleid mit ihm hatten. Er hatte kein gutes Sortiment und verlangte viel zu hohe Preise. Außerdem war er extrem unfreundlich, kleine Kinder herrschte er für gewöhnlich an, und bei älteren Menschen versuchte er, mit dem Rückgeld zu betrügen. Alles in allem war es keine Freude, bei Andersson einzukaufen, andererseits war er eine Institution am Ort.

Und nicht nur deshalb hörte Helle sich seine Klage interessiert an – ihr gefiel die ungewöhnliche Häufung von Einbrüchen und Diebstählen in ihrer kleinen Gemeinde nicht.

»Ich nehme mal an, du hast keine Kamera installiert, die den Laden überwacht?«, erkundigte sie sich.

Andersson schnaubte nur.

»Wie ist der Laden aufgebrochen worden?«

»Die haben das Schloss aufgestemmt. Mit einem Stemmeisen. Nicht gerade die feine Art.« Andersson hielt Marianne seinen Kaffeebecher auffordernd unter die Nase, die mit einem Seitenblick zu Helle zur Kaffeekanne griff und ihm nachschenkte. »Alles kaputt. Das Holz ist aus dem Türrahmen gebrochen. Wenn ich den erwische ...«

»Bist du denn nicht versichert?« Jan-Cristofer meldete sich das erste Mal, seit er heute zum Dienst angetreten war, zu Wort.

Wieder schnaubte der Alte. »Wegen einem Toastbrot? Die Scheißkerle knöpfen dir doch monatlich so viel ab, da müssen sie mir den Laden schon vier Mal leerräumen, damit ich mein Geld wiedersehe. Nee, nee, so einen Quatsch fange ich gar nicht erst an.«

Amira erhob sich. »Am besten, wir nehmen ein Protokoll auf, Herr Andersson. Dann fahre ich mit Ihnen rüber und schau mir die Sache an.«

Noch ehe Andersson seinen Unmut äußern konnte – denn nichts Anderes verhieß sein skeptischer Blick auf die junge Afghanin –, sprang Ole auf. »Ich komme mit. Vielleicht haben wir eine Einbruchsserie von ein und demselben Täter.«

Ich glaube, da triffst du den Nagel auf den Kopf, Ole Halstrup, dachte Helle bei sich und nickte. »Ja, macht das. Und denkt daran ...«

»... Spuren sichern.« Amira lächelte.

Die beiden verschwanden mit dem widerstrebenden Andersson aus dem Büro. Der Alte sah aus, als hätte er sich lieber bei Kaffee und Kuchen bei Helle festgesetzt, worauf diese ganz gut verzichten konnte.

»Okay, wo waren wir stehen geblieben?« Helle versuchte sich zu sammeln, sie war etwas aus dem Konzept geraten. Außerdem brach ihr schon wieder der Schweiß aus. Sie öffnete das Fenster und genoss die eiskalte Luft, die augenblicklich in ihr Büro strömte.

»Eigentlich waren wir fertig, du hast nur noch die Aufgaben nicht verteilt«, sprang Jan-Cristofer ihr bei.

»Danke. Marianne, du nimmst dich bitte meiner Anträge an. Am besten, du scannst alles und schickst es direkt an Ingvar.«

Ingvar war Helles alter Boss aus Fredrikshavn. Er war dort Dienststellenleiter und damit auch Helles Vorgesetzter. Ingvar Bergström stand kurz vor seiner Pensionierung und war ein Chef der alten Schule. Helle hatte bei ihm viel gelernt, aber sie wusste, dass die jüngeren Kollegen in Fredrikshavn mit den Füßen scharrten und es kaum abwarten konnten, bis der Alte seinen Posten verließ. Er gehörte einer anderen Zeit an und galt als einer, der moderner Polizeiarbeit skeptisch gegenüberstand. Profiling beispielsweise hielt er für eine unsinnige Mode, die aus Amerika nach Dänemark geschwappt und absolut verzichtbar war. Helle schätzte ihn trotzdem sehr und hatte ihn, auch wegen massiver Probleme mit ihrem eigenen Vater, stets als väterlichen Freund betrachtet.

»Also Ingvar schickst du das besser mit der Pferdekutsche«, mischte sich Jan-Cristofer ein, und Marianne schob sich lachend aus dem Raum.

»Meinst du tatsächlich, der Missbrauch an dem Mädchen – Smilla – hat etwas mit den Morden zu tun?«, wandte er sich nun an seine Chefin.

Helle zuckte mit den Achseln. »Es ist neben dem Terminzettel die einzige Sache, die wir haben. Vielleicht gibt es da etwas aufzudecken. Kinder spielen jedenfalls eine Rolle. Beide Täter haben mit ihnen zu tun – in einer Erzieherfunktion.« Helle hoffte, dass ihr Kollege den Ball, den sie ihm zuspielte, wie gewöhnlich aufnahm, aber Jan-Cristofer tat wieder nichts dergleichen. Er blickte sie lediglich mit gezücktem Stift an. »Soll ich die Lehrerin übernehmen? Ich kenne sie, Markus hatte bei ihr Geschichte.«

»Okay. Ich wollte heute sowieso endlich zu diesem Nyborg rausfahren. Es muss jetzt geklärt werden, ob Gunnar bei ihm in Behandlung war.« Helle machte auf ihrer To-do-Liste ein Häkchen. »Darüber wollte ich auch mit Matilde sprechen. Dann kann ich sie bei der Gelegenheit auch fragen, ob Gunnar ihr von der Sache mit Smilla erzählt hat. Außerdem … hm.«

»Was?«

»Na ja, ich muss schon mit ihr drüber sprechen, ob Gunnar vielleicht seine sexuelle Orientierung geändert hat. Schließlich ist er an der Seite eines sehr viel jüngeren Mannes nachts im Tivoli gewesen. Und hat niemandem von der Verabredung erzählt, also …«

Sie schwiegen einen Moment und hingen ihren Gedanken nach.

»Kannst du wohl noch die Eltern von Smilla anrufen? Du müsstest erst einmal rausbekommen, wohin sie gezogen sind. Vielleicht sind sie nicht allzu weit weg, dann könnten wir sogar hinfahren und mit ihnen sprechen.«

»Geht klar.« Jan-Cristofer stand auf und wollte das Büro verlassen, aber Helle hielt ihn zurück.

»Sag mal, alles okay bei dir?«

Er rang sich ein Lächeln ab. »Ja, alles okay. Es ist nur … na ja, das nimmt mich natürlich mit, diese Pädophilen, du weißt schon.« Damit verließ er den Raum.

Helle glaubte, dass dies nur die halbe Wahrheit war, aber mehr als nachfragen konnte sie nicht. Sie hoffte, dass ihr Freund sich schon an sie wenden würde, wenn er bereit war, über seine Sorgen zu sprechen – denn dass er die hatte, war offensichtlich.

Sie hatte gerade den Telefonhörer aufgenommen, um bei Matilde Larsen anzurufen, mit der sie ein Treffen vereinbaren wollte, da steckte Ole seinen Kopf noch einmal bei ihr ins Büro. »Du, hör mal.«

Helle legte den Hörer zurück. »Ja?«

»Du meintest doch, dass die Jungs von der Mordkommission sich darum kümmern, wo dieser Magnus überall als Bademeister tätig war.«

»Ja, das tun sie. Jedenfalls hat Sören das angeordnet. Aber ich weiß noch nicht, ob es da Ergebnisse gibt.«

»Ja, also weißt du, ich habe mir da so meine Gedanken gemacht.« Der junge Beamte blieb unschlüssig in der Tür stehen.

»Komm rein, Ole. Setz dich und erzähl mir, worüber du grübelst.«

»Also. Ein Kumpel von mir, der hat als Bademeister gejobbt. Früher, so mit neunzehn, zwanzig. Am Strand, im Sommer. Also nicht als Boss-Bademeister, sondern sozusagen als Hilfs-Bademeister.« Er grinste schief. Jetzt sah er aus wie zwölf, dachte Helle gerührt und stellte sich vor, wie sich der kleine Ole beim alten Andersson die Taschen mit Kaugummi vollstopfte.

»Und?«

»Das war schwarz. Bar auf die Kralle.«

Helle begriff. Ein Job, den es eigentlich nicht gab. Kein Vertrag, kein Gehalt, kein Nachweis. Wenn Magnus Vinterberg auch solche Jobs gehabt hatte, würden sich die Kollegen in Kopenhagen wochenlang abplagen. Sie würden an jeden Strandabschnitt, an jedes Schwimmbad in ganz Dänemark einen Steckbrief senden müssen. Und dann war immer noch die Frage, ob sich jemand melden würde und zugeben, dass er Schwarzarbeiter beschäftigt hatte. Die Aussicht auf Erfolg war minimal, die Möglichkeit, dass Magnus Vinterberg irgendwo schwarz gejobbt hatte, ohne dass man es jemals erfahren würde, dagegen sehr groß.

»Es ist ein ziemlich beliebter Ferienjob, weißt du. Man muss nicht viel können, nur das Lebensretterabzeichen haben, das genügt.«

»Pass auf, Ole. Das ist ein guter Gedanke. Mach dich doch mal dran und check ab, wer bei uns in der Umgebung dafür zuständig ist, Bademeister und Hilfspersonal, Schwimmlehrer und Rettungsschwimmer zu engagieren. Die Schwimmhalle in Fredrikshavn, alle Strände. Vielleicht haben wir Glück.«

Ole sprang augenblicklich von seinem Sitz hoch. »Wird sofort erledigt!«

»Gute Arbeit, Ole«, lobte Helle und konnte sehen, wie der junge Übereifrige zehn Zentimeter über dem Boden aus dem Büro schwebte.

Matilde Larsen bedauerte, aber sie konnte sich nicht mehr mit Helle treffen, da sie bereits bei ihrer Familie auf Bornholm weilte.

»Verstehe. Hast du vielleicht Zeit, dich mit mir am Telefon zu unterhalten?«

»Aber ja. Gibt es etwas Neues?«

»Nicht wirklich. Vom zweiten Opfer weißt du schon?«

»Ja, natürlich. Dieser Sören Gudmund hat mich sofort angerufen. Ob ich den Mann kenne oder mir der Name etwas sagt.«

»Und?«

»Nein. Also nein, ich kenne ihn nicht. Bei dem Namen war ich mir nicht sicher. Ich bilde mir ein, dass ich ihn schon mal gehört habe, aber ich kann es überhaupt nicht einordnen.« Matilde holte tief Luft. »Und ich hoffe, dass es mir auch nicht einfällt, wenn ich ehrlich bin.«

»Aber es würde uns vielleicht helfen, Gunnars Mörder zu finden«, wandte Helle ein.

»Alle werden jetzt erst recht glauben, dass Gunnar auch so einer war. Ein Kinderschänder.« Matildes Stimme zitterte.

»Aber das stimmt nicht. Helle, du musst mir glauben, Gunnar lag so etwas völlig fern.«

»Aber ja. Ich möchte das wirklich gerne glauben, Matilde. Alle, die Gunnar näher kannten, sagen, dass er keinerlei sexuelles Interesse an Kindern hatte.«

»Niemals! Wirklich, ich lege meine Hand dafür ins Feuer. Ich weiß, dass man immer wieder sagt, manche Partner drücken beide Augen zu und wollen die Zeichen nicht sehen, aber Gunnar … nein. Das würde ich unter Eid beschwören.«

»Trotzdem müssen wir darüber reden, Matilde, so leid mir das tut. Ich hätte besser gefunden, wir könnten uns direkt gegenübersitzen, aber nun ist es so. Bitte entschuldige, dass ich das fragen muss, aber wie war das mit Gunnar, kann es sein, dass er im Alter mehr an Männern interessiert war?«

Es war so lange still in der Leitung, dass Helle sich schon fragte, ob Matilde einfach den Hörer hingelegt hatte und weggegangen war, aber dann antwortete die Witwe doch noch.

»Warum fragst du das?«

»Weil er kurz vor seinem Tod an der Seite eines jungen Mannes im Tivoli gesehen wurde.«

»Das könnte doch irgendwer sein. Jemand, den er zufällig getroffen hat, ein ehemaliger Schüler. Es studieren doch viele in Kopenhagen – deine Tochter auch, hast du erzählt.«

»Ja. Das ist auch, was ich denke, Matilde. Aber trotzdem kann es auch anders sein.«

Helle hörte, wie die Witwe schwer atmete. Sie schien ernsthaft darüber nachzudenken. Dann aber sagte sie mit Nachdruck »Nein. Ich kann mir das nicht vorstellen.«

»Okay. Du wirst natürlich verstehen, dass die Mordkommission in der Richtung trotzdem weiterermitteln muss, aber es ist wichtig für mich zu wissen, dass du dir so sicher bist. Ich habe da aber noch etwas anderes.«

Helle erzählte Matilde, was sie von Lisbeth über den Fall der kleinen Smilla Jacobsson wusste.

»Natürlich erinnere mich daran. Gunnar war damals sehr aufgewühlt.«

»Inwiefern genau? Kannte er die Familie? Oder war es eben die Betroffenheit, die uns alle packt, wenn wir so etwas erfahren?«, hakte Helle nach.

Matilde überlegte kurz. »Nein«, sagte sie schließlich, »Gunnar kannte die Familie nicht. Aber er hat es sich sehr zu Herzen genommen. Er fand, es sei die Aufgabe der Schule, der Pädagogen, nicht wegzusehen.«

»Lisbeth meint, dass er sich persönlich sehr stark in dem Fall engagiert hat. Mehr, als sein Job als Rektor es verlangt hätte.«

»Oh ja, das hat er. Und er hat es als persönliches Erfolgserlebnis gewertet, dass das Kind gerettet wurde. Das hat er noch oft gesagt. Dass er dazu beitragen konnte, dass die Kleine nicht noch mehr Schaden genommen hat.«

»Das war kurz vor seiner Pensionierung.«

»Ja, es ist noch nicht so lange her. Aber es kam immer wieder zur Sprache. Es hat ihn verändert, auf alle Fälle.«

»Ihn verändert?« Helle horchte auf. »Inwiefern?«

»Ich weiß nicht, ich bilde mir ein, er wurde … durchlässiger. Aufmerksamer. Ich glaube, es hat ihn aus seiner Erstarrung geholt.«

Helle dachte nach. Es war also etwas passiert mit Gunnar Larsen. Vielleicht hatte er selbst als Junge ein Missbrauchserlebnis gehabt? Sie fragte die Witwe danach.

»Komisch, dass du das sagst. Ich habe das auch schon mal gedacht. Aber nie danach gefragt. Wir haben nicht so … intim miteinander gesprochen.«

»Ich habe doch im Handschuhfach diesen Zettel gefunden«, warf Helle ein.

»Ich erinnere mich. Was ist damit?«

»Es könnte sein, dass Gunnar einen Therapeuten aufgesucht hat. Ich weiß noch nicht welchen, aber es könnte Markus Nyborg gewesen sein.«

»Dieser Guru? Macht der nicht so spirituelle Sachen? Also ich weiß nicht … das passt überhaupt nicht zu Gunnar.«

»Hm. Okay. Aber ich danke dir. Das hat mir schon mal geholfen.«

Nachdem Helle das Gespräch beendet hatte, saß sie noch einige Zeit reglos hinter ihrem Schreibtisch und versuchte, ihre Gedanken zu ordnen. Sie hatte das starke Gefühl, dass sie bei Gunnar nah dran war, die vielen losen Enden zusammenzufügen. Nicht, dass sie auch nur eine entfernteste Ahnung hatte, wer den ehemaligen Rektor umgebracht hatte, aber der Fall gewann an Kontur.

Auf zu Nyborg, dachte sie, dich habe ich mir lange genug aufgehoben.

»Spirituelles Zentrum, Therapie und Bewegungsarbeit« stand auf dem Wegweiser, der Helle von der Hauptstraße wegführte. Dazu eine Spirale, Gold auf Weiß.

Markus Nyborg, so viel wusste Helle über ihn, hatte vor zwölf Jahren den alten Dreiseitenhof gekauft und als Seminarzentrum ausgebaut. Seitdem verging kein Monat, ohne dass man den braungebrannten Therapie-Guru in der Zeitung abgebildet sah. Irgendjemand hatte Helle erzählt, dass die Herausgeberin der *Jyllands-Posten* mal was mit Markus Nyborg gehabt hatte, mindestens aber ein Yoga-Seminar bei ihm belegte und er deshalb diese mediale Aufmerksamkeit bekam. Aber Helle neigte zu einer weniger sexistischen Auslegung, sie hielt Markus Nyborg schlicht und einfach für ein Marketing-Genie. Sie hatte ihn ein, zwei Mal in einer überregionalen Talkshow gesehen, wo er zu spektakulären Kriminalfällen befragt wurde und Einblick in die Psyche des Täters geben sollte – selbstverständlich ohne jegliche fachliche Expertise, einfach, weil er der telegenste Therapeut Dänemarks zu sein schien –, und sie war ebenso wie Bengt der Meinung gewesen, dass Nyborg vor allem eines konnte: sich sehr gut verkaufen.

Auf der schnurgeraden einspurigen Straße, die zum Hof führte, nahm Helle den Fuß vom Gas, die Straße war nicht geräumt und ziemlich glatt. Der Hof sah idyllisch aus, er lag auf einer kleinen Anhöhe, das Haupthaus empfing den Besucher mit seiner sorgfältig renovierten Front, flankiert von zwei Wirtschaftsgebäuden rechts und links. Über der Einfahrt spannte sich ein Torbogen, auf dem ebenso wie an der Straßenkreuzung die goldene Spirale prangte sowie der Titel »Spirituelles Zentrum«.

Helle fuhr darunter hindurch auf den kreisrunden Hof und parkte den Wagen direkt vor dem Haupthaus. In derselben Sekunde, in der sie den Motor ausmachte, kam eine junge Frau durch die Haustür auf sie zugeschwebt.

»Namaste.« Sie legte ihre gefalteten Hände an die Stirn und verbeugte sich leicht.

Helle stieg aus dem Wagen. »Hej.« Sie knallte die Fahrertür zu und warf einen Blick in die Runde. Im Innenhof war der Schnee geräumt, man konnte das antike Katzenkopfpflaster bewundern und die großen Terrakottatöpfe mit Bambus. Eine Buddha-Figur aus Sandstein war links neben der Tür platziert, eine Ganeesha-Figur auf der anderen Seite. Auch vor den beiden ehemaligen Wirtschaftsgebäuden – Helle nahm an, dass das eine früher eine Scheune gewesen war und das andere ein Stall – standen noch weitere fernöstliche Gottheiten. Immerhin wusste Helle, dass die mit den vielen Armen Shiva sein musste, die andere Figur konnte sie nicht einordnen.

»Jette«, die junge, ganz in Weiß gekleidete Frau streckte ihr die Hand entgegen, »Markus hat schon auf dich gewartet.«

»Wie kann das sein, ich habe mich nicht angekündigt«, wunderte sich Helle und folgte dem ätherischen Wesen ins Haus.

»Aber er hat immer und immer wieder bei der Polizei angerufen und darum gebeten, dass jemand kommt.« Jette lächelte unerschütterlich und bat Helle, in ihrem freundlichen und weiträumigen Büro Platz zu nehmen. Markus habe noch eine »Session«, aber dann stünde er sofort zur Verfügung. Ob Helle in der Zwischenzeit einen Tee haben wolle? Helle wollte.

Das Büro, in dem sie wartete, war ungefähr so groß wie die gesamte Skagener Polizeistation. Die Decken waren niedrig, aber dadurch, dass sie bis zu den Balken freigelegt waren und man ein paar Wände entfernt hatte, wirkte der Raum offen und großzügig. Alles war weiß – Wände und Einrichtung – bis auf einige goldene Akzente sowie grüne Pflanzen. Irgendwo sprudelte Wasser, passend zu dem großformatigen Foto an der Stirnwand, das einen Wasserfall in einem grünen Dschungel zeigte.

»Costa Rica.« Jette war Helles Blick gefolgt und stellte ihr nun eine dünnwandige Porzellantasse mit einer blassen Flüssigkeit hin.

»Markus hat es selbst aufgenommen, irre, oder?« Jette schaute entrückt.

Gibt der seinen Mitarbeitern Drogen, fragte Helle sich, die an ihren Kollegen noch niemals so einen verzückten Gesichtsausdruck wahrgenommen hatte. Jedenfalls nicht im Zusammenhang mit ihr, höchstens wenn Marianne etwas besonders Leckeres gebacken hatte.

»Was ist das für ein Tee?«, fragte Helle und beäugte skeptisch die grün-gelbliche Plörre.

»Weißer Tee. Ein Pai Mu Tan. Enthält besonders viele Antioxidantien und freie Radikale«, ratterte die Guru-Assistentin immer noch lächelnd herunter.

Helle lächelte zurück und stellte die Tasse lieber ab, ohne zu probieren. Sie trank so gut wie ausschließlich Kaffee, abgelöst höchstens von Rotwein. Wenn überhaupt Tee, dann musste er dunkel und kräftig sein, damit sie so viel Kandis und Milch dazuschütten konnte, dass der Löffel darin stehen blieb.

»Gut gegen Bluthochdruck«, ergänzte plötzlich eine männliche Stimme. Markus Nyborg trat durch die Tür ins Büro. Auch er lächelte. Sein Blick aber, mit dem er Helle musterte, konnte gleichgültiger nicht sein. »Und Schweißausbrüche«, fügte er hinzu, und sein Lächeln wurde süffisant.

Helle stand auf. Sie reichte dem Durchtrainierten nur bis zur Brust, brachte aber mehr Verdrängung mit. Ihr war vollkommen klar, dass man bei Nyborg gleich in die Offensive gehen musste.

»Helle Jespers, Hauptkommissarin. Ich leite die Dienststelle in Skagen und bin außerdem mit den Nachforschungen der Mordkommission im Fall Gunnar Larsen betraut.«

Nyborg gab sich unbeeindruckt. Er sah Helle mit vollkommener Gleichgültigkeit an. Sie war es nicht wert, dass er sein Gefieder spreizte.

»Können wir uns irgendwo in Ruhe unterhalten?«

Der Therapeut und selbsternannte spirituelle Führer verzog das Gesicht. »Ehrlich gesagt habe ich gehofft, es käme jemand, um sich um die Einbrüche zu kümmern.«

»Einbrüche? In der Mehrzahl?«

»Du weißt doch – diese Figur im Schnee …«

»Unbefugtes Betreten von Privateigentum«, fuhr Helle ihm in die Parade.

»Meinetwegen.«

»Meine Kollegen waren doch da, haben den Ort des Einbruchs abgesperrt, ein Protokoll aufgenommen und die Spuren gesichert. Was erwartest du darüber hinaus?«

Zum ersten Mal sah der Mann sie mit Interesse an.

»Ich spüre eine sehr negative Energie. Wie kommt das? Du hast eine unglaubliche Aggression in dir – merkst du das überhaupt?«

»Kann sein, dass es daran liegt, dass ich mit einem ziemlich bösen Mordfall zu tun habe«, gab Helle mit unverminderter Kampfeslust zurück. »Und weil ich bei dir nicht auf Entgegenkommen stoße, meine Frage zu beantworten. Ich habe dich um ein Vier-Augen-Gespräch gebeten, stattdessen beschwerst du dich, dass wir unsere Arbeit nicht so machen, wie du es gerne hättest. Also ja, ich bin auf Krawall gebürstet.« Jetzt stellte sie sich breitbeinig hin und stemmte ihre Hände in die Hüften. »Wenn wir uns an meinen Fahrplan halten, dann bist du mich schnell wieder los.«

Helle warf einen Blick zu Jette, die wie erstarrt wirkte, offenbar kam es nicht allzu häufig vor, dass jemand so mit ihrem Chef redete.

Der seufzte. »Also bitte. Wir können in den Seminarraum eins.«

Damit drehte er sich geschmeidig um die eigene Achse und verließ das Büro. Er ging vor Helle durch den Flur und öffnete die Tür zu einem weiteren Raum. Hier immerhin ließ er ihr den Vortritt.

Kaum hatte er die Tür hinter ihnen geschlossen, stellte Helle ihre Frage. »Es geht um Gunnar Larsen. Bist du im Bild?«

»Das ist der Rektor vom Gymnasium, ja. Der im Tivoli getötet wurde. Ich lese Zeitung.« Nyborg schien eingeschnappt, vielleicht weil Helle nicht auf seine Aura ansprach oder sich von den Räumlichkeiten des »Spirituellen Zentrums« nicht beeindruckt zeigte.

»Okay. Ich möchte wissen, ob ihr euch gekannt habt.«

»Ich bin ihm ein oder zwei Mal begegnet. Also ich wusste, wer er war. Mehr nicht.«

Helle betrachtete Nyborg, der instinktiv die Arme vor der Brust verschränkte, wie zur Abwehr.

»Kannst du dich erinnern, bei welchen Gelegenheiten ihr euch begegnet seid?« Helle holte aus der Seitentasche ihrer Uniformhose das Notizbüchlein und einen Stift, ließ Nyborg aber nicht aus den Augen.

»Nein. Also wirklich, das ist zu viel verlangt. Ich treffe täglich so viele Menschen … Das wird wohl etwas Offizielles gewesen sein, ein Empfang von der Stadt oder so.«

»Gunnar war also nie hier?«

»Hier? Im Zentrum?« Markus Nyborg wandte seinen Blick jetzt von Helle ab und ging an ihr vorbei zum Fenster, sodass sie sein Gesicht nicht sehen konnte, wenn er antwortete. Charakteristisch für jemanden, der log.

»Nein.«

Helle machte sich eine Notiz. Das war nicht nötig, sollte Nyborg aber demonstrieren, dass sie alles festhielt.

»Er hatte am 10. Januar einen Termin bei dir.«

Nyborg drehte ihr weiterhin den Rücken zu und zuckte mit den Schultern. »Ja? Na, den wird er mit Jette vereinbart haben. Und offenbar hat er ihn nicht wahrgenommen, denn sonst würde ich mich an ihn erinnern.«

»Anscheinend ja nicht, wie du mir gerade gesagt hast. Du triffst täglich viel zu viele Menschen, um dich an jeden erinnern zu können.«

»Du meine Güte! Legst du jedes Wort auf die Goldwaage?«

Jetzt wurde er wütend und kam aus seiner Deckung, freute sich Helle und antwortete: »Sicher. Das ist mein Job.«

»Wir können das Gespräch hier beenden.« Nyborgs Mundwinkel zuckten, während er versuchte, immer noch gleichgültig zu wirken. »Ja, ich bin Gunnar Larsen in meinem Leben schon begegnet, aber ich weiß nicht mehr wann und wo. Nein, er war nie hier. Mehr habe ich dazu nicht zu sagen.«

Mit weit ausholenden Schritten durchmaß er den Raum und öffnete die Tür, um Helle hinauszukomplimentieren.

Diese ging an ihm vorbei in Richtung Büro. Die Tür stand offen, und sie stellte sich direkt an Jettes Schreibtisch und hielt ihr ein Foto von Gunnar unter die Nase.

»Kennst du den Mann?«

Die junge Frau zögerte und schaute rasch zur Tür. Dort stand bereits Nyborg und beobachtete die Szene. Die Assistentin schüttelte den Kopf. »Nein. Also ja, schon, aus der Zeitung. Das ist doch der Tote aus dem Tivoli?«

Helle nickte und ließ sich nicht beirren. Aus ihrer Jackentasche kramte sie das Plastiktütchen mit der Terminvereinbarung und hielt es Nyborgs Assistentin unter die Nase. »Hast du den Termin vereinbart?«

Erneut schickte die junge Frau einen nervösen Blick zu ihrem Chef und verneinte dann.

Mit einer raschen Bewegung fasste Helle über den Tisch und griff sich einen Notizblock – mit eben diesen Zetteln zur Terminvereinbarung. »Das sind aber die gleichen.«

»Schon«, gab Jette zurück. »Aber die haben viele. Die sind vom Büromittelversand. Wir sind bestimmt nicht die Einzigen, die die verwenden.«

Da erzählte sie Helle nichts Neues, aber die würde einen Teufel tun, das vor Nyborg zuzugeben. Stattdessen bat sie darum, einen Blick in den Terminkalender der Praxis werfen zu dürfen.

»Nein, das geht auf gar keinen Fall.« Nyborg baute sich nun direkt neben Jette auf.

»Ich kann die Daten meiner Patienten – und dazu gehören auch die Terminvereinbarungen – nicht herausgeben. Dazu brauchst du einen Durchsuchungsbefehl.«

»Den bekomme ich.« Helle steckte Gunnars Foto und den Terminzettel wieder ein und schickte sich an, das Büro zu verlassen. »Wir sehen uns wieder.«

»Und was ist mit dem Einbruch?«, rief Nyborg ihr hinterher.

Helle blieb stehen und überlegte kurz. Dann drehte sie sich um und setzte ihr strahlendstes Lächeln auf. »Ach ja, richtig. Wo ich schon einmal hier bin … Zeig mir doch mal den Schuppen. Bitte.«

Wenn Nyborg sich über ihren geänderten Tonfall wunderte, so zeigte er es jedenfalls nicht und ging an ihr vorbei zur Haustür hinaus. Den Hof überquerte er in Richtung des Gebäudes, von dem Helle annahm, dass es früher ein Stall gewesen sein konnte. Nun war es also ein Schuppen. Sie fand, es wirkte eher wie ein ziemlich komfortables Einfamilienhaus – so groß und luxuriös restauriert.

Tatsächlich stellte sich heraus, dass dies mitnichten der Schuppen war, in den eingebrochen worden war. Dieser lag hinter dem Gebäude, etwas abseits, und man konnte ihn vom Hof aus nicht einsehen. Die Tür war mit dem Absperrband der Polizei abgeklebt, außerdem prangte ein Siegel an der Tür.

Helle durchschnitt es mit ihrem Schweizer Taschenmesser und öffnete die Tür. Einweghandschuhe hatte sie auf dem Weg rasch übergestreift.

Nyborg wollte neugierig hinter ihr herkommen, aber sie stoppte ihn. »Bitte nicht. Ich gehe selber auch nicht rein. Ich möchte mich nur kurz umsehen.«

»Also ist das nicht alles etwas übertrieben? Das waren doch wahrscheinlich Jugendliche oder Obdachlose oder was weiß ich, die es hier ein bisschen warm haben wollten.«

Und warum hast du dann so eine schreckliche Angst?, dachte Helle bei sich, ohne auf ihn zu reagieren. Sie konzentrierte sich. Nahm Geruch und Atmosphäre in sich auf. Nyborg hatte recht. Hier konnte Gott weiß wer gewesen sein. Aber wenn sie an den Schuppen im Tivoli dachte, an Anderssons Laden und an das Sommerhaus, dann konnte es durchaus sein, dass es ein Muster gab.

Dass jemand auf der Flucht und auf der Suche gleichzeitig war.

Jemand, der allein war, ohne Schutz und Dach über dem Kopf.

Jemand, der eine Mission hatte und der ihr nachging, ganz gleich, welche Unannehmlichkeiten er oder sie dafür in Kauf nehmen musste.

Jemand, der vielleicht nichts Besseres gewöhnt war.

Jemand, der lebte wie ein Tier und der oder die verzweifelt war.

Jemand, der Rache üben wollte.

Sie drehte sich zu Nyborg um. »Ich gehe davon aus, dass wir es hier mit mehr als einem gewöhnlichen Einbrecher zu tun haben. Es wurde nichts gestohlen und auch nicht in dein Haupthaus eingebrochen. Vielleicht wollte jemand dich einfach nur beobachten.«

Nyborg wurde blass. »Es wurde etwas gestohlen. Das habe ich aber erst bemerkt, als deine Kollegen schon weg waren.«

Helle zog eine Augenbraue hoch.

»Benzin. Ein ganzer Kanister, aus meiner Garage.«

»Ist die auch aufgebrochen worden?«

»Nein. Die habe ich versehentlich offen gelassen.«

»Du bist ganz schön unvorsichtig, dafür, dass bei dir eingebrochen wurde.«

Seine Antwort wartete Helle nicht ab, ihr Handy klingelte und zeigte an, dass Sören anrief.

Er fiel sofort mit der Tür ins Haus. »Ich wollte dir sagen, dass wir jemanden in U-Haft haben.«

Helles Kartenhaus fiel urplötzlich in sich zusammen. »Was?«

»Einen jungen Tunesier. Ein Stricher. Wir haben seine Spuren überall bei Vinterberg gefunden. Er hat kein Alibi, aber Zeugen haben ihn in der Vesterbrogade gesehen, an dem Abend, als Gunnar getötet wurde. Er soll eine Neigung zur Gewalttätigkeit haben.«

Vesterbrogade. Das war am Tivoli. Ein Stricher, also doch.

»Was denkst du«, fragte Helle mit schlecht verborgener Enttäuschung, »habt ihr den Richtigen?«

Sören zögerte. »Ich weiß nicht«, gestand er. »Euphorisch bin ich nicht.«

Helle beendete das Gespräch. Nyborg beobachtete sie. »Schlechte Nachrichten?«

»Eher gute. Es gibt eine Festnahme.«

»Dann habe ich also nichts mehr zu befürchten?«

Es war diese gedankenlose Bemerkung, die Helle Jespers davon überzeugte, dass Nyborg irgendwie verstrickt war. In was auch immer. Jedenfalls hatte er gerade zugegeben – wenn auch indirekt –, dass er sich fürchtete.

Und sicher nicht vor einem stinknormalen Einbrecher.

Sondern vor dem Täter, der Gunnar und Magnus auf dem Gewissen hatte.

Skagen, 16.30 Uhr

Der Motor orgelte, machte aber keinerlei Anstalten, anzuspringen. Er hatte den Zündschlüssel bis zum Anschlag im Schloss gedreht, vor Wut, aber nichts rührte sich. Noch einmal den Fuß aufs Gas, komm schon, komm schon, komm schon … Endlich blubberte der alte Volvo mit halb ersoffenem Motor los, und er haute den Rückwärtsgang rein, um sich vom Acker zu machen.

Feierabend, er hatte nicht mehr gewusst, wie er den Tag noch länger überstehen sollte. Hatte das Gefühl, die Kollegen sahen ihm an der Nasenspitze an, dass er etwas vor ihnen verbarg.

Insbesondere Helle.

Sie kannte ihn so gut, er wusste, dass sie in ihm lesen konnte wie in einem offenen Buch. Sie hatte ihn immer besser verstanden als Ina, seine eigene Ehefrau. Und sie hatte ihn ja heute Morgen auch gefragt, ob alles okay sei. Er hatte gemacht, dass er aus ihrem Büro, aus ihrem Blickfeld verschwand.

Er war froh gewesen, dass Helle heute zu Nyborg gefahren war und nicht im Büro nebenan saß. Mehrfach hatte er an dem Tag gedacht: Jetzt gehe ich rüber und spreche mit ihr.

Aber der Gedanke an Markus hatte ihn zurückgehalten. Er wollte vor seinem Sohn nicht zugeben, dass er einen Scheißfehler gemacht hatte. Dass er den Jungen damals nicht geschützt hatte. Er wollte kein Disziplinarverfahren wegen unterlassener Hilfeleistung bekommen. Er saß moralisch in der Scheiße, so war das, und er wollte und wollte es vor den anderen nicht eingestehen.

Hielten ihn denn nicht sowieso alle für einen Versager?

Das Wort hatte Ina ihm wieder und wieder an den Kopf geworfen. Ach was, ins Gesicht gespuckt hatte sie es ihm.

Weil er auf eine Karriere verzichtet hatte und stattdessen in Skagen geblieben war.

Weil er sich nicht auf die Stelle als Hauptkommissar und Dienststellenleiter beworben hatte.

Weil er es okay gefunden hatte, dass Helle kam und seine Vorgesetzte wurde.

Und warum?

Weil er für seine Familie da sein wollte. Weil er Markus ein guter Vater sein wollte, der mit ihm zum Sport ging und ihn von der Schule abholte und ihm bei den Hausaufgaben half.

Aber das war Ina zu wenig gewesen. Sie hätte lieber einen Macker gehabt. Einen, der den Ton angab und das Geld nach Hause brachte.

Er war völlig in Gedanken versunken und hätte um ein Haar die Abzweigung zum Kvickly verpasst. Er musste sich noch etwas zu essen holen, der Kühlschrank war leer. Wenn Markus bei ihm war, dann gab er sich Mühe. Kaufte alles, was der Junge gerne aß: Chips und Salami, Ofenkartoffeln und Ketchup. Dann kochte er auch. Aber kaum war er wieder allein, vergaß er, sich mit Essen einzudecken. Wozu auch? Zum Kochen hatte er keine Lust. Die Kalorienzufuhr war auch so hoch genug. Bier und Whisky. Oder Wein. Eigentlich schmeckte ihm alles, Hauptsache, es knallte. Oder besser noch: betäubte. Eine Packung Pumpernickel oder Cracker hatte er immer im Haus, mehr brauchte er nicht. Aber heute hatte er sich vorgenommen, sich etwas Anständiges zu kochen. Nudeln mit Tomatensoße. Er hatte genug davon, ein vernachlässigtes Leben zu führen. Konnte man ja sehen, wohin das führte – diese Bilder aus der Wohnung von Vinterberg hatten ihn aufrichtig schockiert. Nicht nur die ekelhaften

Pornoheftchen und die vollen Aschenbecher. Das gab es bei ihm nicht. Nein, was ihn wirklich getroffen hatte, tief getroffen, das war die Einsamkeit.

Einsamkeit, das war es, was einem vor allem entgegensprang, wenn man die Bilder ansah.

Dass es scheißegal war, was man aß, was und wie viel man trank, ob man aufräumte oder nicht und wie man aussah – alles egal, es sah ja keiner.

Er hatte sich ertappt gefühlt.

Klar, von dem Messie-Zustand eines Vinterberg war er weit entfernt, aber er schoss ohne Bremse auf der *Road to nowhere* dorthin.

Deshalb hatte er beschlossen, heute beim Kvickly anzuhalten. Etwas zu essen zu kaufen. Vielleicht holte er sich sogar einen Salat. Den gab es doch schon gewaschen und vorgeschnippelt. Fertige Dressings gab es auch, also worauf wartest du, Jan-Cristofer!

Dann wollte er aufräumen. Es sah noch nicht schlimm aus, Markus war ja gerade erst weg, aber Flaschen hatten sich schon wieder angesammelt.

Aber er wollte aufräumen, alles, die Wohnung, sein Leben einfach alles. Mal wieder klarkommen.

Reiß dich zusammen, Jan-Cristofer!

Er war jetzt fest entschlossen. Er würde auch mit der Lüge aufräumen.

Gunnar tot, Vinterberg tot. Und er ahnte, warum. Oder nein, nicht warum, das verstand er noch immer nicht. Er verstand nicht, weshalb es Gunnar getroffen hatte. Weshalb nach zwölf Jahren diese alte Geschichte plötzlich hochkochte.

Ob es wirklich einen Zusammenhang gab.

Vielleicht war es doch ein riesengroßer Zufall, daran klammerte er sich.

Er wollte die Vergangenheit ruhen lassen.

Warum hatten sie diesem Vinterberg geglaubt? Warum nicht dem Jungen?

Weil er eben das gewesen war: ein kleiner Junge.

Die Kassiererin zog seinen Einkauf so gleichgültig übers Band, dass er sich fragte, ob sie überhaupt wusste, wo sie war und was sie da tat. Purer Automatismus. Sie las den Betrag von ihrem Kassendisplay ab und nahm sein Geld teilnahmslos entgegen.

Er sah sie an und dachte an den Kleinen. Ein schmächtiges Kerlchen war das gewesen. Wenn er zurückdachte, erschien ihm der Junge winzig, schmale Schultern, völlig schutzlos. Diesem Vinterberg ausgeliefert, der damals nicht der Koloss gewesen war, der er heute war. Gewesen war. Damals war er ein durchtrainierter Mittzwanziger, groß, muskulös.

Und der Junge hatte vor ihnen gestanden, in ihrer Mitte, umgeben von erwachsenen Männern, und keiner hatte ihm geglaubt.

Jetzt traten ihm Tränen in die Augen, er musste raus hier, ergriff die Flucht und machte, dass er aus dem Supermarkt kam.

»Hej, dein Einkauf!«

An der Automatiktür drehte er sich um, tränenblind, konnte nichts erkennen, aber die Stimme der Kassiererin war schrill, so schrill, dass sie ihn in die Realität zurückholte.

So schnell er konnte, lief er die paar Schritte zurück, schnappte sich die Tüte, rannte zum Auto, schmiss den Einkauf auf den Beifahrersitz, ein paar Dosen Bier rollten in den Fußraum, er versuchte, den Motor zu starten.

Zwei Versuche, dann kam der Volvo, Gott sei Dank, der Motor war noch warm. Erster, zweiter, dritter Gang, runter vom Parkplatz, ab nach Hause.

Nein.

Zu Bengt.

Er zog den Wagen nach links, der Typ hinter ihm hupte, weil er keinen Blinker gesetzt hatte, aber scheiß drauf.

Er würde mit Bengt reden. Bengt war sein Freund. Er würde sich ihm anvertrauen, und Bengt würde wissen, was zu tun war.

Er gab Gas, und keine fünf Minuten später setzte er den Volvo in die Schneewehe vor das Haus der Jespers. Helles Karre war nicht da, sie war vermutlich noch bei Nyborg draußen.

Kaum war er aus dem Auto gestiegen, kläffte Emil im Haus und die Tür öffnete sich. Bengt stand im Windfang.

»Das ist ja mal eine Überraschung! Ich hoffe, du bist nicht dienstlich hier?«

Er schüttelte den Kopf. »Stör ich?«

»Nur beim Kochen. Die hungrigen Wölfe kommen bald nach Hause.«

Bengt ließ ihn an sich vorbei ins Haus gehen. Stiefel und Jacke zog er im Windfang aus und ging dann durch in den Wohnbereich.

Es roch kräftig nach Fleischbrühe, der Kamin flackerte und Emil drückte freudig den großen Kopf an sein Knie.

Augenblicklich entspannte er sich.

Am liebsten hätte er sich auf die Sofalandschaft gelegt und in den Schlaf geweint. Um sein verpfuschtes Leben geweint.

»Kaffee?«

»Was trinkst du?«

Bengt hob ein kleines Glas hoch. »Sherry. Aber erzähl es nicht Helle.« Er zwinkerte ihm zu.

»Gib mir auch einen.«

Das würde es ihm leichter machen. Würde seine Zunge lösen. Zwar hatte er sich vorgenommen, ab heute nicht mehr zu saufen, aber was war schon so ein kleiner Sherry?

Lebensqualität. Na eben.

»Was gibt's zu essen?«

»Asiatische Nudelsuppe.« Bengt ging zum Weinschrank und nahm eine Flasche heraus, aus der er eine bernsteinfarbene Flüssigkeit in ein Glas goss und es ihm hinstellte.

Sie prosteten sich zu.

»Sag mal, entschuldige, dass ich das frage, aber hat es Helle nie gestört, dass du nur eine halbe Stelle hast?«

Bengt sah ihn erstaunt an, lachte dann schallend.

»Gestört? Ganz im Gegenteil. Die hätte mir was gehustet, wenn ich mehr gearbeitet hätte.« Er wies mit einem Arm einmal rundherum in seine Küchenzeile. »Dann würde es das alles nicht geben. Kein Bengt, der kocht und wäscht und backt und sich um die Kinder kümmert.« Jetzt setzte er sich zu ihm. »Wieso fragst du?«

»Ina hat mir immer Stress gemacht. Dass ich nicht ehrgeizig genug bin.« Er drehte das Sherry-Glas in seinen Händen. »Ich wollte das auch. Kochen und backen und mich um Markus kümmern.« Er leerte das Glas in einem Zug. »Aber ich habe es nicht geschafft. Das eine nicht und das andere auch nicht. Keines von beidem.«

»Du bist ein guter Polizist, Jan-Cristofer. Und ein guter Papa.«

Er lachte bitter. »Du bist ein guter Lügner, Bengt.«

Bengt wollte etwas entgegnen, aber er schnitt ihm das Wort ab. »Deswegen bin ich nicht gekommen.«

In dem Moment jaulte Emil laut auf, lief auf seinen arthritischen Beinen wackelig zur Tür, und sie hörten, wie Helle mit den Stiefeln aufstampfte, um sie vom Schnee zu befreien.

Sie öffnete die Tür und kniete sich sofort hin, um Emil zu knuddeln, der ihr das Gesicht ableckte und vor Freude weinte. Die Männer würdigte sie zunächst keines Blickes. Erst, als sich der Hund etwas beruhigt hatte, stand sie auf und kam zu ihnen.

»Trifft sich gut, dass ich dich sehe, Jan-C.« Helle küsste Bengt beiläufig und nippte von seinem Sherry. »Sie haben jemanden festgenommen.«

Er wusste nicht, was er sagen wollte. Die Neuigkeit traf ihn vollkommen unvorbereitet. »Sören?«

»Ja. Einen tunesischen Prostituierten.«

»Weißt du Näheres?«

»Noch nicht. Sören hat mich angerufen, gerade, als ich dabei war, Nyborg auseinanderzunehmen. Dieses arrogante Arschloch.«

Bengt hatte ihm mittlerweile nachgefüllt und Helle auch ein Glas Sherry hingestellt. Helle hob ihr Glas und stieß es an seines. »Hat damit meine ganze schöne Theorie vernichtet. Na ja, was soll's.«

Er nickte. Unfähig, sich dazu zu äußern. Was für ein Glück. Ein tunesischer Stricher. Das hatte nichts mit ihm zu tun. Gar nichts. Es war alles ein großer Zufall.

»Bist du zufällig hier oder …?«

»Hat sich erledigt«, sagte er und trank auch den zweiten Sherry in einem Zug aus.

Skagen, 17.00 Uhr

Schöner Platz.
Gute Aussicht.
Aussicht auf das Meer.
Das gute Kind mag das Meer.
Das gute Kind mag das Meer und den Strand und die Tiere.
Heute hat es Leckerlis mitgebracht. Für den Hund. Nicht für den Mann.
Es ist dem Mann gefolgt, dem bösen Mann, dem dummen Mann.
Hat nichts gemerkt, der böse Mann.
Dummer Mann, dummer Polizist.
Böser Polizist.
Merkt nichts. Merkt nicht, wenn man ihn beobachtet. Merkt nicht, wenn man lügt.
Merkt nicht, wenn er tot ist.

Skagen, 4.20 Uhr

Mitten in der Nacht schreckte Helle aus dem Schlaf. Sie hatte geträumt. Einen schrecklichen Traum. Jemand hatte auf Emil geschossen. Der Hund war zur Seite gekippt, sein helles Bauchfell färbte sich rot. Er hechelte und fiepte. Helle schaffte es nicht, zu ihm zu kommen, ihn zu halten, sie bewegte sich wie in Gelee, kein Fortkommen möglich. Emil lag da und starb, vor ihren Augen.

Schweißnass setzte sie sich auf. Sie musste ein paar Mal tief durchatmen, bevor sie wusste: Sie lag im Bett. Zu Hause. Sofort beugte sie sich zu Emil hinunter, der wie jede Nacht mit dem Rücken am Bett lag, auf dem Flokati. Er war im Tiefschlaf, aber kaum hatte Helles Hand ihn berührt, hob er ein Bein in die Höhe – eine eindeutige Aufforderung, ihn am Bauch und zwischen den Hinterläufen zu kraulen.

Helle atmete ruhiger. Emil lebte. Bengt auch – hörbar. Sie griff zu ihm hinüber und hielt ihm vorsichtig die Nase zu. Ihr Mann schnorchelte kurz, stöhnte, sie ließ los, und Bengt drehte sich seufzend auf die Seite. Schluss mit Schnarchen.

Helle schwang die Beine aus dem Bett. Sie brauchte Luft.

Zuerst ging sie auf die Toilette, dann schlüpfte sie in ihren Fleecebademantel und durchquerte den Wohnbereich zur großen Panoramascheibe. Sie öffnete sie. Kalte Luft strömte in den Raum, roch nach Salz und nassem Sand und Strandhafer. Nach Muscheln und Tang.

Nach Meer.

Hinter ihr schüttelte sich Emil den Schlaf aus dem Pelz. Er stupste kurz mit seiner nassen Nase an ihre Wade, dann lief er fröhlich nach draußen.

Sie holte sich aus dem Windfang eine Taschenlampe und die gefütterten Stiefel, dann folgte sie dem Hund.

Am Horizont leuchtete ein winziges, einsames Licht, ein Containerschiff oder Kreuzfahrtdampfer auf dem Weg nach Schweden, über das Kattegat.

Da waren Menschen drauf, die arbeiteten, dachte Helle. Im Maschinenraum und auf der Brücke. Vielleicht schrubbte jemand das Deck.

Was weiß ich schon von großen Schiffen.

Emil hatte eine Spur, die Nase tief am Boden, schnuffelte er wie ein Staubsauger. Als er jünger war, war dies das Signal für Helle, ihn an die Leine zu nehmen, denn wenn sie es nicht tat, war er urplötzlich über alle Berge. Jagte einem Fuchs hinterher oder einer läufigen Hündin. Manches Mal blieb er Stunden weg, Stunden, die Helle kaum ausgehalten hatte vor Furcht und Sorge. Aber jetzt, in seinen alten Tagen, kam er nicht mehr weit. Manchmal unternahm er einen halbherzigen Versuch, zu verduften, rannte ein paar hundert Meter, bevor er an die Grenzen seines elfjährigen Körpers stieß und es sich anders überlegte. Dann tat er Helle sogar leid, obwohl sie froh war, dass sie sich deshalb keine Sorgen mehr machen musste.

Jetzt lief er zu ihrem Lieblingsplatz, schnüffelte wie verrückt um die Holzbank herum, leckte plötzlich mit langer Zunge etwas von der Sitzfläche. Helle war sofort bei ihm und schob ihn weg. Sie leuchtete mit der Taschenlampe. Es lagen Hundekekse auf der Bank. Kleine runde Frolic. Seltsam, dachte sie, wer legt denn hier etwas für den Hund hin? Ist das Jan-C. gewesen? Sie sammelte die Leckerlis ein und steckte sie in die Tasche. Emil sah sie enttäuscht an.

»Lieber nicht, mein Dicker.« Sie tätschelte seinen Schädel.

Die kalte Luft ließ ihren verschwitzten Körper frösteln, deshalb ging sie wieder zurück ins Wohnzimmer. Emil hob noch einmal sein Bein, dann folgte er ihr.

»Na, mein Mädchen, wie geht's?«

»Ingvar!« Helle freute sich aufrichtig, ihren Chef an der Strippe zu haben. Wie lange hatten sie nicht mehr gesprochen? Ingvar war vor allem mit administrativen Aufgaben beschäftigt, um das aktuelle Tagesgeschäft kümmerte er sich kaum noch, und so trafen sie einander nur noch selten.

Es war bereits später Vormittag, Helle war seit ein paar Stunden im Büro, schloss den Fall mit den beiden Teenager-Mädchen, die im Supermarkt gestohlen hatten, ab und schrieb einen Bericht für Sören über ihren Besuch bei Nyborg. Der Anruf von Ingvar kam unerwartet, aber willkommen.

»Gut geht es mir, und selbst?«

Der Ältere ging nicht auf ihre Frage ein. »Wie ich höre, bist du an den Ermittlungen der MK beteiligt?«

»Na ja«, gestand Helle ein, »was den Teil der Ermittlungen hier oben betrifft. Viel ist das nicht. Die in Kopenhagen machen die Arbeit.«

»Mmh, mmh«, brummelte Ingvar, und Helle hakte nach.

»Wieso? Stimmt was nicht? Hat Gudmund sich über mich beschwert?«

»Nein, i wo! Gott bewahre. Ich frage mich nur: Wenn die Kopenhagener die ganze Arbeit machen, wieso greifst du dann nach den Sternen?«

Helle wurde stutzig. »Was willst du damit sagen?«

Als Antwort hörte sie nur, wie Ingvar in Papieren raschelte. »Du beantragst iPads und neue Computer und Fortbildungen. Eine Dienstreise nach Kopenhagen sehe ich hier auch – ist das nicht etwas übertrieben?«

»Nein. Das ist nicht übertrieben, das ist längst überfällig.« Helle merkte, wie ihr langsam die Galle hochstieg. Das war typisch Ingvar – bloß keine Neuerungen. Und alles Digitale war Teufelszeug. »Ingvar, wir brauchen Anschluss an die Systeme. Wir sind ja in der Steinzeit hier oben. Du kannst den Fortschritt nicht aufhalten.«

»Ist mir schon klar, mein Mädchen, aber doch nicht in Skagen.«

»Was meinst du damit?« Wie es sie plötzlich aufregte, dass er sie »mein Mädchen« nannte!

»Ihr seid doch quasi bedeutungslos, Helle. Eine Gemeinde mit achttausend Einwohnern. Im Prinzip könnten wir Skagen auch ganz abwickeln und von hier aus bedienen.«

Jetzt wurde sie richtig wütend. »Das stimmt doch so nicht, Ingvar, das weißt du selbst. Wir sind nur eine Handvoll Leute hier, das mag sein, aber durch die Fischer und die Touristen …«

Ingvar schnitt ihr das Wort ab. »Was passiert denn schon bei euch? Keine Kapitalverbrechen, die so etwas rechtfertigen würden.«

»Jede Polizeistation muss Anschluss an das Zentralsystem haben, Ingvar. Ganz egal, wie klein die Klitsche ist.«

»Es hat immer gut funktioniert. Ihr schickt die Berichte an uns und wir speisen sie ein. Marianne schickt doch schon alles als Mail, was willst du denn noch?«

Helle blieben vor Wut die Worte im Hals stecken. »Du bist ein störrischer alter Esel, Ingvar, dass das mal klar ist«, brachte sie schließlich hervor.

Ihr Chef lachte nur. »Das ist mein Mädchen! Also gut, die Dienstfahrt geht klar, die bekommst du bewilligt.«

Helle knallte grußlos den Hörer auf. Ihr stiegen Tränen in die Augen, so sehr war sie außer sich. Sie konnte sich nicht erinnern, jemals mit so einer Herablassung behandelt worden zu sein. Mein Mädchen! Was glaubte Ingvar eigentlich, wer sie war? Dieser gönnerhafte Tonfall. Und sie hatte ihm nichts entgegenzusetzen. Wenn sie wenigstens noch den Mordfall gehabt hätte, *das* wäre ein Argument gewesen. Aber der wurde ja nun wohl in Kopenhagen aufgeklärt. Mord im Milieu, eine einfache Lösung. Kein Skagen, keine Verschwörung, kein Racheengel. Sie blieb abgehängt mit ihren Leuten. Ladendiebe und Falschparker, was hatte sie eigentlich geglaubt?

Ole steckte seinen Kopf durch die Tür.

»Chefin?«

»Jetzt nicht, Ole, sorry.« Mit dem Ärmel fuhr sich Helle über die Augen.

»Hast du geweint?«

»Ole, ich mein's ernst. Jetzt nicht.«

Aber der junge Mann machte keine Anstalten zu verschwinden. Stattdessen schob er einen anderen Mann, ebenso groß, blond und durchtrainiert wie er, in Helles Büro.

»Das ist Svennie. Sven Lagerström. Ein Kumpel aus dem Fitness.«

Helle starrte die beiden Trampeltiere fassungslos an. Sie saß mit Wut im Bauch und Tränen in den Augen in ihrem Büro, bat darum, alleingelassen zu werden, und Ole hatte nichts Besseres zu tun, als ihr einen weiteren steroidgepumpten Jungmann vorzustellen?

Dieser Svennie reichte ihr seine Pranke. »Freut mich.«

»Ja, mich auch. Und wenn ich jetzt bitten dürfte. Ole …«

»Sven ist der, der als Bademeister gejobbt hat, du weißt schon.«

Helle blickte auf. Wenn es mit dem Fall zu tun hatte, dann wollte sie mal nicht so sein. »Wehe, wenn jetzt nichts Wichtiges kommt, Ole Halstrup!«

Ole grinste. »Halt dich fest.« Er stupste seinen Freund an die Schulter und der begann zu erzählen.

»Ja, also ich hab hier in Skagen im Sommer manchmal Kohle verdient, als Schüler und auch nach dem Abi. Am Strand. Als Rettungsschwimmer.« Er räusperte sich nervös und vergewisserte sich bei Ole, dass er offen reden durfte. »Cash auf die Kralle, also schwarz.«

»Keine Bange, das interessiert das Finanzamt, aber nicht mich«, ermunterte Helle ihn.

»Ja, und da habe ich einen Kollegen gehabt, der war offiziell angestellt. Jonas. Und der hat mir erzählt, dass mal einer da war, ein paar Jahre vor mir, der sich an kleinen Jungs zu schaffen gemacht hat.«

Helle durchfuhr die Nachricht wie ein Stromstoß. »Weiter.«

»Magnus hieß der. Also der Typ mit den kleinen Jungs.«

»Magnus Vinterberg!«

Sven zuckte mit den Schultern. »Nachnamen weiß ich nicht. Aber Jonas weiß das sicher.«

»Kann man den erreichen? Diesen Jonas?«

»Ich hab keinen Kontakt zu ihm. Soviel ich weiß, wohnt der längst nicht mehr hier. Breker heißt er. Hat geheiratet, macht was Anständiges. Ich jobbe ja auch nicht mehr am Strand, ist alles ein paar Jahre her.«

»Ole, du bekommst das raus. Jetzt sofort. Höchste Prio! Ich ruf Sören an.«

Ole wollte aus dem Büro eilen, aber Helle hielt ihn auf. »Wenn du diesen Jonas gefunden hast, dann zeigst du ihm das Bild von Vinterberg. Oder mailst es, was weiß ich. Wann war Vinterberg hier in Skagen, wenn er es war? Was ist passiert etc.? Du holst alles aus ihm raus, hörst du? Alles!«

Oles Schatten stand noch im Büro, da hatte Helle bereits die Nummer von Sören Gudmund gewählt.

»Helle?« Gott sei Dank war er gleich am Apparat.

»Ich hab was Neues.«

»Ach ja?«

»Magnus Vinterberg hat vor ein paar Jahren in Skagen gejobbt. Am Strand. Bademeister. Und es geht das Gerücht, dass er sich an kleinen Jungs zu schaffen gemacht hat.«

Sie konnte hören, wie Sören die Luft scharf einsog. »Was? Wieso wissen wir das nicht?«

»Weil er schwarz gearbeitet hat. Keine Papiere, Bargeld, eben so was. Ich weiß noch keine Details, aber mein Kollege ist da dran …«

»Das ist unser Part, Helle. Das ist 'ne Nummer zu groß für euch da oben.«

Helle biss die Zähne zusammen. Jetzt nicht klein beigeben.

»Ich hab gesagt, mein Kollege ist da dran. Er hat die Sache rausbekommen und telefoniert gerade mit einem möglichen Zeugen. Jonas Breker –«

»Helle!«

»Ja?«

»Ist schon gut. Bleibt da dran, aber ich schicke Ricky mit ein, zwei Leuten zu euch hoch. Das ist eine wichtige Spur.«

Helle atmete erleichtert auf. »Was ist mit dem Tunesier?«

»Sagt kein Wort. Natürlich. Wir können ihm viel nachweisen, aber von Doppelmord sind wir weit entfernt. Viele Spuren bei Vinterberg – die können aber von einem der vielen Besuche stammen. Keine Spuren bei Larsen.«

»Sobald ich mehr über den Sommerjob von Vinterberg weiß, hörst du von mir.«

»Das könnte der *missing link* zwischen Larsen und Vinterberg sein.« Helle hörte Sören an, dass er infiziert war. »Gute Arbeit, Helle.«

»Das war ich nicht. Ole Halstrup, mein Jungbulle. Merk dir den Namen!«

Er lachte.

Er lachte! Sören Gudmund konnte lachen.

Helle legte auf und ging zu Ole ins Büro. Der telefonierte und hielt ihr den hochgereckten Daumen hin.

»Jonas, meine Chefin ist gerade ins Zimmer gekommen, ist es okay, wenn ich auf Lautsprecher stelle?« Er horchte in den Hörer und nickte dann. »Alles klar.«

Helle blieb in der Tür stehen und lauschte neugierig.

»Ja, also, wie ich gerade gesagt habe, die Gerüchte kamen erst später auf, da war der Typ schon weg.«

»In welchem Jahr war das, sagtest du?«, fragte Ole nach.

»Tja, Moment mal, das ist so lange her. Das muss der Sommer gewesen sein, als ich was mit dieser kleinen Lia hatte. Das war 'ne scharfe Braut. 2006 war das. Jaja, ganz sicher,

August 2006. Jetzt, wo du mich so fragst und ich an den Typen denke … schon komisch. Der hat nie den Ladys hinterhergeguckt.«

»Gab es einen konkreten Fall, an den du dich erinnern kannst?«, schaltete Helle sich jetzt spontan ein. »Sorry, Helle Jespers, Hauptkommissarin.«

»Hej, freut mich. Ähh, nee. Konkret weiß ich gar nichts. Wie gesagt, das habe ich deinem Kumpel, Entschuldigung, Kollegen schon gesagt, das waren alles Gerüchte.«

»Was für Gerüchte waren das genau?«

»Na, der Magnus ist damals ja Hals über Kopf abgehauen. Der war nur so fünf oder sechs Wochen da. Und als er weg war, hat einer von den Surfern gemeint, ob ich schon gehört habe, der Magnus wäre scharf auf kleine Jungs gewesen.«

»Mehr nicht?«

»Mehr nicht.«

»Was hast du damals gedacht, als du das gehört hast?«

Breker nahm sich Zeit, um zu überlegen. »Ich hab das eigentlich nicht geglaubt. Und wie gesagt, das war jetzt kein großes Ding. Kein Skandal oder dass alle drüber geredet hätten. Nee, also ich hab das unter dem üblichen Gequatsche verbucht.«

Helle machte Ole ein Zeichen und der verstand augenblicklich.

»Jonas, hast du Internet?«

Der andere lachte. »Klar, was denkt ihr denn? PC ist an.«

»Okay. Gib mir deine Mail-Adresse durch, mein Kollege schickt dir ein Foto. Und du sagst mir, ob du den Mann darauf erkennst.«

In den nächsten fünf Minuten überzog Helle ihren Chef Ingvar mit den phantasievollsten Flüchen – bis Jonas Breker das Bild empfangen konnte, dauerte es ewig, ihr Computersystem war hoffnungslos veraltet, und Helles Nerven waren auf das Äußerste gespannt.

»Mann, sieht der scheiße aus«, kommentierte Jonas Breker endlich und bestätigte dann aber, dass er eben jenen Magnus Vinterberg als den Aushilfsbademeister, der 2006 in Skagen gejobbt hatte, identifizierte.

Helle versuchte, noch weitere Namen aus Breker herauszubekommen, aber außer Namen von Mädchen, mit denen er damals zusammen gewesen war sowie einige Spitznamen, fiel ihm nichts ein.

Helle wies Breker darauf hin, dass sich gewiss noch jemand bei ihm wegen einer ordentlich protokollierten Aussage melden würde. Er versicherte, dass er sich auf alle Fälle rühren würde, sollte ihm noch etwas einfallen.

Dann beendeten sie das Gespräch, und Helle trommelte ihre Leute in ihrem Büro zusammen.

»Ole und Amira, ihr geht mit dem Bild von Vinterberg los und klappert den Ort ab. Fragt alle, ob sie sich an ihn erinnern. Außerdem: Welche Jungs aus dem Ort könnten betroffen sein? Was ist mit Schülern aus Gunnars Gymnasium – Marianne, du kontaktierst diesbezüglich Lisbeth. Und informierst bitte Ingvar, ich habe keine Lust, mit ihm zu sprechen. Außerdem kramst du im Archiv. Haben wir Verdachtsfälle, tatsächliche Übergriffe, Anzeigen et cetera aus dem Sommer 2006?«

Ole, Amira und Marianne machten sich Notizen. Jan-Cristofer hatte sich krankgemeldet, und Helle überlegte, ob sie ihn anrufen sollte. Sie brauchten jeden Mann, den sie kriegen konnten. Aber dann dachte sie daran, dass Jan-Cristofer heute bestimmt einen schrecklichen Kater hatte und unfähig war, aufzustehen. Er hatte sich am Vortag bei ihr und Bengt total volllaufen lassen, obwohl sie versucht hatten, es zu verhindern, und sicher noch alleine zu Hause weitergetrunken. Irgendetwas stimmte ganz und gar nicht mit ihm, aber Helle war jetzt zu beschäftigt, um sich darum zu kümmern.

Sie hätte nicht gedacht, dass sie sich jemals über die Verstärkung von Ricky Olsen freuen würde.

»Matilde? Sorry, dass ich schon wieder störe, aber wir haben neue Erkenntnisse.«

»Ach ja?« Die Stimme der Witwe klang erschöpft.

»Wie geht es dir?«, erkundigte sich Helle, obwohl sie weder Lust noch Zeit für Smalltalk hatte. Aber sie wollte auch nicht gleich mit der Tür ins Haus fallen.

»Müde. Ich kann nicht gut schlafen, mache mir so meine Gedanken.« Helle hörte leises Schniefen. »Es tut mir alles so leid. Dass wir es nicht geschafft haben, das Ruder rumzureißen. Wer weiß, ob Gunnar vielleicht noch leben würde, wenn wir mehr geredet hätten …«

»So darfst du nicht denken. Es ist nicht deine Schuld.«

Schweigen. Helle wusste nicht recht, was sie noch sagen sollte, sie suchte nach einer eleganten Überleitung zum Grund ihres Anrufes. Aber die Witwe kam ihr zuvor.

»Weswegen hast du denn angerufen?«

»Wir haben herausgefunden, dass Magnus Vinterberg, das zweite Opfer, 2006 für kurze Zeit in Skagen gejobbt hat. Als Aushilfsbademeister.«

»Ach?«

»Vielleicht erinnerst du dich jetzt doch an ihn? Du meintest doch, bei seinem Namen klingelt etwas.«

»Bademeister? Also ich wüsste nicht … Nein, da klingelt nichts. Mit einem Bademeister hatte ich noch nie zu tun. Ich gehe nicht schwimmen.«

»Aber Gunnar vielleicht?« Helle wurde ungeduldig. Verdammt noch mal, erkannte Matilde denn nicht, wie wichtig das für die Ermittlungen war? Die Sache mit Vinterberg war ein Durchbruch, jetzt musste es weitergehen!

»Und wenn nicht an Vinterberg, denk doch bitte an den Sommer 2006 zurück. Vielleicht fällt dir irgendetwas ein, etwas, das dir jetzt banal vorkommt, aber vielleicht hat es für uns eine Bedeutung.«

»2006? Ja, also, da war ich im August vier Wochen auf Bornholm. Meine Schwester hat ihr zweites Kind bekommen und ich habe ihr geholfen. Ein bisschen Haushalt und Hilfe mit Lena, das ist ihre Älteste, weißt du.«

Helle biss sich in die Wange, um Matilde nicht das Wort abzuschneiden. Was interessierte sie schon das zweite Kind von der Schwester der Witwe des Mordopfers?

»Auf alle Fälle war das der Sommer, nach dem wir aufgehört haben zu vermieten«, fuhr Matilde fort, und Helle horchte auf.

»Ihr habt vermietet? An wen? Warum habt ihr damit aufgehört? Ist etwas vorgefallen?«

Matilde schien deutlich überfordert von den drängenden Fragen der Hauptkommissarin. »Ja, die kleine Einliegerwohnung. Es war so ein Zubrot. Aber Gunnar wollte dann nicht mehr. Nach diesem Sommer. Er sagte, es lohne die Arbeit nicht. Und ich fand, er hatte recht. Ich mochte es eigentlich nicht, immer fremde Leute dazuhaben.«

»Meinst du, es gab einen bestimmten Grund, warum Gunnar nach diesem Sommer nicht mehr vermieten wollte?«

Matilde klang gequält. »Helle, bitte, ich kann mich nicht erinnern, das ist alles so lange her.«

Helle stöhnte. »Okay. Ich verstehe, dass das alles sehr belastend für dich ist. Aber wir müssen einen Mörder fangen. Und solange wir nicht wissen, warum er Gunnar und Magnus umgebracht hat, so lange besteht die Gefahr …«

»Ich habe verstanden. Bitte setz mich nicht unter Druck. Ich verspreche dir, dass ich darüber nachdenken werde.«

»Gut.« Helle gelang es nur schlecht, ihre Enttäuschung zu verbergen.

»Wenn du möchtest, kannst du unsere Reservierungsbücher einsehen«, lenkte Matilde nun ein. »Es müsste alles noch da sein. Vielleicht findest du darin irgendetwas. Möglich, dass Gunnar was notiert hat.«

»Das ist eine gute Idee! Ich würde gleich rüberfahren. Wie komme ich ins Haus?«

Matilde erläuterte Helle, bei welcher Nachbarin sie den Schlüssel deponiert hatte und wo sich die alten Unterlagen befanden. Helle machte sich Notizen und hatte ihre Jacke schon angezogen, bevor sie den Hörer aufgelegt hatte.

Ihr Handy zeigte den Eingang einer Nachricht an, und erwartungsvoll warf Helle einen Blick darauf. Aber es war nur Bengt. »Leif hat heute Freunde da – wir zwei Kino?«

Helle steckte das Handy wieder in ihre Jackentasche, ohne zu antworten. Lieb gedacht von Bengt, aber sie war gerade nicht in der Stimmung für irgendetwas außerhalb der Ermittlungen. Sie spürte, dass sie ganz nah dran waren, einen bedeutenden Schritt weiterzukommen – und dass Skagen in dem Mordfall wider Erwarten doch eine entscheidende Rolle spielen würde.

Die Unterlagen standen im Keller. Säuberlich verpackt, auf jede war ein Etikett mit den Jahreszahlen geklebt. Der Keller der Larsens war beheizt, gut ausgeleuchtet und ordentlich aufgeräumt. Auf dem Boden lag ein Teppich und es war alles in allem so wohnlich, dass jeder Mensch, der auf der Straße leben musste, den Keller des Ehepaars als Palast empfinden würde. Helle dachte an ihren eigenen Keller, den man nicht mehr wirklich betreten konnte. Zwar hatten auch sie und Bengt damals, direkt beim Einzug, Regale an die Wand gestellt und sich fest vorgenommen, von nun an immer Ordnung zu halten, aber bereits nach einem Jahr sah es aus, wie es aussehen musste, wenn man Gästematratzen, die Skiausrüstung von vier Personen, auf ebay ersteigerten antiken Christbaumschmuck, Eingemachtes aus den vergangenen zehn Jahren, mehrere Lego- und Barbie-Kisten, Holzreste (aus denen man vielleicht mal etwas bauen könnte), ein kaputtes Designer-Sofa (das Helle in irgendwelchen Ferien restaurieren wollte), Sommerreifen (oder waren es Winterreifen?) und einiges mehr bunkerte, von dem niemand mehr wusste, weil es sich in den Untiefen wunderbar versteckt hielt.

Die Kiste von 2006 zog Helle aus dem Regal und nahm sie mit ins Büro. Sie wollte die Unterlagen sorgfältig durchgehen und außerdem für ihre Leute erreichbar sein, falls diese Ergebnisse bei der Spurensuche nach Magnus Vinterberg hatten.

Eine halbe Stunde später hatte sie die entsprechenden Seiten aus dem Reservierungsbuch abfotografiert und zu Inga nach Kopenhagen geschickt. Es waren nicht viele Namen, die meisten Gäste hatten eine oder zwei Wochen gebucht, selten drei. Helle hatte sich auf die Sommerzeit von Juni bis September beschränkt.

Die Einliegerwohnung hatte nur Platz für zwei Personen, meistens waren es wohl Paare, die sich dort einmieteten, schloss Helle, denn Gunnar hatte hinter jeder Buchung die Namen, Geburtsdaten und Adressen notiert, und es waren nie mehr als zwei Namen. Vier Mal war es ein Kind mit einem Elternteil, zwei davon waren Jungen, einmal waren es Deutsche aus Schleswig-Holstein. Helle bat Inga, alle Namen durch den Computer laufen zu lassen, in der Hoffnung, dass sich bei einem von ihnen etwas im System fand, das sie weiterführen würde.

»Hej! Schön, von dir zu hören!« Ingas gute Laune steckte durch das Telefon an. »Wie läuft's da oben am Ende der Welt?«

»Es könnte besser sein«, gab Helle ehrlich zur Antwort und erzählte Inga von ihrem Gespräch mit ihrem Vorgesetzten am Morgen.

»Die alten Säcke«, gab Inga zurück, »das ist typisch. Was meinst du, wie viel Polizeistationen es in Dänemark gibt, wo die Fahndungsaufrufe noch durch die Matrize gedreht werden.«

»Du verarschst mich!«

»Ein bisschen.« Inga lachte herzlich. »Aber was ich öfter hören muss: ›Mailen? Wir haben nur Fax.‹ Also ehrlich!«

»Willst du mir etwa damit sagen, ich bin voll *up to date*?«

»Mir ist kein besserer Trost eingefallen.«

Helle seufzte. »Vielen Dank für deine Anteilnahme. Aber jetzt zum Geschäftlichen.«

»Ich habe, während wir gescherzt haben, dein Foto eingescannt und in eine Excel-Tabelle überführt«, gab Inga durch.

Helle war erstaunt. »So schnell geht das?«

»Aber ja! Ich lasse die Daten gleich mal durchlaufen. Ich schätze, so in zwanzig Minuten kann ich dir was sagen. Meistens spuckt das System etwas aus, aber ich muss mir alles anschauen, weil es dann irgendwelche Bagatelldelikte sind. Falsch parken. Oder jemandem ist mal die Handtasche geklaut worden und es wurde Anzeige erstattet. Also, du hörst von mir.«

»Alles klar, ich danke dir.«

Helle wollte das Gespräch gerade beenden, da meldete sich Inga noch einmal zu Wort. »Bei den Deutschen hier kann ich nichts machen. Nur, wenn sie bei Interpol drin sind oder Straftaten in Dänemark begangen haben. Da musst du bei den Deutschen um Amtshilfe bitten. Ist aber kein Problem. Kann ich auch für dich machen.«

Aber Helle hatte eine Idee. »Nein, danke, ich weiß, wen ich fragen kann.«

Wenig später hatte sie Christian Laumann am Apparat, den charmanten Ermittler aus Kiel, der sich vor ein paar Tagen verwählt hatte. Er erinnerte sich tatsächlich an sie. Helle erklärte ihm, was er wissen musste und durfte, und bat ihn, in seinem System nach Gabriele und Johannes Wagner zu suchen.

»Das würde ich liebend gerne, aber da brauche ich eine offizielle Anfrage Ihres Vorgesetzten. Dann geht es auch ganz schnell«, erklärte Laumann ihr freundlich.

Helle stöhnte. »Von wegen Europa.«

»Das müsst ihr gerade sagen.«

Darauf fiel Helle so schnell keine Erwiderung ein. Laumann spielte auf die Grenzkontrollen an, die Dänemark wiedereingeführt hatte, um die Einwanderung zu kontrollieren. Für die Deutschen aus Schleswig-Holstein war das ein Ärgernis, in den Ferienzeiten gab es so lange Rückstaus wie am Brenner, und die vielen Pendler waren alles andere als erfreut. Helle schämte sich für ihre Regierung – was war nur aus dem einstmals so offenen und sozialen Land geworden? Manchmal erkannte sie es nicht mehr wieder.

»Ich kümmere mich darum. Sören schreibt mir sicher was.«

Helle rief noch einmal bei Inga an und bat sie, ihr behilflich zu sein. Schließlich saß diese nur wenige Meter von Sören Gudmund entfernt. Die junge ITlerin sagte ihr zu, dass sie sich sofort darum kümmern wollte.

Zehn Minuten wartete Helle hochnervös. Sie kippte zwei große Becher Kaffee herunter, verbrannte sich dabei den Gaumen und knabberte die gesamte Tüte gesalzene Mandeln leer, die sie als Notration gegen schlimme Hungerattacken in ihrer Schreibtischschublade gebunkert hatte.

Endlich klingelte ihr Telefon. Sie erwartete Sören, dem sie erklären musste, was sie von der Kieler Sonderkommission wollte, und war völlig baff, als Laumann sich meldete.

»Ich habe was für Sie.«

»So schnell?« Hut ab, Sören, dachte Helle, von dir kann sich Ingvar mal ein Scheibchen abschneiden.

»Ich kann es Ihnen mailen.«

»Gerne, aber vielleicht sagen Sie mir in Kurzform, was Sie gefunden haben?« An diese komische Siezerei der Deutschen würde sie sich nie gewöhnen, dachte Helle.

»Johannes Wagner, der dort mit seiner Mutter Gabriele Wagner wohnte, hat eine ganze Latte von Vorstrafen. Ein jugendlicher Intensivtäter.«

»Wie alt ist er heute? Beziehungsweise, wie alt war er damals?«

»Er ist Jahrgang '94«, referierte Laumann. »Demnach zwölf bei seinem Dänemarkurlaub. Und jetzt vierundzwanzig.«

»Irgendwas mit Missbrauch?«

Laumann holte tief Luft. »Wir haben hier Diebstahl, Verstoß gegen das Betäubungsmittelgesetz, mehrfach, unbefugtes Betreten, Blabla, Zündeleien, Körperverletzung, erste Aufenthalte in Heimen, mehrmals behauptete der Junge, sexuellen Übergriffen ausgesetzt worden zu sein, Verdacht auf Prostitution als Minderjähriger, Mutter wird nicht mit ihm fertig, er bricht die Schule ab, Psychiatrie, jetzt müsste er in Portugal sein, bei einem Wiedereingliederungsprogramm.«

Helle schwirrte der Kopf. Sie bekam die Puzzleteile einfach nicht zusammen. War diese kriminelle Biographie in ihrem Fall von Bedeutung – immerhin tauchte Missbrauch auf – oder manövrierte sie sich gerade in eine Sackgasse, weil sie so unbedingt die sein wollte, die den Fall löste?

»Die Mutter wohnt hier in der Nähe«, fuhr der Deutsche fort. »Ich könnte mit ihr sprechen, wegen dieses Dänemarkaufenthaltes.«

»Ich komme.« Der Satz fiel Helle so aus dem Mund, noch bevor sie ihn wirklich gedacht hatte. Laumann war ebenso überrumpelt wie sie selbst.

»Äh.«

»Ja. Sind nur fünfhundert Kilometer.« Helle hatte keine Lust, jetzt einen Rückzieher zu machen. Je mehr sie darüber nachdachte, nach Deutschland zu fahren, desto mehr gefiel ihr der Gedanke.

»Ich bin in sechs bis sieben Stunden da. Besorgen Sie mir ein Zimmer irgendwo? Mit Hund. Und machen Sie etwas mit der Mutter aus, bitte. Mein Deutsch ist nicht gut genug.«

Sie wartete Laumanns Reaktion nicht ab, sondern legte auf und dachte daran, was sie Bengt sagen sollte. Dass er alleine ins Kino musste?

Skagen, 13.30 Uhr

Die Tränen weckten ihn. Warm und salzig flossen sie an seiner Wange hinab ins rechte Ohr.

Er blinzelte. Dann wischte er sich die Augen mit dem Pullover trocken. Er lag auf dem Sofa. In voller Montur. Ins Schlafzimmer hatte er es wohl nicht mehr geschafft. Warum weinte er? Was hatte er geträumt?

Keinerlei Erinnerung, nur Schmerz. Dumpfer Schmerz im Kopf, hinter den Augenhöhlen und im ausgetrockneten Mund.

Er tastete nach seinem Handy, wollte wissen, wie spät es war. Im Zimmer war es dämmrig, durch die Alu-Jalousien sickerte fahles Licht.

Halb zwei am Mittag. Vom Blick auf das Display verstärkten sich die Schmerzen in seinen Augen. Hatte er Helle benachrichtigt? Sie hatte ihn nicht angerufen, also ging er davon aus, dass er sich krankgemeldet haben musste.

Oder hatte sie sich schon gedacht, dass er nicht würde kommen können?

Er schloss die Augen und drehte sich mühsam auf die andere Seite. Er fror, aber er war nicht in der Lage, aufzustehen und sich in sein Bett zu legen oder eine Decke zu holen.

Was war gestern passiert? Die Erinnerung zog wie ein Stummfilm an ihm vorbei, 16 Bilder pro Sekunde, höchstens.

Der Moment, als Helle ihnen erzählte, dass es eine Festnahme gegeben hatte.

Seine Erleichterung, nichts sagen zu müssen.

Das Gefühl, befreit zu sein.

Die Freude, mit seinen Freunden zusammenzusitzen.

Nicht alleine sein.

Unbeschwert sein.

Die Sorgen wegdrücken.

Essen, trinken.

Trinken.

Bengt, der ihm keinen Wein mehr geben wollte.

Wer hatte ihn zum Auto getragen? Bengt?

Jemand musste ihn nach Hause gebracht und aufs Sofa gelegt haben. Den Whisky hatte er sich wohl selbst noch genehmigt. Er öffnete die Augen wieder, und sein Blick saugte sich an dem groben Stoff des IKEA-Schlafsofas fest. Seine Tränen wollten nicht versiegen, Tränen der Scham, Tränen der Verzweiflung.

Gestern noch war er voller guter Vorsätze gewesen. Jetzt lagen der Salat und das Dressing, die Pasta und die Tomatensoße im Auto. Und sein Auto stand bei Bengt und Helle, weil er sich total abgeschossen hatte.

Leif war auch da gewesen und hatte ihn in diesem Zustand gesehen.

Und Helle. Sie war immerhin seine Chefin.

Verdammt.

Er war am Ende, er hatte null Selbstkontrolle – verdammte Scheiße, Jan-Cristofer, kannst du dich nicht zusammenreißen?

An der Tür war ein Geräusch zu hören. Ein leises Kratzen. Als würde eine Katze eingelassen werden wollen. Eine Katze? Er hatte hier noch nie eine gesehen. In ihrem Haus gab es keine Katze. Er würde keine Katze in seine Bude lassen, niemand sollte ihn so sehen, nein, nicht einmal ein fremdes Tier.

Katze, verpiss dich.

Jetzt kratzte es lauter, begehrlicher. Er drehte sich mühsam auf dem Sofa herum und starrte in den Flur. Er würde nicht aufstehen. Er konnte gar nicht aufstehen.

Aber was war das? Für eine Katze war das Geräusch zu laut, irgendwie drängend.

Ein Hund? Hörte sich komisch an.

Oder war das Geräusch nur in seinem Kopf?

Es klingelte.

Kurz nur, seltsam. Als wolle sich da jemand bemerkbar machen: Hallo, hörst du nicht, wie ich kratze, jetzt mach mal auf.

Er hielt den Atem an.

Helle war das nicht. Wenn die zu ihm wollen würde, dann hätte sie spätestens jetzt die Tür eingetreten.

Ole oder Amira würden den Finger gar nicht vom Klingelknopf nehmen.

Nachbarn? Aber die wussten alle, dass er um diese Zeit arbeitete.

Normalerweise.

Konnte ja niemand ahnen, dass er mittags kurz vor zwei total verkatert auf dem Sofa lag.

Der freundliche Polizist von nebenan.

Jetzt wurde ihm schlecht.

Ohne nachzudenken, ob er es zur Toilette schaffen würde, ohne Rücksicht auf seinen platzenden Schädel rollte er vom Sofa und stürzte ins Bad.

Er schaffte es gerade noch über die Kloschüssel.

Sein Körper krampfte, es war, als müsse er seine Scham und seine Schande und den Selbsthass aus seinem Körper pressen, in die Schüssel kippen, herunterspülen. Der Kopf platzte, die Augen traten aus den Höhlen, er umklammerte das kalte Porzellan der Toilette so fest, dass die Finger krampften.

Immer wieder kam sein Körper zur Ruhe, dann ließ er den Kopf hängen, Tränen, Schweiß, Speichel, er war nicht mehr in der Lage, seine Körperflüssigkeiten zu kontrollieren, das musste das letzte Mal sein, schwor er sich, nie wieder, nie wieder trinkst du auch nur einen Tropfen.

Dann schüttelte ihn erneut ein Krampf, nichts war mehr in seinem Magen, er glaubte, seine Eingeweide zu erbrechen.

Später, irgendwann, die Welt hatte sich einmal gedreht, er hatte sich auf dem Badvorleger zusammengerollt, klingelte es erneut an der Tür.

Fest. Lange. Drei Mal.

Leck mich, dachte er.

Dann wurde ein Schlüssel ins Schloss gesteckt.

Er hielt den Atem an.

»Jan-Cristofer?« Amiras Stimme. Er hatte vergessen, dass sie wusste, wo sein Ersatzschlüssel war. Unter der Fußmatte. »Bist du da?«

Er schloss die Augen. Wie ein Kind. Niemand findet mich, den ich selbst nicht sehen kann.

Aber er hörte ihre Schritte.

»Verdammt, Jan-C.!« Sie hockte sich neben ihn, tastete nach seinem Puls, drehte sein Gesicht zu sich. »Wir brauchen dich.« Er klappte den Mund auf, wollte etwas sagen, aber die Zunge klebte am Gaumen, er war völlig ausgetrocknet, und er wollte auf keinen Fall, dass sie seinen Atem roch.

Sie zog die Augenbrauen zusammen. »Du brauchst echt Hilfe.«

Skagen, 14.30 Uhr

Bengt zog skeptisch die Augenbrauen nach oben. »Du musst da wirklich hin? Kann das niemand anderes für dich übernehmen?«

»Ja, doch, schon.« Helle wand sich. »Aber ich will es machen. Ich kann nicht hier rumsitzen und die Füße stillhalten, Bengt.«

Er sah sie stumm an. Sie konnte in ihm lesen wie in einem Buch und wusste, was hinter seiner Stirn vorging. Er hatte sich auf einen gemeinsamen Kinoabend gefreut und war enttäuscht, dass nichts daraus wurde. Gleichzeitig wollte er sie seine Enttäuschung nicht spüren lassen – Bengt war der Letzte, der sie jemals an etwas gehindert hätte. Solange sie zusammen waren, hatte er ihr den Rücken gestärkt, sie angefeuert und ihr das Gefühl gegeben, dass alles, was sie machte, richtig war. Dafür liebte sie ihn.

Helle griff nach seiner Hand. »Es tut mir leid. Wenn ich zurückkomme, gehen wir ins Kino. Versprochen.«

»Nein.« Bengt führte ihre Hand zu seinen Lippen und drückte ihr einen schnurrbärtigen Kuss auf den Handrücken. »Wir gehen ins Kino, wenn der Fall abgeschlossen ist.«

Helle atmete erleichtert auf und schmiegte sich an ihren Mann. »Danke, dass du immer Verständnis hast.«

Bengts Arme schlossen sich fest um sie. »Hab ich gar nicht. Im Gegenteil, mich nervt die Sache mit Kiel so richtig.«

»Aber?« Helle lehnte sich zurück und sah ihm in die Augen.

»Baby, ich bin Sozialpädagoge. Ich habe täglich mit Problemfällen zu tun und weiß, wann ich mich zurücknehmen muss.« Er lachte, dass sein Bauch wackelte.

Helle schlug spielerisch nach ihm. »Du Idiot!«

Bengt lachte immer noch, als Helles Handy sich meldete.

»Ole? Was gibt's?«

»Leider nichts. Der Einzige weit und breit, der sich an Vinterberg erinnert, ist der alte Andersson. Und dem glaube ich auch nur die Hälfte.«

Bengt gab Helle gestisch zu verstehen, dass er ihr Proviant für die Fahrt nach Kiel machen würde, und sie hielt den Daumen hoch.

»Erinnert sich Andersson an etwas Bestimmtes im Zusammenhang mit Magnus Vinterberg? Wie wir gestern mitbekommen haben, hat er ja ein recht gutes Gedächtnis.« Sie spielte auf den kleinen Ole Langfinger an.

»Haha!« Ole tat auch prompt eingeschnappt. »Nee du. Er meinte nur, dass er den Typ früher gesehen hat, der hätte bei ihm eingekauft. Also nichts, was uns irgendwie weiterbringt.«

»Neues bei Amira oder Marianne?«

»Fehlanzeige. Amira wollte sich jetzt mal um Jan-Cristofer kümmern, der soll seinen Arsch aus dem Bett heben und uns helfen.«

»Ich denke, Sören hat Verstärkung geschickt?«

»Die kommen heute Abend an. Dieser Olsen und noch zwei andere. Marianne hat sie in Foldens Hotel eingebucht.«

»Alles klar. Haltet mich auf dem Laufenden.«

»Helle?«

»Ja?«

»Bringt's das echt, nach Kiel zu fahren? Ich meine, glaubst du, dieser Junge ist eine heiße Spur?«

»Ja, das glaube ich. Vinterberg war im August 2006 hier. Es geht das Gerücht, dass er sich an einem oder mehreren Jungen vergangen hat. Gunnar war in der Zeit allein zu Hause, er hatte Ferien und Feriengäste. Eine Frau aus Deutschland und ihr zwölfjähriger Sohn, die bei Gunnar einquartiert sind, sind vorzeitig abgereist. Als Gunnars Frau aus Bornholm zurückkam, sagte er ihr, dass er nicht mehr vermieten will. Der deutsche Junge wird – wann und warum auch immer – ein jugendlicher Wiederholungstäter. Er nimmt Drogen, begeht Überfälle, schließlich Körperverletzung. Wie findest du, hört sich das an?«

Ole schwieg. »Also, wenn du es so zusammenfasst, liegt es ziemlich auf der Hand, was passiert ist.«

»Eben. Und deshalb fahre ich nach Kiel. Ich will die ganze Aktenlage einsehen, Laumann kann mir nicht alles einscannen. Und ich will selbst mit der Mutter reden.«

»Warum lassen wir nicht gleich nach diesem Johannes Wagner fahnden?«

»Die Beweislage ist zu dünn. Das sind alles nur Vermutungen. Bis jetzt. Außerdem hält sich Johannes Wagner nach unserem bisherigen Kenntnisstand in Portugal auf. Vielleicht gibt es auch noch andere Opfer von Magnus Vinterberg. Die sind dann ebenso verdächtig wie Johannes Wagner, genauso wie ihre Eltern, Geschwister, was weiß ich. Und dann bleibt immer noch die Frage: Warum sollte jemand, der vor zwölf Jahren missbraucht wurde, so lange warten, bis er zurückschlägt? Und warum tötet er Gunnar?«

»Ja, ist klar. Also dann, gute Fahrt. Ich geh dann mal weiter Klinken putzen.«

»Toi, toi, toi.«

Als sie das Gespräch beendete, schob Bengt ihr eine Papiertüte mit Käsebroten hin und goss Kaffee in die große Thermoskanne.

»Und du willst wirklich Emil mitnehmen?«

Helle warf einen Blick zu ihren Füßen. Emil hatte einen siebten Sinn dafür, ob Helle das Haus zur Arbeit oder zum Einkaufen verließ oder ob er sie über einen längeren Zeitraum würde entbehren müssen. Er sah mit traurigen Augen zu ihr empor.

»Ja, der kommt mit. Ein bisschen Luftveränderung tut ihm gut.«

»Sechs Stunden im Kofferraum, danach in einem fremden Hotelzimmer, morgen wieder den ganzen Tag im Kofferraum – und das nennst du Luftveränderung?« Bengt tippte sich an die Stirn.

Es brach ihr das Herz, aber Helle erkannte, dass Bengt recht hatte. Sie wollte Emil unbedingt mitnehmen, damit sie nicht alleine war. Der Hund würde sich natürlich im ersten Moment freuen, dass er mit seinem geliebten Frauchen zusammen sein durfte, aber das wahre Hundeparadies lag hier vor der Tür. Und sowohl Bengt als auch Leif liebten Emil so abgöttisch wie sie.

»Also gut.« Helle beugte sich zu ihrem alten Gefährten herunter und kraulte sein Kinn.

»Kontrollierst du bitte ab und zu mal die Bank draußen?«, bat sie Bengt. »Da lagen gestern Nacht Leckerli. Ich habe keine Ahnung, wer die hingelegt hat, vielleicht ist es einfach nur lieb gemeint, aber Irre gibt es überall.«

Bengt lächelte milde und begleitete Helle zur Tür hinaus. »Melde dich, wenn du gut angekommen bist. Pass auf dich auf.«

Helle verstaute Proviant und Gepäck, schob eine Leonard-Cohen-CD in den Player und startete die rollende Müllkippe. Sie freute sich auf die lange Autofahrt, nach Spazierengehen die zweitbeste Möglichkeit, den Gedanken freien Lauf zu lassen.

Zweieinhalb Stunden später musste sie tanken und fuhr an einer Raststätte raus. Ihre Thermoskanne war bereits leer, deshalb bestellte sie sich einen Kaffee und blickte hinaus in die Dämmerung. Alles war grau und lichtlos, als hätte jemand die Farben aus dem Bild gesaugt.

Helle spielte mit ihrem Handy herum und entschied sich, Amira anzurufen.

»Hej! Ich denke, du bist auf dem Weg nach Kiel?«, meldete sich ihre Kollegin.

»Hej. Ja, mache gerade Pause. Bist du noch im Büro?«

»Klar. Die Jungs aus Kopenhagen kommen in einer halben Stunde. Ole und ich bringen sie auf Stand.«

»Das ist super. Ihr macht das bestimmt sehr gut, ihr beiden.« Helle gab sich einen Ruck. »Wie geht es Jan-C.? Ole hat gesagt, du hast heute nach ihm geschaut.«

Amira zögerte, gab dann aber doch offen Auskunft. »Ehrlich gesagt: beschissen. Ich habe ihn in die Klinik gebracht. Alkoholvergiftung.«

Helle stöhnte. »Oh, bitte nicht.«

»Er lag ziemlich hilflos im Klo, als ich kam. Die werden ihn heute Nacht dabehalten, morgen kommt er wieder raus. Helle, Jan-C. hat echt ein Problem!«

»Ich weiß.«

»Du weißt es, ich weiß es, wir alle wissen es. Schon lange. Warum haben wir nichts unternommen?«

»Es wäre mein Job gewesen«, gestand Helle ein. »Als Chefin und als Freundin. Verdammter Mist.«

Sie schwiegen. Schließlich nahm Amira den Faden wieder auf. »Er wird bestimmt gleich wieder arbeiten wollen. Er kann nicht allein zu Hause bleiben.«

»Das ist okay. Er soll einen Entzug machen, sofort. Noch gibt es keinen Grund, ihn zu suspendieren. Er hat nichts verbockt, bis jetzt jedenfalls nicht, und wir sorgen dafür, dass es so bleibt. Ich sorge dafür. Er ist ein sehr, sehr guter Polizist.«

»Ja. Ich habe es nicht mal Ole erzählt.« Amira klang erleichtert. »Na dann. Gute Fahrt.«

Helle brauchte noch weitere vier Stunden, dann hatte sie Kiel endlich erreicht. Während der Fahrt hatte sie mit Bengt telefoniert, der ihr versprach, sich mit Jan-Cristofer in Verbindung zu setzen und sich um ihn zu kümmern. Besser spät als nie, hatte Bengt mit Bitterkeit bemerkt und traf damit in ihrer beider schuldbeladene Herzen.

Die Grenze nach Deutschland überquerte sie ohne viel Aufhebens, bemerkte aber den langen Stau auf der Gegenseite. Die Dänen hatten ihre Grenzkontrollen wiederaufgenommen, Helle versetzte der Anblick einen Stich, sie ging mit den restriktiven Maßnahmen ihrer Regierung nicht konform.

Das Hotel lag im Zentrum, eine gemütliche kleine Pension, die Christian Laumann für sie ausgesucht hatte. Er selbst ließ sich entschuldigen, er hätte sie gerne in Empfang genommen und wäre mit ihr essen gegangen, aber seine Mutter lag im Krankenhaus und er musste sich kümmern.

Auf dem Zimmer stand eine kleine Flasche Rotwein als Willkommensgruß, aber Helle ließ sie ungeöffnet, sie hatte beim Einparken gesehen, dass es zwei Häuser neben dem Hotel ein italienisches Restaurant gab, in das sie einkehren wollte.

Mittlerweile war es gegen neun Uhr am Abend, Helle war todmüde und fühlte sich innerlich vollkommen ausgelaugt. Die plötzliche Erkenntnis, dass der Fall sich doch in ihren Zuständigkeitsbereich verlagerte, die schockierende Nachricht, dass Vinterberg vielleicht schon damals, vor zwölf Jahren, ein oder mehrere Kinder in Skagen missbraucht hatte, die Sorge um Jan-Cristofer, das alles setzte ihr enorm zu. In Windeseile verschlang sie einen Teller Antipasti sowie eine Portion Linguine frutti di mare und trank dazu einen halben Liter Weißwein.

Der Italiener, der bediente, offenbar der Chef des Restaurants, sagte konsequent »Signorina« zu ihr und Helle fragte sich, ob er ernsthaft glaubte, ihr damit zu schmeicheln. Außerdem radebrechte er ebenso schlechtes Deutsch wie sie, was schon wieder komisch war: Treffen sich eine Dänin und ein Italiener in Kiel …

Das Lokal war zu gut zwei Dritteln gefüllt, Helle saß mit dem Rücken zu einer Tropfsteinwand aus Zierbeton in einer lauschigen Ecke. Trotz des guten Essens und des Weins wollte sich bei ihr aber keine Entspannung einstellen. Sie fühlte sich nicht behaglich, so ganz alleine dort zu sitzen, und das ärgerte sie. Und noch schlimmer: Sie fühlte sich ungeschützt. Ohne Begleitung. Was ein normaler Zustand sein sollte, war für Hauptkommissarin Helle Jespers so ungewohnt, dass sie damit nicht gut umzugehen wusste. Ihre schicke Bluse, der rote Lippenstift, die Frisur, die sie im Bad ihres Hotelzimmers noch versucht hatte, zu stylen – das war nicht sie. Oder das war sie nur an der Seite von Bengt oder wenn sie mit ihren Freundinnen etwas unternahm. Aber die Alltags-Helle-Jespers war an zwei Dritteln des Tages im Dienst und trug Uniform. Sie war ganz offensichtlich Polizistin. Jetzt war sie im Grunde genommen auch im Dienst, fühlte sich aber, als sei sie ein einsamer Wolf, der vergeblich auf die Internetbekanntschaft wartete.

Helle konnte sich gar nicht erinnern, ob sie jemals alleine weggegangen war. Ins Kino, essen oder in eine Bar. Eigentlich noch nie. Wie seltsam. Sie hatte sich immer für unglaublich emanzipiert gehalten, auch, weil sie sich in ihrem Beruf gegen einige männliche Kollegen durchgesetzt hatte. Und nun saß sie hier und schaffte es nicht, selbstbewusst einen Abend, den sie ganz für sich allein hatte, zu genießen.

Sie fühlte sich alt.

Sie bestellte noch ein weiteres Glas Wein.

»Signorina, per favore.«

War das Mitleid im Blick des Kellners?

Zurück im Hotelzimmer, hinterließ sie auf den Mobiltelefonen ihrer beiden Kinder sentimentale Sprachnachrichten, bat ihren Mann, Emil zu küssen, kippte in die heiße Dusche, öffnete sich noch die kleine Flasche Rotwein, schaffte davon gerade mal die Hälfte, bevor sie in einen tiefen traumlosen Schlaf fiel.

Um halb vier in der Nacht wachte sie auf. *Same procedure as every night.* Mit schmerzendem Rücken von der durchgelegenen Matratze und dröhnendem Kopf von zu viel zu schlechtem Wein. Die Luft im Hotelzimmer war stickig, Helle vermisste Emil, mit ihm würde sie jetzt aufstehen und draußen auf den Dünen, mit Blick auf das nächtliche Meer, tief Luft holen, um sich dann wieder in die warme Bettkuhle zu kuscheln, an den breiten Rücken ihres Wikingers, und seinen dicken Bauch mit einem Arm umfassen. Für ein Stündchen einschlummern.

Um neun erst war sie mit Christian Laumann verabredet, es lohnte sich also, sich auch hier im Hotelzimmer noch einmal umzudrehen, aber der Schlaf wollte nicht kommen. Gegen sieben stand Helle vollkommen gerädert auf, duschte nochmals ausgiebig und ging hinunter zum Frühstück.

Dort checkte sie, was es Neues an Ergebnissen aus Kopenhagen gab. Eine Gegenüberstellung von Augenzeugen aus dem Tivoli mit dem festgenommenen Tunesier hatte kein Ergebnis gebracht. Niemand konnte ihn identifizieren, da der junge Mann, den man mit Gunnar Larsen gesehen hatte, über einer Mütze noch die fellumrandete Kapuze seines Anoraks getragen hatte. Lediglich Größe und Statur waren der des Festgenommenen ähnlich – kein Grund, den Mann noch länger in U-Haft zu behalten. Eine Verbindung zu Gunnar Larsen hatten Sören und seine Leute ohnehin nicht nachweisen können.

Magnus Vinterberg dagegen hatte sich in seinem Leben eine Menge Feinde gemacht. Es gab Beschwerden ehemaliger Arbeitgeber, Abmahnungen, Anzeigen und viele, viele Gerüchte. Irgendwie hatte er es geschafft, immer wieder davonzukommen, niemals wurde er tatsächlich wegen eines der zahlreichen Übergriffe auf seine Schützlinge überführt oder vor Gericht gebracht. Er wechselte stets seine Arbeitsstelle, wenn es brenzlig wurde, wenn zu viel über ihn geredet wurde, wenn einer der Jungen den Mund aufmachte und erzählte, was der Schwimmlehrer von ihm verlangt hatte. Es verwunderte Helle, dass Vinterberg damit durchgekommen war, aber offensichtlich wurden Bademeister überall händeringend gesucht, da fragte man nicht nach fehlenden Arbeitszeugnissen und Empfehlungen. Magnus Vinterberg hatte Erfahrung vorweisen können, nichts Anderes hatte gezählt. Und er war bereit gewesen, diesen undankbaren Job für einen Hungerlohn egal wo anzutreten.

Bis er krank geworden war. Wegen Morbus Crohn hatten ihn die Ärzte für arbeitsunfähig erklärt, seitdem lebte Vinterberg in Kopenhagen von Sozialhilfe. Und nahm käufliche Liebe in Anspruch, wogegen nichts zu sagen war. Über neuerliche Übergriffe war nichts bekannt.

Die Angestellten des Bellahöj-Bades hatten Vinterberg als Stammgast identifiziert. Offenbar war er zwei bis drei Mal in der Woche dort aufgetaucht. Immer zu festen Zeiten – dann, wenn Schulschwimmen auf dem Plan stand.

Helle schüttelte sich. Die Vorstellung, dass die Kinder der Klassen sich ungezwungen im Schwimmbad bewegten, dabei nichtsahnend von Vinterberg beobachtet wurden, erregte ihren außerordentlichen Widerwillen. Das war auch ein sexueller Übergriff, wenngleich kein direkter. Aber in jedem Fall verdammenswert.

Ein typisches Klischee, nannte Christian Laumann das, als er Helle am Hotel abholte und sie in seinem Wagen zur Mutter von Johannes Wagner fuhren. Ein Klischee und gleichzeitig ein charakteristisches Täterprofil.

Der deutsche Kollege war ein zarter Mann in Helles Alter, mit zurückweichendem Haaransatz, leiser Stimme und freundlichen Augen. Sie unterhielten sich der Einfachheit halber auf Englisch, obwohl Helle Laumanns Dänischkenntnisse erstaunlich gut fand. Christian Laumann sprach über seine Arbeit und Menschen wie Magnus Vinterberg in warmem Singsang, was den harten Fakten etwas von ihrer Grausamkeit nahm, aber Helle war nichtsdestotrotz erschüttert. Vom Ausmaß pädophiler Verbrechen, von dem, was die Täter bei ihren

Opfern an physischen und psychischen Schäden anrichteten, und davon, wie Ermittler wie Laumann versuchten, von ihrer Arbeit nicht traumatisiert zu werden.

Obwohl sie all das wusste, seit sie in den Polizeidienst eingetreten war, war es doch etwas Anderes, es aus dem Mund eines Spezialisten zu hören, eines Mannes, der sich, wie Laumann erzählte, seit zwei Jahrzehnten mit der Ahndung von Verbrechen dieser Art beschäftigte.

Helle dachte an ihre gemütliche kleine Polizeistation, und für einen Moment war sie dankbar, dass ihre Klientel aus Falschparkern und Ladendieben bestand.

Laumann erzählte, was sie über Johannes Wagner wussten – wenn es zutraf, dass er ein Opfer von Vinterbergs Übergriffen war, dann war er einer von vielen. Von sehr vielen. Und auch bei ihm war Magnus Vinterberg ungeschoren davongekommen.

»Natürlich wissen wir nicht, was den Jungen letztendlich in seine kriminelle Karriere getrieben hat«, sagte Laumann gerade und steuerte den Wagen in eine trostlose Siedlung mehrstöckiger Mietshäuser aus den sechziger Jahren.

»Seine Mutter hat ihn das erste Mal in staatliche Obhut gegeben, als er dreizehn war – also etwa ein Jahr nach dem Urlaub in Skagen. Zwei Mal sitzen geblieben, von der Schule gegangen und wegen Ladendiebstahl drangekommen. Dann die übliche Karriere: Heimaufenthalte, Pflegefamilien. Überall rausgeflogen. Mit vierzehn kommen massiv Drogen ins Spiel, man darf allerdings davon ausgehen, dass er bereits vorher damit Erfahrungen gemacht hat. Aber zu dem Zeitpunkt wird er das erste Mal mit Amphetaminen und Ecstasy erwischt. Der Junge hat sich alles eingeworfen. Mit sechzehn diagnostiziert ein Psychologe bei ihm drogenbedingte Schizophrenie. Von da an wandert er von einer Therapieeinrichtung in die nächste. Haut ab, bricht aus oder wird entlassen. Schlüpft bei der Mutter unter, wird rückfällig. Ein ewiger Kreislauf.«

Laumann parkte den Wagen, machte den Motor aus und sah Helle direkt an. »Er sollte jetzt in Portugal sein, auf einem Bauernhof. Dort arbeitet er seit knapp zwei Jahren. Ich habe vorhin, direkt bevor ich Sie abgeholt habe, mit dem Besitzer telefoniert, Fredo Veloso.«

Er machte eine Pause, und Helle wusste, dass er nicht weiterreden musste. Sie wusste, was er sagen würde.

»Johannes Wagner wird dort seit sechs Wochen vermisst.«

Die Wohnung glich einer Höhle und Gabriele Wagner war das verängstigte Tier, das sich hierhin zurückgezogen hatte. Eine schmale Frau jenseits der vierzig, wenngleich das Alter schwer einzuschätzen war. Schmal, knochig, hochgezogene Schultern und ein nervöser Tick mit dem linken Auge. Sie hatte sich offensichtlich Mühe gegeben, die Wohnung für den Besuch vorzeigbar zu machen, es schien aufgeräumt, in der Spüle lagen saubere Tassen zum Trocknen. Sogar die Aschenbecher – über die gesamte Wohnung verteilt – waren ausgeleert, aber Gabriele Wagner gab sich während der kurzen Zeit, in der Helle und Christian Laumann bei ihr waren, alle Mühe, sie wieder zu füllen. Mit zitternden Händen steckte sie sich eine Kippe an der vorherigen an.

Es fiel ihr nicht leicht, über Johannes zu reden. Helle bewunderte Laumanns Ruhe und Geduld im Umgang mit der Frau. Nach ausführlichem Geplänkel zum Warmwerden kam er auf den eigentlichen Grund ihres Besuches zu sprechen. Er unterhielt sich mit Gabriele Wagner auf Deutsch, zwischendurch übersetzte er für Helle ins Dänische oder Englische.

»Erinnern Sie sich noch an den Dänemark-Urlaub 2006, Frau Wagner?«

Inhalieren, unsicheres Hin- und Herblicken, Rauch durch die Nase ausstoßen, Nicken.

»Klar. War ganz schön. War ein Tipp von Jutta.«

»Jutta?«

Das Ritual wiederholte sich.

»Meine Freundin. Die war mit 'nem Dänen zusammen. Ist nach Christiania gezogen. Die hat mir den Tipp mit Skagen gegeben.«

»Hat Jutta auch einen Nachnamen?«

»Sadowsky. Jutta Sadowsky.«

»Wohnt Frau Sadowsky noch in Dänemark?«

Die Antwort kam zusammen mit einer Rauchwolke. »Ja. Noch immer in Christiania.«

Helle machte sich Notizen. Sören würde sich mit dieser Jutta in Verbindung setzen müssen.

Laumann wechselte das Thema.

»Kommen wir noch einmal auf den Urlaub zurück.«

Gabriele Wagner nickte und drückte fahrig die heruntergerauchte Zigarette aus, nur um sich sofort eine weitere aus der Packung zu nehmen. Helle bekam Kopfschmerzen.

»Mmh. Ja.«

»Ist in dem Urlaub etwas vorgefallen? Wir wissen, dass Sie und Ihr Sohn vorzeitig abgereist sind. Gab es dafür einen Grund?«

Die Hände der Frau zitterten jetzt so stark, dass die Flamme des Feuerzeugs einfach nicht zur Zigarette finden wollte. Laumann nahm ihr das Feuerzeug sanft aus der Hand und gab ihr Feuer. Eine Geste, in der so viel Empathie und Aufmerksamkeit lag, dass Helles Bewunderung für den deutschen Ermittler augenblicklich stieg. Wäre Sören zu seiner Geste imstande?, fragte sie sich.

»Es war … er hatte …« Frau Wagner fuhr sich durch die Haare, zog an ihrer Zigarette, überlegte. Ihr Blick mäanderte aus dem Fenster und kehrte nicht zurück.

»Was ist mit ihm passiert?«

Sie nickte, ohne die beiden Polizisten anzusehen. Ihre Schultern bebten, und Helle begriff, dass Gabriele Wagner weinte.

»Ein Mann hat ihm wehgetan. Meinem Jungen.«

Laumann und Helle wechselten einen Blick, aber sie fragten nicht weiter. Sie mussten Geduld haben, der Frau Zeit geben.

»Es war der Bademeister. Johannes sagte … er sagte, er musste Dinge tun.«

»Hat er sich Ihnen anvertraut?«

Sie nickte.

»Haben Sie den Bademeister zur Rede gestellt?«

Noch immer hatte Gabriele Wagner das Gesicht abgewandt und blickte aus dem Fenster. Die Zigarette hatte sie mit wenigen Zügen heruntergeraucht, die Glut erreichte ihre Fingerkuppen. Helle starrte auf die Finger. Auf die Zigarettenkippe. Sie fühlte sich hilflos und leer. Sie saß in dieser fremden Wohnung, die nichts Anderes ausstrahlte als Tristesse. Einsamkeit. Hier lebte jemand, der alles verloren hatte. Freude, die Schönheit eines Moments, den Sohn. Liebe.

Wann hatte es angefangen? In diesem Dänemarkurlaub? In Skagen? In einem Urlaub, der voller Freude, Eiscreme, Sonne und Meer sein sollte? Oder war die Vergeblichkeit im Leben von Gabriele und Johannes Wagner schon viel früher da gewesen? Hatte ihn das zum willkommenen Opfer gemacht?

Und Johannes zum Mörder?

Plötzlich drehte sich Gabriele zu ihnen, drückte die Kippe resolut aus und schüttelte den Kopf.

»Nein. Mit dem hab ich nicht geredet. Ich habe es unserem Vermieter gesagt. Ich konnte doch kein Dänisch. Was hätte ich machen sollen?«

Sie sah Helle und Christian Laumann abwechselnd in die Augen. Schuld und Scham in ihrem Blick.

»Gunnar Larsen?«, fragte nun Helle.

Gabriele Wagner starrte sie an. Leer. »Ja. So hieß der wohl. Er hat einen Polizisten geholt.«

Helle runzelte die Stirn und sah Laumann an. Die Polizei? Ihre Dienststelle? Davon war nichts in den Akten verzeichnet. Zu dieser Sache gab es nichts, keinen Vermerk, gar nichts.

Sie wollte eine Frage stellen, aber Laumann legte ihr seine Hand auf den Arm. Helle schwieg. Gabriele Wagner redete. Der Bann war gebrochen.

»Der Bulle kam dann mit so einem Psycho-Heini wieder. Sie haben mit Johannes geredet. Der Bulle und der Psychologe. Ich durfte nicht dabei sein.«

Sie fingerte eine weitere Zigarette aus der Packung, obwohl die andere noch im Aschenbecher glomm. »Sie haben gesagt, Johannes lügt. Er hat sich alles ausgedacht.« Es gelang ihr nicht, die Zigarette anzuzünden, kraftlos sanken ihre Arme nach unten. »Er war zwölf.« Ihre Stimme brach. Ein heiseres Hauchen: »Mein Junge war doch erst zwölf.«

Als sie eine Viertelstunde später mit Laumann auf der Straße stand, atmete Helle mehrmals tief ein. Sog den Sauerstoff in ihre Lungen, versuchte, den Zigarettenrauch, die abgestandene Luft und die schreckliche Verzweiflung der Mutter von Johannes Wagner einfach wegzuatmen.

Es gelang nicht. Natürlich nicht. Hatte sie in ihrer dreißigjährigen Berufserfahrung jemals etwas weggeatmet? Es hatte sich alles festgesetzt, in Krusten, zählbar wie die Jahresringe eines alten Baums.

Sie spürte Laumann neben sich. Ein völlig Fremder, aber Helle hielt ihn gut aus, er gab ihr für den Moment das Gefühl der Geborgenheit. Er war ein angenehmer Mann, sicher ein guter Polizist und Kollege. Kein Wort zu viel, keines zu wenig.

»Wir werden heute nicht mehr herausfinden, was damals passiert ist«, sagte er, und sein Atem bildete kleine Wölkchen in der kalten Winterluft. Hier in Schleswig-Holstein war es ein bisschen kälter als in Skagen. »Aber es ist sicher Zeit, nach Johannes Wagner zu suchen«, fuhr er fort.

Helle nickte und holte ihr Handy aus der Tasche, um Sören anzurufen. Sie hatte es während des Gesprächs auf Flugmodus geschaltet. Als sie es jetzt wieder aktivierte, fiel ihr Blick zuerst auf die vielen Nachrichten. Vier Anrufe von Jan-Cristofer, dann eine WhatsApp-Nachricht: »Wir müssen reden.«

Skagen, 16.30 Uhr

Er wollte nicht länger warten. Er konnte nicht. Er würde jetzt zu Nyborg rausfahren, ihn warnen und zusammen würden sie auf Helle warten. Da draußen lief ein Irrer herum und er, Jan-Cristofer, trug jetzt die Verantwortung dafür, dass es nicht noch weitere Opfer gab.

So wie die Sache lag, standen mindestens noch zwei weitere auf der Liste: er und Nyborg. Dieser verdammte Nyborg. Dem er vertraut hatte, Gott weiß warum.

In seinen Augen war der Guru schuld an der ganzen Scheiße. Daran, dass sie Vinterberg laufen ließen, dass er den Vorfall nicht zu Protokoll genommen und alles unter den Tisch hatte fallen lassen.

Weil Nyborg behauptet hatte, dass der Junge log.

Was ihn jetzt – wo er so weit unten war wie nie zuvor in seinem Leben – am meisten zu schaffen machte, war, dass er damals gar kein Mitleid mit dem Jungen gehabt hatte. Er hatte an sich gedacht und an den kleinen Markus, gerade Mal zwei Jahre alt, und an seinen Dauerstress mit Ina. Er hatte keine Lust auf noch mehr Stress gehabt, und es war ihm ganz recht gewesen, dass Nyborg – der Fachmann, oder nicht? – so sicher gewesen war. Alles Humbug, hatte er diagnostiziert. Das Kind hatte eine rege Phantasie, wollte sich wichtigmachen, gesteigertes Bedürfnis nach Aufmerksamkeit. Und so weiter. Schwierige Kindheit, alleinerziehende, überforderte Mutter, fehlende Vaterfigur. Blablabla.

Tatsächlich hatte es da einige Ungereimtheiten gegeben, der Junge, Johannes, hatte eine Menge Sachen erzählt, die nicht gestimmt hatten. Die nicht wahr sein *konnten.*

Aber sie hatten ihm keine Chance gegeben.

Gunnar hatte es damals leidgetan. Er war sehr lieb mit dem Jungen gewesen. Hatte ihn getröstet und hatte ihn in den Tivoli eingeladen. Als »Entschädigung«.

Damit war für sie alle die Sache vom Tisch gewesen.

Außerdem hatte die Mutter kein Interesse gezeigt, das Ganze weiter zu verfolgen. Es schien, als sei ihr der Ärger, den ihr Junge verursachte, unangenehm. Sie hatte kein Aufsehen gewollt – und er selbst, Nyborg und Vinterberg sowieso nicht.

Dann waren die beiden Deutschen einfach abgereist. Gunnar hatte sie nicht daran gehindert.

Damit waren sie vergessen, Gabriele Wagner und ihr Sohn Johannes. Aus den Augen, aus dem Sinn.

Bis jetzt.

Er wartete jetzt schon fünf Stunden auf Helle, seine Wohnung war ein Käfig, er tigerte herum und wusste, wenn er noch länger blieb, würde er runter zum Glascontainer gehen und die Flaschen wieder herausfischen.

Jemand hatte aufgeräumt. Geputzt, gelüftet und alles, was Alkohol enthielt, aus der Wohnung entfernt. Amira, da war er sich ganz sicher. Sie wusste, dass sein Wohnungsschlüssel unter dem Fußabstreifer war. Und sie sorgte sich um ihn.

Bengt auch. Er hatte ihm das Auto zurückgebracht, ihn im Krankenhaus angerufen und gefragt, ob er ihn abholen solle. Ob er ein paar Tage bei ihnen bleiben wolle, falls er es allein in der Wohnung nicht aushielt.

Er hatte sich dagegen entschieden, er musste es endlich auf die Reihe kriegen. Sein verdammtes Scheißleben. Das letzte Mal, als er den Versuch unternommen hatte – vorgestern? –, war er mit Pauken und Trompeten gescheitert. Das sollte ihm nicht noch einmal passieren.

Er wollte Markus in die Augen gucken können.

Nicht jedes Mal, wenn sein Sohn zu Besuch kam, die Flaschen verstecken.

Helle nicht mehr ausweichen, wenn sie ihn fragte, wie es ihm ginge.

Ina sagen, dass er sich nicht mehr von ihr erpressen lassen würde.

Mit der Vergangenheit aufräumen.

Helle hatte er am Telefon alles gebeichtet. Sie hatte ihm keine Vorwürfe gemacht, sie hatte gar nichts gesagt, nur zugehört. Hatte ihn einfach reden lassen.

Als er am Ende mit seiner Erzählung war, erzählte sie ihm, dass sie bereits nach Johannes Wagner suchten. Möglicherweise sei er bei einer Freundin der Mutter in Christiania untergekommen.

Möglicherweise war er der Mörder. Bislang allerdings war er nur verdächtig.

»Aber warum?«, hatte er verzweifelt gefragt. »Warum jetzt? Und warum Gunnar?«

»Pass auf dich auf«, hatte Helle gesagt. »Ich beantrage Polizeischutz für dich und Nyborg.«

»Ich kann auf mich selbst aufpassen«, hatte er geantwortet. »Lass mir ein bisschen Würde, Helle. Lass mich das Wenige tun, was ich tun kann.«

Aber gedacht hatte er: Auge um Auge und Zahn um Zahn. Er wird kommen und uns holen.

Sie hatten verabredet, dass er die Füße stillhalten würde, bis sie aus Kiel wiederkam. Helle wollte sofort zu ihm kommen, sie würde sich beeilen. Erst dann, erst, wenn sie miteinander gesprochen hatten, würde Sören Gudmund die ganze Geschichte erfahren.

Er sah auf die Uhr. Bis Helle kam, dauerte es vielleicht noch eine Stunde.

Ob er es so lange in seinem Käfig aushielt?
Oder sollte er zu Nyborg fahren?
Jetzt, auf der Stelle?
Er zögerte.

Skagen, Fredrikshavn, 16.45 Uhr

Kalt. Zu kalt.
Ich friere, ich will mir nicht noch mehr Zehen abfrieren.
Der Ofen ist aus. Kein Benzin mehr.
Neues Benzin.
Ich muss neues Benzin holen.
Eigentlich habe ich keinen Bock. Jetzt raus in die Kälte.
Dieser Weg dahin. Das Kind schläft. Ich kann mich ein bisschen ausruhen.
Aber die Kälte.
Mir fehlt die Wärme, die Tiere. Fredo.
Ich will nach Portugal zurück, nach Hause.
Wenn ich mich beeile?
Rein in die Garage, das Benzin geholt und wieder raus.
Das Kind schläft einfach weiter.
Ich muss abhauen, bevor die Besitzer wiederkommen und das Boot fit machen wollen.
Ob ich es schaffe, alleine?
Runter in den Süden.
Weg hier, weg von diesem Scheißort.
Verflixter Brief.
Wenn er mir nur nicht geschrieben hätte.

Zwischen Skagen und Fredrikshavn, 17.15 Uhr

Die Sauna war angeheizt, er war bereit für den Feierabend, so was von bereit.

Ihm ging gerade alles auf die Nüsse, der Winter, die Dunkelheit und die Kälte. Der Benzindieb und die Waschbären. Anja, die plötzlich mehr als Sex wollte, der verliebte Blick von Jette jeden Morgen und die fetten Weiber, die etwas von Spiritualität faselten, dabei wollten sie einfach nur ordentlich durchgebumst werden.

Früher, in seiner verzweifelten Zeit, hatte er den Ladys den Gefallen gern getan. Jetzt stand er darüber. Er konnte andere Weiber kriegen, bekam sie alle. Solche Weiber wie Anja.

Dass die Fetten und Frustrierten in seine Kurse kamen, dagegen konnte er nichts unternehmen. Das konnte er sich nicht aussuchen. Obwohl: Die Preise waren saftig, er wurde Jahr für Jahr teurer, aber sie zogen einfach mit. Klar, für die war sein Programm auch gestrickt. Die Einheit von Körper und Geist. Sich aus dem Alltag beamen mit Yoga, Qigong und Atemtherapie. Therapie light, Raucherentwöhnung und Selbstoptimierung. Ein bisschen Detox – fertig.

Das Gesocks blieb auf der Strecke, aber die kamen sowieso nicht zu ihm.

Zeit für Costa Rica, sagte er sich. Warmes Meer, Regenwald, Mango direkt vom Baum. Nach einem Monat in Costa Rica, seinem Kraftort, spürte er wieder seine Erdung, sein Herz öffnete sich, und der *mind flow* funktionierte wieder. Noch zwei Wochen, dann ging es los.

Allerhöchste Zeit.

Ein Wagen rollte auf den Hof, ein alter Volvo, er beobachtete es durch das Bürofenster. Hatte sich wohl vertan, der Besucher. Die Bürozeit war vorbei, Kurse gab es heute nicht.

Die Fahrertür öffnete sich, der Bulle stieg aus und sah sich um. Jan-Cristofer. In Uniform, *strange.*

Er seufzte. Was wollte der denn hier? Wegen der Einbrüche kam er sicher nicht, dann hätte er ein Bullenauto genommen. Aber der kam mit seiner privaten Rostbeule hierher. Wahrscheinlich jammerte er ihm wieder die Ohren voll mit dieser alten Geschichte. Mann, der sollte mal 'nen Punkt machen, das war zwölf Jahre her!

»Kannst Feierabend machen«, sagte er zu Jette. Sie nickte und strahlte ihn an, er sah zu, dass er aus dem Büro kam. Den Bullen würde er schnell abfertigen, dann ab in die Sauna. Seinen Zehn-Kilometer-Lauf hatte er heute früh schon absolviert, also *no hard feelings.*

»Was gibt's, Jan-Cristofer?«

Breites Grinsen, fester Händedruck. Direkter Augenkontakt, so hatte er es trainiert. Jahrelang. Faszinierend zu sehen, wie sie alle in die Knie gingen. Augenblicklich ein paar Zentimeter schrumpften angesichts seines Selbstvertrauens.

Dieser Bulle war ein Häufchen Elend, das sah doch ein Blinder mit Krückstock. Der hatte kein Rückgrat und auch sonst nicht viel vom Leben. Dass die Ehe am Ende war, wusste er, seit dieser Jan-Cristofer damals wegen einer Paartherapie zu ihm gekommen war. Karriere hatte er ja wohl auch nicht gemacht, saß immer noch in diesem Kaff und war noch nicht einmal der Boss. Ein Alkoholproblem musste er auch haben, dafür hatte er eine Nase, schließlich hatte er das selbst überwunden. Die Hand des Bullen war schweißnass, der Blick wanderte zu Boden, keine Mittelkörperspannung.

Der stank nach schlechtem Karma.

»Wir müssen reden, Markus. Der Mörder … dieser Junge damals.«

Er hob die Hand und schnitt ihm das Wort ab.

»Jette ist noch da. Sie macht gleich Feierabend, dann können wir reden.«

Er wollte den Bullen ins Haus bitten, da öffnete sich plötzlich die Garage. Im ersten Moment glaubte er an einen Fehler im Smart-Home-System, aber dann spazierte ein Typ heraus. Lässig, in der einen Hand seinen Benzinkanister. Das Benzin tropfte vom Kanister auf den Boden. Was war das für ein Penner? Woher kam der überhaupt so plötzlich? Was machte der in seiner Garage, wie kam er da rein?

»Hey, Arschloch!«, schrie er den Mann an. Das Gesicht konnte er nicht erkennen, der hatte eine Kapuze tief über seine Augen gezogen. Jetzt blieb der Typ stehen, der Haltung nach ein junger Mann, und drehte sich zu ihnen, der Kanister tropfte weiter. Stand einfach nur so da.

Er fühlte sich provoziert von dieser Haltung. Das war *sein* Grundstück, *sein* Hof, der Wichser hatte hier nichts verloren.

Der Fremde grinste und schwenkte den Benzinkanister jetzt richtig vor und zurück, vor und zurück. Das Benzin schwappte hinaus, vor und zurück.

Er machte ein paar Schritte auf den Typ zu, wedelte mit den Armen. »Verpiss dich, die Bullen sind hier, ich zeig dich an!«

Ein Schwall Benzin schwappte auf ihn, traf Oberkörper und Hals. Beißender Geruch nahm ihm fast den Atem. Was war denn mit dem los, war der krank oder was?

Er spürte, wie sich Jan-Cristofer neben ihm versteifte und an seine Hüfte griff.

»Stell den Kanister hin, oder ich schieße! Ganz langsam, Freundchen«, schrie der Bulle.

Der Kapuzentyp reagierte gar nicht, er grinste ihn an, sah ihm direkt in die Augen.

Zum Teufel, wer war das?

Er sollte den Typ vom Hof jagen, aber diese Augen hielten

ihn fest, er konnte nichts tun, konnte sich nicht bewegen, war unfähig, zu reagieren, was ging ab?

Zeit war eine Blase, Luft wurde zu Gelee, nichts erreichte ihn.

Der Bulle neben ihm ging in die Knie, spannte den Hahn.

Der Arm des Mannes schwenkte weit vor und zurück.

Das Benzin ergoss sich noch einmal auf ihn, aber auch in weitem Bogen in Richtung Garage, auf den Porsche.

Der Mund des Unbekannten verzog sich zu einem Lächeln.

Der hatte kaum noch Zähne, schoss es ihm durch den Kopf.

Das Letzte, was er sah, war das Feuerzeug.

Er starrte in die Flamme.

Zwischen Skagen und Fredrikshavn, 17.25 Uhr

Helle drückte das Gaspedal durch. Vor einer halben Stunde hatte Jan-Cristofer ihr geschrieben, dass er zu Nyborg hinausfahren wollte. Warum konnte der Idiot nicht warten, bis sie bei ihm war? Seit Kiel hatte sie fünf Stunden Fahrt hinter sich, mit Vollgas auf der linken Spur. Sie hatte versucht, ihn anzurufen, um ihn von seinem Alleingang abzuhalten, aber er hatte das Telefon ausgeschaltet.

Im gleichen Moment, in dem sie von der Hauptstraße abbog und dem Hinweis »Spirituelles Zentrum« folgte, sah sie die Stichflamme. Dort, wo der Hof von Nyborg in Sichtweite kam, jagte Feuer in den Himmel, jäh und hell. Helle starrte auf die hohe Flamme, sie umklammerte das Lenkrad so fest, dass das Weiß ihrer Knöchel hervortrat, und stemmte ihren Fuß aufs Gaspedal. Was zum Teufel! Sie war außerstande, darüber nachzudenken, was die Ursache der Katastrophe sein konnte, sie dachte nur an ihren Freund, an Jan-Cristofer. Er war dort, verdammt!

Der Wagen schlingerte hin und her, es war zu glatt, die Straße zu schmal, um so schnell zu fahren, aber Helle hatte das Gefühl für Risiko und Gefahr verloren, sie dachte einzig daran, zu retten, zu helfen, sie musste da hin, so rasch es ging – tun, was man noch tun konnte. Ihr Herz schlug wie wild gegen den Brustkorb, der Schweiß brach ihr aus und aus ihrer Kehle löste sich ein erstickter Schrei, weil es einfach nicht schnell genug ging.

Auf dem Grundstück brannte es lichterloh, es musste eine Explosion gegeben haben. Helle, mit einer Hand Richtung Handy, um die Feuerwehr zu rufen, mit der anderen Hand am Lenkrad, versuchte, das Auto auf Kurs zu halten. Gleich müsste sie den Hof erreicht haben.

Aus der Einfahrt kam ihr jemand entgegengelaufen.

Eine Fackel.

Ein Mensch.

Ein brennender Mensch.

Helle stieg auf die Bremse, ihr Wagen brach aus, drehte sich mehrmals um die eigene Achse, sie zog die Handbremse, versuchte, entgegenzusteuern, aber das Auto war außer Kontrolle. Sie trudelte, bremste, lenkte, ihr Handy war in den Fußraum gefallen, aber sie hatte nur Augen für den Menschen, der ihr entgegenrannte.

Die Hände erhoben.

Sie sah den entsetzt aufgerissenen Mund.

Der Mann ein einziger Schrei.

Der Wagen kam fast zum Stehen, um ein Haar wäre sie mit dem Menschen kollidiert. Helle riss die Tür auf, noch bevor das Auto ganz zur Ruhe gekommen war. Auf allen vieren fiel sie auf die Straße, rappelte sich hoch, der Brennende war an ihr vorbeigerannt, sie versuchte, ihn einzuholen, zerrte sich den Anorak vom Leib.

Dem Mann versagten die Beine, Helle fiel in seinen Rücken, zwischen sich als Schutz nur ihre Jacke. Sie stieß ihn mit ihrem Körpergewicht um, von der Straße herunter, in den Schnee und schlug wie besessen auf die Jacke ein, mit der sie versuchte, die Flammen zu ersticken. Tränen liefen ihr über das Gesicht, alle Muskeln ihres Körpers zitterten vor Anspannung, aber Hauptkommissarin Helle Jespers bemerkte nichts davon.

Schlug auf die Flammen, schlug, schlug – so lange, bis der Körper unter ihr nicht mehr brannte.

Sich nicht mehr bewegte.

Reglos dalag.

Behutsam zog sie die Jacke von dem Menschen herunter. Der Geruch des verbrannten Fleisches ließ sie würgen, aber sie versuchte dennoch mit zitternden Händen, einen Puls zu finden. Dort, wo die Halsschlagader gewesen war.

Oder am Handgelenk, an dem die verbliebene Haut in Fetzen hing.

Aber da war nichts. Keine Regung, kein Blut, das durch den Körper gepumpt wurde, kein Atem.

Markus Nyborg war tot.

Jetzt erst hörte sie erneut, wie jemand gellend schrie, und wandte den Kopf in Richtung Hof. Der Stimme nach musste es eine Frau sein, aber Helle sah niemanden, nur, dass das Feuer wild loderte. Dort würde sie helfen müssen, für den Mann, der im Schnee lag, konnte sie nichts tun.

Helle deckte Nyborgs Körper mit ihrer Jacke zu und tastete in ihrer Hosentasche nach dem Handy, um Hilfe zu holen, aber es war nicht da. Sie zögerte kurz, ob sie den Apparat im Auto suchen solle, Hilfe musste kommen, so schnell wie möglich, aber sie entschied sich, stattdessen besser zum Hof zu laufen.

Vor dem Haupthaus stand eine junge Frau, auf den ersten Blick unversehrt, aber unter Schock. Helle erkannte Nyborgs Assistentin. Mit einem schnellen Blick verschaffte sie sich weiteren Überblick über die Lage.

Die Garage neben dem Haupthaus brannte. Aggressiv fraßen sich die Flammen über den Hof, züngelten am Dach des Gutshauses, loderten in den Büschen zwischen Garage und Saunahaus. Die Hitze versengte beinahe Haut und Haare, Helle zog Jette, die wie angewurzelt zwischen der Buddha-Figur und der Eingangstür stand, ein paar Meter weiter weg.

»Handy!«, schrie sie ihr ins Gesicht und schüttelte sie so lange, bis die Schreie erstarben und Jette sie mit aufgerissenen Augen anstarrte. Blicklos. Helle klopfte die junge Frau rasch und routiniert ab, fand ein Smartphone und drückte es ihr in die Hand.

»Notruf. Sofort!«

Die Botschaft schien durchgesickert zu sein, Helle war klar, dass die Frau unter Schock stand, aber darum mussten sich andere kümmern. Jetzt zählte es, Jan-Cristofer zu sichern. Helle hielt sich den langen Ärmel ihres Pullovers vor Mund und Nase und versuchte, auf die andere Seite des Brandherdes zu gelangen. Wenn ihr Freund in der Garage war, kam jede Rettung zu spät. Sie konnte das Gerippe eines Autos inmitten der Flammen erkennen, aber nirgendwo einen menschlichen Körper.

Jan-Cristofers Schrottkarre stand auch auf dem Hof, die Fahrertür geöffnet.

Helles Gehirn setzte sich langsam wieder in Gang, sie hörte, dass Jette in ihr Telefon schrie, hörte, wie sie die Adresse durchgab.

»Sind hier noch mehr Leute?«, rief sie ihr zu, als diese ihr Handy fallen ließ.

Jette nickte und deutete auf die Flammenwand. »Der Bulle!«

Der Bulle.

Jan-Cristofer.

Mein Freund.

»Hau ab«, rief Helle. »Bring dich in Sicherheit!«

Jette nickte, aber sie rührte sich nicht vom Fleck, stattdessen schlug sie die Arme um den Oberkörper und wiegte sich, hysterisch weinend, vor und zurück.

Ich kann nichts für sie tun, dachte Helle, wenn die Flammen näher kommen, wird sie schon rennen.

Sie hatte jetzt fast die andere Seite des Brandes erreicht und sah, dass da ein Körper zwischen den Büschen lag. Ein Mensch in Uniform. Das Feuer schlug dort bereits aus, war nur wenige Zentimeter von dem leblosen Körper entfernt.

Im Nu war Helle bei Jan-Cristofer. Schon während sie ihn anfasste, merkte sie, dass er noch atmete. Flach, aber immerhin. Jan-Cristofer hatte eine Kopfwunde, sie hätte ihn eigentlich nicht bewegen dürfen, aber dann wäre er ein Opfer der Flammen geworden, also entschied sie sich für das kleinere Übel.

Sie fasste ihren Freund unter den Schultern und versuchte mühselig, ihn aus dem Gefahrenbereich zu schleifen. Er war verdammt schwer, und Helle stöhnte laut vor Anstrengung. Sie hätte Jette jetzt zur Unterstützung gebraucht, aber sie wusste, dass sie ihr keine große Hilfe gewesen wäre. Nach gefühlt einer halben Ewigkeit hatte sie es geschafft und legte seinen Kopf vorsichtig auf den Boden ab. Plötzlich nahm sie aus den Augenwinkeln eine Bewegung wahr.

Helle sah hoch. Die Tür des Saunahauses schloss sich gerade. Jemand musste dort hineingegangen sein.

So rasch sie konnte, checkte Helle Jan-Cristofers Vitalfunktionen, und als sie feststellte, dass er auf seinen Namen reagierte – seine Lider flatterten und er bewegte die Lippen –, streichelte sie ihn sanft an der Wange und flüsterte ihm zu, dass alles gut werden würde. Krankenwagen und Feuerwehr seien unterwegs.

Helle sah sich um, ob sie ihn mit irgendetwas zudecken konnte, aber da war nichts, ihre Jacke hatte sie schon ausgezogen. Deshalb beschränkte sie sich darauf, ihm vorsichtig die Kapuze seines Parkas über den Kopf zu ziehen, und schloss den Reißverschluss der Jacke bis unter sein Kinn. Er versuchte zu nicken. »Guter Junge«, sagte sie und gab ihm einen Kuss auf die Stirn. Sie ließ ihn nur ungern einfach liegen, aber jetzt war es Zeit, den Mörder zu stellen.

Helle zog ihre Dienstwaffe.

Gebückt schlich sie sich an das Haus heran, presste ihren Rücken flach an die Mauer. Die Waffe umklammerte sie mit beiden Händen, die sie eng an den Brustkorb presste. Bevor sie sich an die Tür drückte, versuchte Helle, ihren Atem unter Kontrolle zu kriegen. Dort, wo sie stand, war sie wieder im Blickfeld von Jette, die nun entsetzt zu ihr hinüberschaute.

Helle schüttelte den Kopf. Fehlte noch, dass die junge Frau sie durch ihr Verhalten verriet. Aber Jette schaute nur – noch immer wie paralysiert – und machte keinerlei Anstalten, sich von dort, wo sie die ganze Zeit über gestanden hatte, wegzubewegen.

Helle atmete tief und zählte dabei. Zählen beruhigte. In drei Zügen durch die Nase ein, in fünf Zügen durch den Mund aus, drei Mal ein – eins, zwei, drei, vier, fünf – aus. Eine jähe Drehung zur linken Seite, sie riss die Tür auf, sicherte mit der Waffe in das Haus hinein.

Nach drei vorsichtigen Schritten stand sie in einem hellen Raum, der von sphärischer Musik erfüllt war.

Helle presste sich mit dem Rücken an die Wand, die entsicherte Waffe hielt sie bereit, aber nah am Körper, wie sie es gelernt hatte. Kein Mensch, nirgends, keine Bewegung.

Warmes gelbes Licht, Wasserschalen mit Blüten, große Stapel flauschiger weißer Handtücher, der Geruch nach Zitronengras und Limette – ihr Gehirn nahm die Eindrücke scharf und präzise auf. Helles Bewusstsein scannte jedes Detail, sie war wach und vollkommen präsent.

Wenn hier jemand war, würde sie ihn kriegen.

Von dem Raum aus führten links und rechts Gänge zu weiteren Räumen. Sie musste eine Entscheidung treffen, und es konnte immer die falsche sein.

Sie entschied sich für links.

Im Kreuzgang setzte sie einen Fuß vor den anderen, die Beine leicht gebeugt, jederzeit bereit zum Sprung. Die Spannung ihres Körpers war maximal, und selten hatte sich Helle so wach gefühlt wie in diesem Moment. Zentimeter um Zentimeter rutschte sie so an der Wand entlang zu einer Ecke, von wo aus sie den Gang in seiner ganzen Länge einsehen konnte.

Der Gang, höchstens fünf Meter lang und hell ausgeleuchtet, führte offensichtlich zu einem Bad. Auf dem Weg dorthin lag in der Mitte auf der rechten Seite die Tür zur Sauna, davor stand eine hohe Amphore aus Marmor, die als Schale für Salz diente.

Helle schob sich mit dem Rücken zur Wand in Richtung des Bades, in das der Gang mündete, dabei schwenkte sie Waffe und Blick sichernd immer parallel nach allen Seiten.

Ein kurzer Blick auf das kleine Fenster der Saunatür. Dunkel. Sie musste zuerst ins Bad sehen. Wenn jemand die Saunatür öffnete, würde sie es hören.

Der Baderaum war kreisrund, vom Boden bis zur Decke grau gefliest, in seiner Mitte war ein ebenfalls runder Whirlpool in den Boden eingelassen. An der Wand befanden sich verschiedene Duschen, Schläuche für kaltes Wasser und ein Holzbottich. Hier konnte sich niemand verstecken.

Helle hielt den Atem an und horchte, ihre Sinne waren geschärft, ihre Nerven gespannt, aber im Kopf war sie kühl und klar. Sie musste nun die Sauna checken. Von dem gefliesten Raum, in dem sie stand, führte kein anderer Weg hinaus als der Gang, den sie gerade gekommen war. Wenn sich hier irgendwo das Arschloch versteckt hielt, das Gunnar und Vinterberg gefoltert und Nyborg angezündet hatte, dann würde sie ihn kriegen.

Jetzt.

Hier.

Behände wechselte Helle auf die andere Seite des Flurs. Arbeitete sich erneut an die Saunatür heran und zog sie mit der freien Hand auf – dabei behielt sie den Gang in Richtung Handtuchraum im Blick. Die Sauna war angeschaltet, heiße, mit Menthol aromatisierte Luft strömte ihr entgegen. Neben der Tür war ein Lichtschalter, den Helle betätigte. Sie warf einen hastigen Blick in den Raum.

Leer.

Moment.

Am Boden lag etwas.

Eine Dose Pfefferspray.

Helle zögerte kurz, warf erneut einen Blick in den leeren Gang, um sicherzugehen, dass dort niemand war, aber als sie kein Geräusch vernahm, nur absolute Stille, kramte sie einhändig einen Beweismittelbeutel aus der Hosentasche. Der Schweiß lief ihr von der Stirn in die Augen, die Hitze des Feuers von draußen und der Saunadampf aus der Kabine waren unerträglich, zumal Helle ihren dicken Dienstpulli und eine Thermohose trug. Sie öffnete den Beutel mit Zähnen und Fingern, griff mit der linken Hand hinein, ohne dabei in ihrer Wachsamkeit nachzulassen oder die Dienstwaffe aus der Hand zu legen. Schließlich wagte sie es, einen Satz in die Sauna zu machen, um mit dem Beutel nach der Dose zu greifen.

Die Tür hinter ihr fiel zu.

Helle ließ sich augenblicklich gegen die Tür fallen, aber draußen hielt jemand dagegen. Durch das Fenster sah sie nur die Kapuze ihres Gegners, leicht gebeugte Schultern und dass dieser sich an etwas zu schaffen machte. Während sie sich mit aller Macht gegen die Tür warf, sich diese aber immer nur wenige Zentimeter öffnete, begriff sie, was der Typ da draußen tat. Er schob die schwere Marmor-Amphore vor die Saunatür und blockierte sie so.

Helle hämmerte mit beiden Fäusten gegen die Tür und schrie wüste Verwünschungen, aber der Mann drehte sich seelenruhig zu ihr um und sah sie stumm an.

Es war das Gesicht eines verzweifelten Kindes.

Für einen kurzen Moment starrte Helle einfach nur zurück, so perplex war sie, dass dieser traurige junge Mensch, der ihr direkt in die Augen blickte, zu solchen Grausamkeiten fähig sein sollte. Sein Blick wirkte vollkommen unschuldig, fast betroffen. Als könne er selbst nicht fassen, was er tat.

Aber dann verzog sich der weiche Mund mit dem sensiblen Zug zu einem Grinsen, und plötzlich starrte Helle einem Teufel ins Gesicht.

Helle riss ihre Waffe hoch und hielt sie direkt vor das Fenster.

Der Teufel hob die Finger seiner rechten Hand zum Victory-Zeichen, dann war er verschwunden.

Helle warf sich mit ihrem ganzen Gewicht erneut gegen die Tür, sie war wütend, dass sie sich hatte übertölpeln lassen. Ihre Schulter schmerzte, und sie schwitzte in ihren dicken Klamotten in der heißen Saunaluft so stark, dass die Dienstwaffe fast aus ihren nassen Händen glitt, aber sie schaffte es nach einer halben Ewigkeit, Zentimeter um Zentimeter, die Tür zu öffnen. Irgendwann war der Spalt so groß, dass sie einen Fuß in die Öffnung stellen konnte. Schließlich hatte sie die Tür ganz aufgeschoben und fiel, kaum dass sie endlich im Gang stand, ihrem Kollegen Ole fast in die Arme.

»Wo ist er?«

Ole, ebenfalls die Dienstwaffe schussbereit im Anschlag, sah sie verdattert an. Offenbar hatte er nicht mit ihr gerechnet.

»Der Typ mit der Kapuze, Ole! Wo ist der hin?«

Ihr Kollege nahm die Waffe herunter. »Wir dachten, du bist gerade weggefahren.«

Helle stöhnte. Der Typ hatte ihren Wagen genommen. Das Polizeiauto. Die Schlüssel hatten gesteckt.

Mit einem Griff schnappte sich Helle das Funkgerät von Oles Gürtel und machte eine Durchsage an alle Einheiten, dass der Flüchtige – wahrscheinlich Johannes Wagner – mit einem Polizeiwagen das Gelände verlassen hatte. Großfahndung, Helikoptereinsatz. Zum Schluss gab sie ihre dürftige Personenbeschreibung durch und dass der Flüchtige als gefährlich einzustufen war.

»Fuck«, kommentierte Ole.

»Wieso habt ihr ihn fahren lassen?« Helles Stimme überschlug sich.

Ole wich etwas zurück. »Wir dachten, dass du das bist. Und auf einer Spur bist, jemanden verfolgst, keine Ahnung! Wir haben dich angefunkt, aber du hast nicht geantwortet – und dann waren wir hier und haben uns hier um die Scheiße gekümmert!«

»Okay, okay.«

»Er kann nicht weit kommen«, versuchte Ole, sie zu beschwichtigen. »Ich glaube, Ricky ist ihm sowieso schon hinterher.«

Helle nickte. »Was ist mit Jan-Cristofer?«

»Schon auf dem Weg ins Krankenhaus. Er sah einigermaßen okay aus. War ansprechbar. Amira ist mitgefahren und versucht, was aus ihm rauszubekommen.«

Helle hob den Daumen in die Höhe, zu mehr war sie nicht fähig. Stattdessen ließ sie sich an der Wand herabrutschen und setzte sich auf den Boden. Sie begann, unkontrolliert zu zittern, und schaute ihre Hände an. Ruß, Brandblasen, Blut. Im Gesicht würde sie nicht anders aussehen, der Blick, mit dem Ole sie musterte, sprach Bände. Der Lange ging nun ebenfalls in die Knie, faltete seinen dürren Körper zusammen und strich ihr behutsam die Haare aus dem Gesicht. Dann griff er sehr vorsichtig nach ihrer Dienstwaffe und nahm sie an sich. Die Pistole war noch immer ungesichert gewesen.

Erst jetzt nahm Helle den ohrenbetäubenden Lärm wahr, der von draußen in den Raum drang. Die Kakophonie aus Befehlen, die durch das Megaphon gebrüllt wurden, die Signalhörner von Polizei und Feuerwehr, das Geräusch berstender Mauern und Balken stand im größten Widerspruch zu dem freundlichen Saunavorraum mit seiner asiatischen Anmutung und den blütenweißen Handtüchern aus dickem Frottee.

Das hier war die Welt, die Markus Nyborg sich geschaffen hatte. Aber sie hatte nicht standgehalten, dachte Helle, das Fundament war zu morsch gewesen.

Jetzt lag er da draußen im Schnee, verbrannt. War einen grauenvollen Tod gestorben, den kein Mensch sterben sollte.

Aber der Mann, dem Helle in die Augen gesehen hatte, hatte keine Gnade gekannt. Aus seinen Augen hatte sie Unschuld, Unwissen und gleichzeitig nackter Hass angesehen.

Mühsam hievte Helle sich hoch, die Hand, die Ole ihr anbot, übersah sie. Sie ging zu der Bambuskommode und tauchte ihr Gesicht in die flache Schale mit Wasser und künstlichen Blüten. Mit beiden Händen rieb sie sich das Gesicht, blieb so lange unter der Wasseroberfläche, bis sie keine Luft mehr bekam. Das saubere kühle Wasser tat ihr gut.

Schließlich tauchte sie auf, holte Luft und nahm sich eines der Handtücher vom Stapel, mit dem sie sich ihr Gesicht abrubbelte.

»Wir müssen ihn kriegen«, sagte sie und starrte auf das weiße Frottee, das nun schwarzbraun und etwas blutbeschmiert war. »Ich glaube, er ist völlig außer Kontrolle.«

Zwischen Skagen und Fredrikshavn, 17.45 Uhr

Miau, Mio, Miau, Mio, der Arsch brennt lichterloh!
So ein schönes Feuerchen, braves Kind, sehr fein gemacht.
Strafe muss sein, das hat das Kind gelernt.
Ist so viel bestraft worden, sein Leben lang.
Schluss mit Strafen für das brave Kind!
Das brave Kind ist groß genug, das brave Kind darf selber strafen.
Und was es alles Schönes kann.
Hat sich so feine Sachen ausgedacht.
Miau, Mio, Miau, Mio.
Zwei auf einen Streich.
Vielleicht.
Vielleicht hat es nur den einen erwischt.
Vielleicht muss es sich eine neue Strafe ausdenken.
Für den anderen.
Den anderen bösen Mann.
Ist er tot?
Oder lebt er noch?
Darf nicht leben.
Das böse Kind kommt mit einer neuen Strafe.
Gutes Kind, braves Kind.
So kann es weitergehen.

Skagen, 19.15 Uhr

Die kleine Polizeiwache platzte aus allen Nähten. Helle saß neben Marianne auf einer Bierkiste, die Ole ihr hingestellt hatte. Über ihren Schultern lag Mariannes Häkeldecke aus dem Auto, in der Hand hielt sie ihren Kaffeebecher – »Smile!« –, so beobachtete sie das Gewusel um sich herum. In ihr Büro konnte sie nicht, das hatten Sören und Inga okkupiert. Die beiden waren mit dem Helikopter aus Kopenhagen eingeflogen, von irgendwoher war ein Haufen technisches Equipment gekommen, mit dem Inga sich jetzt beschäftigte.

»Komm, nimm noch eines. Das tut dir gut«, bat Marianne Helle mit sanfter Stimme und hielt ihr ein Smörrebröd vor die Nase.

Helle schüttelte den Kopf. Sie wollte kein Smörrebröd, so wie sie vorhin auch kein Beruhigungsmittel vom Arzt und erst recht nicht ins Krankenhaus gewollt hatte. Ihr half nur Kaffee. Schwarz und heiß. Um jeden Preis wollte sie wach sein, dabei sein, mitdenken und helfen, Johannes Wagner zu fassen.

Das war ihr Fall, ihre Ermittlungen, ohne ihre Hartnäckigkeit – das hatte sogar Sören Gudmund gesagt, als er gerade eingetroffen war – würden sie noch immer in Kopenhagen die Szene aufmischen.

»Ich nehme gerne noch.« Ingvar langte über den Tresen und schnappte sich eines der belegten Brote. Marianne guckte ihn strafend an, aber der Leiter der Fredrikshavner Dienststelle schien das nicht zu bemerken. Helle fragte sich, wann Marianne die Zeit gefunden hatte, diese große Platte mit Häppchen zuzubereiten. Lachs und Frischkäse, Leberwurst, Heringssalat,

Gurke und Tomate, Schweineschmalz, Wasabi – für jeden Geschmack war etwas dabei. Sie durfte es Marianne nicht sagen, aber beim Anblick von Essen drehte sich ihr Magen um. Sie musste an Markus Nyborg denken, an den Geruch von verbranntem Fleisch.

»Na, mein Mädchen, wie geht's dir?«, erkundigte sich Ingvar mit vollem Mund.

»Geht so«, antwortete Helle wahrheitsgemäß. Sie hatte wenig Lust auf Smalltalk, und über Ingvar ärgerte sie sich noch immer. »Und sag nicht immer ›mein Mädchen‹. Ich bin erwachsen.«

Ingvar grinste gutmütig. »Für mich bleibst du immer mein Mädchen, Helle. So, wie du damals bei mir angefangen hast.«

Helle seufzte. Alter sentimentaler Trottel.

Ricky Olsen kam von draußen herein, seine Miene war finster. Er sah Helle hinter dem Tresen und kam direkt auf sie zu. Helle blickte ihn erwartungsvoll an – Ricky leitete draußen zusammen mit Ole die Suche nach Johannes Wagner. Ein Sondereinsatzkommando war angerückt, Skagen abgeriegelt, die Küstenwache patrouillierte, und zwei Helikopter überflogen ständig die Küste.

»Nichts. Also bis jetzt. Bis wir den Hafen ganz abgecheckt haben, dauert es allerdings.«

Ingvar guckte irritiert von einem zum anderen, wahrscheinlich fragte er sich, warum Ricky ihr und nicht ihm als Vorgesetzem Bericht erstattete, dachte Helle und triumphierte ein bisschen.

Ingvar räusperte sich. »Wie sieht es mit Augenzeugen aus?«

Olsen schüttelte den Kopf. »Fehlanzeige. Waren nicht viele unterwegs. Dunkel war es auch schon. Ist ja nicht gerade *High Life* hier bei euch.« Er sah wieder zu Helle. Sie versuchte ein Lächeln.

Nun kam Sören aus den hinteren Zimmern zu ihnen an den

Tresen. »Wir sind startklar für eine kurze Lagebesprechung. Ingvar, Ricky …« Er zögerte und blickte Helle an. »Helle?«

»Klar.« Sie streifte die Decke ab und stand auf. Ihre Beine zitterten, aber Helle hoffte, dass das niemand außer ihr bemerkte. Im Moment hielten Adrenalin und Koffein sie auf den Beinen, aber sie wusste, sobald die Wirkung auch nur eines der beiden Stoffe nachließ, würde sie zusammenklappen. Einfach so, ohne Vorwarnung.

Helles gemütliches kleines Kabuff war nicht wiederzuerkennen. Inga hatte daraus im Handumdrehen ein hochmodernes Rechenzentrum gemacht, mit Computertürmen, Bildschirmen und einem riesigen Monitor, auf dem eine interaktive Karte von Skagen, Fredrikshavn und dem Küstenstreifen erschien.

Besondere Markierungen zeigten an, wo die Teams unterwegs waren, Spezialeinsatzkräfte vom AKS, die Polizisten aus Fredrikshavn, der Suchtrupp mit den Hunden.

»Sind wir komplett?« Neben Sören und Inga waren noch zwei weitere Kollegen der Kopenhagener Mordkommission im Raum, die sich kurz vorstellten.

»Ole Halstrup bleibt draußen und hilft mit, die Suche zu koordinieren«, erstattete Ricky Olsen Bericht. »Wir brauchen da jemanden, der sich auskennt.« Er wandte sich an Helle. »Der ist auf Zack, dein Junge.«

Helle versuchte zu lächeln – das Kompliment für Ole nahm sie gerne an, sie wusste, dass der junge Polizist manchmal schwer zu bändigen war, aber durchaus Talent und Motivation hatte. Aus dem konnte noch etwas werden, wenn er sein Temperament im Griff hatte. Das Lob von Olsen würde sie bei Gelegenheit gerne weitergeben – Ole würde platzen vor Stolz.

»Amira kommt auch gleich zu uns. Sie konnte im Krankenhaus noch mit Jan-Cristofer sprechen«, fasste nun Helle zusammen. »Jetzt ist er allerdings im OP.«

»Personenschutz?«, erkundigte sich Sören.

Helle sah zu Ingvar, das waren seine Leute. Ihr Chef nickte und hob den Daumen. »Vier Leute. Immer zwei vor Ort, die wechseln sich ab. So lange, bis wir den Drecksack haben.«

Helle zuckte zusammen. Johannes Wagner war ein skrupelloser Täter, äußerst brutal und offensichtlich psychisch schwer gestört. Helle hatte Angst vor ihm und dem, was er noch anrichten konnte. Aber ein Drecksack war er in ihren Augen nicht. Das war Vinterberg gewesen. Ein ausgemachter, widerlicher Drecksack. Mit Johannes Wagner hatte sie trotz allem Mitleid. Möglicherweise regten sich da ihre mütterlichen Instinkte, aber der erste Blick, den sie von ihm durch das Saunafenster erhascht hatte, zeigte keinesfalls ein Monster. Keinen Teufel und keinen Drecksack. Was sie gesehen hatte, war ein verletzter kleiner Junge gewesen. Die Metamorphose allerdings, die sich vollzogen hatte, als der Junge gegrinst hatte … Sie bekam noch immer Gänsehaut, wenn sie daran dachte. Das war eine Fratze gewesen. Ein Todesengel.

»Ich will mich kurzfassen«, begann Sören die Runde zu eröffnen. »Wir müssen alle wieder unseren Job machen, langes Gequatsche können wir uns nicht erlauben.«

Bildete Helle sich das ein oder sah er dabei Ingvar an? Der schien nichts zu merken und kaute unerschütterlich auf einem weiteren Smörrebröd herum.

»Ingvar«, Sörens Ton wurde etwas schärfer, »übrigens ist das hier ein Witz – ein Büro wie aus der Steinzeit. Ihr müsst ein bisschen nachrüsten. So«, er zeigte auf Helles uralten Monitor, »ist keine moderne Polizeiarbeit möglich.«

Ingvar schickte einen bösen Blick zu Helle, aber die zog es vor, gar nicht zu reagieren.

»Versuchen wir, uns in den relevanten Dingen kurz auf Stand zu bringen«, fuhr Sören fort. »Die Suche nach Johannes Wagner ist bislang erfolglos verlaufen – Ricky, bitte.«

Ricky Olsen mit der Schlägervisage stellte sich vor den Monitor. »Johannes Wagner wurde um circa 17.50 zuletzt von

Jette Rönneberg im Hof des Gutshauses gesehen. Sie hat beobachtet, wie er in Helles Polizeiauto gestiegen ist, wir wissen also mit Sicherheit, dass er den Wagen gesteuert hat, der unseren Kräften um 17.52 auf der Straße zum Gutshaus entgegenkam.« Ricky ignorierte den dünnen Zeigestab, den Sören ihm hinhielt, und drückte seinen dicken Zeigefinger auf der virtuellen Karte auf die Stelle, an der die Wagen sich begegnet waren.

»Die Fahndung ging um 17.58 raus, ungefähr zum gleichen Zeitpunkt muss Wagner das Fluchtfahrzeug am Hafen abgestellt und verlassen haben, dafür gibt es Zeugen.«

Er drückte wieder seinen Finger auf die Karte. Helle beobachtete, wie Sören seinen Mund missbilligend verzog und Inga versuchte, sich ein Grinsen zu verkneifen. Olsen referierte weiter, wann der Wagen gefunden wurde und wann welche Trupps angefangen hatten zu suchen. Er wusste auswendig, wann wo welche Straßensperren errichtet worden waren, und ratterte seinen Bericht nüchtern, knapp und präzise herunter. Das nötigte Helle Respekt ab, der erste Anblick von Ricky Olsen hatte sie dazu verleitet, ihn vollkommen falsch einzuschätzen.

»Um 19.02 verlieren die Hunde seine Spur hier.«

Inga zoomte den Punkt, den Ricky Olsen meinte, näher heran, und man konnte genau sehen, an welcher Stelle des Fischereihafens das war. Dort, wo der Container mit dem Fischabfall stand. Kein Wunder, dass die Hunde danach die Spur nicht mehr wiederfanden.

»*Holy shit!*«, fluchte Sören. »Der Junge ist nicht blöd. Wahrscheinlich ist er in die Plörre auch noch reingesprungen.«

Olsen nickte. »Das ist, was wir vermuten. Ole nimmt sich die Bootshäuser gerade vor, da gibt es jede Menge Nischen und Verstecke. Da wir die Hunde nicht mehr suchen lassen können, müssen wir jeden Stein selbst umdrehen. Das dauert vermutlich noch ein paar Stunden. Schiffe laufen nicht aus, haben wir mit der Hafenmeisterei gecheckt. Es hat auch kein Schiff den Hafen verlassen, er muss also noch irgendwo an Land sein.«

»Dürfen wir auf alle Boote drauf?«

Jetzt schaltete sich Ingvar ein. »Ja. Wir haben die richterliche Anordnung, das ist kein Problem. Die Küstenwache übernimmt das mit uns. Sie patrouillieren auch, also sollte der Junge versuchen, mit einem geklauten Boot übers Meer abzuhauen, schnappen wir ihn uns.«

Sören nickte zufrieden.

Jemand klopfte an die offenstehende Tür, und alle Köpfe drehten sich um.

Es war Amira. »Hej allerseits.«

Sören nickte nur knapp. »Wie geht es ihm?«

»Den Umständen entsprechend gut.« Amira sah zu Helle. »Er sagt danke.«

Helle war erleichtert. »Er hat also doch was mitbekommen.«

Amira fischte einen Zettel aus der Tasche. »Jan-C. konnte nicht viel sagen. Aber bevor der Anästhesist ihn sich vorgenommen hat, konnte ich ein paar Sachen aus ihm herauskitzeln. Warum er bei Nyborg war – das weiß anscheinend Helle. Jedenfalls stand dieser Wagner wohl urplötzlich vor ihnen. Kam aus der Garage mit einem Benzinkanister. Er hat Nyborg mit dem Benzin überschüttet – und ein Feuerzeug hinterhergeschmissen. An mehr kann Jan-C. sich nicht erinnern, er meint, er sei in Deckung gesprungen und das war's. Er weiß nicht einmal mehr, ob er noch geschossen hat oder nicht.«

Sie holte Luft, um mit ihrem Bericht fortzufahren. Ihr Dänisch war vollkommen flüssig und geschliffen, dachte Helle, besser als das manch eines dänischen Jugendlichen. Amira war als Kind aus Afghanistan nach Fredrikshavn gekommen und hatte kein Wort Dänisch gesprochen, aber dann war es ganz schnell gegangen: Sie hatte die Schule besucht, einen hervorragenden Abschluss gemacht, war eingebürgert worden und hatte ihre Ausbildung bei der Polizei begonnen. Sie war eine Mustermigrantin, und Helle, die unglaublich stolz auf die junge Frau war, glaubte, dass Amira noch eine große Karriere bevorstand.

»Der Arzt vermutet auf Grund der Verletzung, dass die Druckwelle der Detonation Jan-C. weggeschleudert hat – er hat massive Prellungen und kleinere Brüche an der rechten Körperseite. Er muss bewusstlos aufgekommen sein, denn er hat sich nicht abgestützt oder abgerollt. Dabei muss er mit dem Kopf auf diesen Steingott …«

»Ganeesha«, warf Helle ein.

»… Ganeesha geprallt sein, daher die Platzwunde.«

»Haben wir die Wohnung von Jan-Cristofer gecheckt?«, erkundigte sich Sören.

»Gleich als Erstes«, gab Ricky zurück. »Aber die war sauber.«

»Sollen wir sie überwachen?«

»Nicht nötig«, meldete sich nun wieder Ingvar zu Wort. »Jedenfalls nicht, solange Jan-Cristofer im Krankenhaus ist. Amira wohnt nebenan.«

Sören guckte kurz skeptisch, nickte die Information aber ab. Inga hob die Hand. »Ich schalte dir mal Svensson rein.« Auf dem großen Monitor verschwand die Karte, stattdessen erschien das Gesicht eines Kollegen von der Mordkommission. Helle erinnerte sich vage, dass sie ihn bei der Lagebesprechung in Kopenhagen gesehen hatte.

»Sören, wir haben Jutta Sadowsky gefunden.«

Sören hob nur kurz den Daumen, und Svensson fuhr fort.

»Sie hat bestätigt, dass Johannes bei ihr in Christiania war, hat ein paar Tage dort gepennt. Sie hatte überhaupt keinen Schimmer, was hier los war.«

»Wie kann das sein? Schaut sie keine Nachrichten? Sein Bild war überall!«

Svensson lachte gequält. »Du müsstest ihre Bude sehen. Da ist kein Fernseher, kein Computer oder sonst irgendwas. Die lebt als Selbstversorgerin, kümmert sich nicht um die Welt. Wenn Kim Jong Un den Knopf drückt – die bekommt nichts mit.«

»Und weiter?« Sören war genervt und ungeduldig.

»Ja, also, der Junge ist bei ihr untergeschlüpft. Dann war er plötzlich verschwunden – das war die Nacht, in der Gunnar Larsen getötet wurde. Er kam eine Nacht nicht, hatte aber seinen Rucksack bei ihr gelassen. Sie hat sich nichts dabei gedacht, sie dachte, er wäre halt unterwegs. Was auch immer.«

Sören stöhnte.

»In der nächsten Nacht ist er wohl wiederaufgetaucht, hat geschlafen, sich gewaschen, und am Abend war er erneut weg. Es ist ein bisschen schwer, etwas Genaueres aus ihr rauszubekommen. Sie sagt, sie denkt nicht in Kategorien wie Zeit und Raum.«

Unter den Polizisten in Helles Büro machte sich verzweifelte Heiterkeit bemerkbar – Zeugen wie Jutta Sadowsky waren naturgemäß äußerst beliebt bei Kriminalern.

»Hat er seine Sachen bei ihr gelassen?«

Svensson nickte. »Wir haben alles mitgenommen, ist schon bei der Spurensicherung. Klamotten, ein Rucksack mit Zeug. Ich sichte es jetzt und melde mich später wieder, wenn wir etwas Interessantes haben.«

»Okay. Gute Arbeit, Svensson. Stellt ein paar Leute bei ihr ab, für den Fall, dass Wagner uns hier durch die Lappen gegangen ist. Sorgt dafür, dass die Sadowsky weder ihn noch die Mutter benachrichtigt. Er muss das Gefühl haben, dass er bei ihr sicher unterkommen kann.«

»Alles klar, Boss.« Svensson hob nun seinerseits den Daumen, aber da verschwand sein Bild auch schon wieder vom Schirm, und die Karte tauchte wieder auf.

Sören nickte zufrieden. »Es bewegt sich was. Wir ziehen die Schlinge zu. Vielleicht noch kurz zu der Situation in Kiel. Helle, bitte.«

Helle nickte und wollte aufstehen, merkte aber schnell, dass sich ihre Beine wie Pudding anfühlten, also setzte sie sich rasch wieder hin. Sören zog eine Augenbraue hoch, doch bevor er etwas sagen konnte, begann Helle zu referieren, was sie zusammen mit Christian Laumann von der Mutter des Jungen erfahren hatte.

»Wir können sicher davon ausgehen, dass in diesem Sommer 2006 ein wie auch immer gearteter Missbrauch von Johannes Wagner, damals zwölf Jahre alt, durch Magnus Vinterberg stattgefunden hat. Die Wahrheit darüber werden wir wohl nicht herausfinden, es sei denn, er selbst erzählt sie uns. Offensichtlich haben Jan-Cristofer Sörensen sowie Markus Nyborg, der als Gutachter hinzugezogen wurde, dazu beigetragen, die Sache zu vertuschen. Warum auch immer.«

Helles Hände begannen unkontrolliert zu zittern, sie versteckte sie hinter ihrem Rücken. Es tat ihr weh, so über Jan-Cristofer zu sprechen, aber es hatte keinen Sinn, ihn decken zu wollen, denn jeder hier im Raum wusste, dass ihn sein damaliges Fehlverhalten heute zur Zielscheibe des Mörders machte. Sie fuhr fort, spürte aber, wie ihr schwindelig wurde, kalter Schweiß überzog ihre Haut.

»Welche Rolle Gunnar Larsen als Vermieter der Ferienwohnung in der Sache hatte, ist mir nicht ganz klar. Darüber wird uns Jan-Cristofer hoffentlich mehr erzählen können. Die Mutter, die sich ihm anvertraut hat, sagt aber, dass Gunnar sich um den Jungen gekümmert hat. Er hat ihn damals in den Tivoli eingeladen – als Entschädigung quasi.«

Ingvar stöhnte, und auch Ricky Olsen und die zwei Kopenhagener Kollegen verzogen den Mund. Sören dagegen ließ Helle nicht aus den Augen, was ihre Pein noch verstärkte. Sie hatte jetzt Mühe, weiterzusprechen, am liebsten hätte sie sich sofort ohne Umstände auf den Boden gleiten lassen und wäre eingeschlafen.

»Einerseits ist also davon auszugehen, dass Johannes Wagner an diesen vier Männern – Larsen, Vinterberg, Nyborg und Sörensen – Rache nimmt. Warum nach so vielen Jahren, ist noch ungelöst. Andererseits wissen wir nicht, ob sein Rachefeldzug vielleicht weitergeht. Ob es noch andere gibt, die er bestrafen will. Will sagen …« Jetzt begannen ihre Zähne unkontrolliert zu klappern, Helle versuchte, gefasst weiterzusprechen, was ihr aber nur mittelgut gelang. »… dass das vielleicht … der Anfang …«

»Schluss.« Sören machte einen beherzten Schritt auf Helle zu und fasste sie an der Schulter. »Du wirst jetzt aus dem Verkehr gezogen. Arbeitseifer in allen Ehren. Ricky, hilf mir mal.«

Helle wollte protestieren, aber sie war nicht in der Lage und musste hilflos zulassen, dass die beiden Männer sie auf den Boden ihres Büros legten, in Schocklage, ihre Beine auf den Stuhl und ein Kissen unter den Kopf, und Amira sich neben sie setzte und ihre Hand streichelte. Tränen liefen Helle übers Gesicht, sie fühlte sich gedemütigt und aufgehoben zugleich, wollte dabei sein und ihre Ruhe haben, vor allem aber wollte sie, dass dieses unkontrollierte Zittern, das ihren ganzen Körper schüttelte, endlich aufhörte.

Jemand legte eine Decke über sie, sie hörte wie durch Watte, was im Raum gesprochen wurde, Marianne erwähnte Bengt, es ging um einen Arzt und darüber, wie es mit der Suche nach Johannes weitergehen würde.

Irgendwann schloss Helle erschöpft die Augen, und sie schlug sie erst wieder auf, als sie Bengts warme Wunderhände spürte. Er hob sie vom Boden auf und nahm sie auf seine Arme, mit Hilfe von Ricky und Marianne verfrachtete er sie ins Auto. Helle hörte, dass Emil im Kofferraum fiepte, sie wollte sich zu ihm umdrehen und etwas zu ihm sagen, aber ihre Mundpartie gehorchte ihr nicht, kribbelte wie betäubt.

Bengt startete den Motor und legte eine Hand beruhigend auf ihr Knie, sobald er losgefahren war.

»Doktor Hanson kommt zu uns. Er schaut, ob du in Ordnung bist, und wird dir etwas geben, damit du schlafen kannst. Wir kriegen dich schon wieder hin, mein Schatz.«

Helle stöhnte. Ausgerechnet jetzt, in der heißesten Phase wurde sie schachmatt gesetzt. Aber sie musste sich eingestehen, dass sie absolut zu gar nichts in der Lage war, außer mit den Augen zu blinzeln.

Als Bengt auf die Einfahrt vor ihrem Haus einbog, wurde die Tür des Windfangs aufgerissen und Leif stürmte heraus. Er öffnete die Beifahrertür, noch bevor der Motor erstarb und umarmte Helle.

»Mama!«

Helle kamen schon wieder die Tränen – meine Güte, sie war doch sonst nicht so eine Heulsuse! –, und sie versuchte mit zitternder Hand Leif über die Haare zu streicheln.

Bengt war ausgestiegen und hatte Emil aus dem Kofferraum befreit, der sofort versuchte, sich zwischen Mutter und Sohn zu drängeln und sich seinerseits Streicheleinheiten abzuholen.

Er gewann.

Helle fühlte sich augenblicklich geborgen zwischen ihren Männern und ließ sich widerstandslos von Bengt ins Haus tragen.

Im Wohnzimmer flackerte bereits der Kamin, es war warm, und Leif hatte dafür gesorgt, dass gedämpftes Licht eine kuschelige Atmosphäre verbreitete. An der Sofalandschaft stand Dr. Hanson, der Hausarzt der Familie, und lächelte Helle an.

Bengt legte seine kostbare Fracht ab, stopfte Helle ein paar Kissen unter den Kopf und überließ dem Arzt das Feld.

Der prüfte ihren Puls, sah in ihre Augen, maß Blutdruck und Temperatur und unterhielt sich dabei fortwährend mit ihr in leichtem Plauderton, wie er es immer zu tun pflegte, um seine Patienten zu beruhigen. Tatsächlich hatte das unkontrollierte Zittern und Zähneklappern abgenommen, seit sie in der Obhut ihrer Familie war.

»Du hast eine Pferdenatur, Helle. Du nimmst jetzt eine Tavor – vor meinen Augen! Am besten noch eine Badewanne und dann wird geschlafen.« Hanson kannte Helles Abneigung gegen Medikamente, es musste ihr schon sehr schlecht gehen, dass sie bereit war, etwas Chemisches zu schlucken. Aber Tatsache war: Es ging ihr sehr schlecht. Helle wusste, sie hatte keine Wahl. Sie war bereit, alles zu tun, damit sie morgen wieder auf den Beinen war. Also nickte sie gehorsam.

»Außerdem schreibe ich dich krank. Mir wäre eine Woche am liebsten, um einfach mal Abstand zu allem zu bekommen. Aber wie ich dich kenne, hältst du es nicht länger als drei Tage ohne deine Arbeit aus.«

»Hast du einen Vogel?« Es war der erste zusammenhängende Satz, den sie seit ihrem Zusammenbruch im Büro hervorbrachte, und sie hörte, dass Bengt kichern musste.

Hanson blieb ungerührt. Er stellte die Krankmeldung aus, ohne mit der Wimper zu zucken. Helle hätte ihm am liebsten Stift und Papier entrissen, aber sie war kaum in der Lage, sich zu bewegen. Sobald sie ausgeschlafen hatte, würde sie den Wisch im Kamin verfeuern!

Der Arzt gab Bengt das Papier und die Schlaftabletten. »Wenn es ihr morgen nach dem Ausschlafen noch nicht deutlich besser geht, ruf mich an. Morgen Abend zum Einschlafen kann sie ruhig noch mal eine Tablette nehmen. Und, Helle, überleg dir, ob du zu eurem Psychologen gehst.«

Das fehlte noch, dachte Helle, behielt es aber für sich. Sie wollte schlafen, am besten acht Stunden, morgen früh mit Emil Gassi gehen und sofort wieder auf die Wache gehen, wenn die Kollegen Johannes Wagner bis dahin noch nicht geschnappt hatten.

Als sie sich jedoch zehn Minuten später im Spiegel des Badezimmers sah, war sie sich nicht sicher, ob Bengt zulassen würde, dass sie ihren Plan umsetzte. Die Frau im Spiegel war ihr vollkommen fremd. Sie hatte am ganzen Körper kleinere Verletzungen, Brandwunden und Schnitte, ihre Schulter, mit der sie versucht hatte, die Saunatür aufzustemmen, glich einem großflächigen blaugrünen Mosaik. Ihre Haare waren mit Ruß und Schweiß verklebt, ihr Gesicht eingefallen und weiß. Tiefe Schatten unter den Augen, helle Bahnen, die die Tränen durch den schwarzen Ruß auf ihren Wangen hinterlassen hatten, ließen sie aussehen, als trage sie eine besonders gruselige Halloween-Maske.

Bengt prüfte das Wasser in der Wanne und half Helle behutsam hinein.

Es war, als falle sie in eine dicke, weiche Daunendecke, die sie umschloss, sicher hielt und bis in ihr Herz hinein wärmte. Ihre Haut begann zu kribbeln, sie spürte ihre Zehen und Fingerspitzen wieder, die zuvor taub gewesen waren, und ihre Muskeln, schmerzhaft zusammengekrampft, lösten sich spürbar.

Helle schloss die Augen. Bengt hielt ihre Hand in seiner, mit der anderen wusch er ihr zärtlich mit einem Waschlappen das Gesicht.

Ihr Atem fand seinen normalen Rhythmus, Helle hob und senkte die Bauchdecke, die Bewegung verursachte sanfte Wellen in der Wanne, schaukelte sie sanft wie ein kleines Kind und beruhigte ihr aufgewühltes Gemüt.

Die Bilder waren dennoch da.

Das Feuer.

Der brennende Mann, im Gesicht der entsetzt aufgerissene Mund.

Die Fratze hinter der Saunatür.

Helle wusste, diese Bilder würden sie lange begleiten.

Skagen, 7.00 Uhr

Niemand darf mich hören.
Niemand darf mich sehen.
Niemand darf mich riechen.
Ich muss mich nur ausruhen.
Lange kann ich nicht bleiben.
Ich muss weg.
Muss zu Fredo.
Oder zu Mama.
Erst mal zu Jutta.
Weg von hier, weg von dort, wo das böse Kind gewütet hat.
Es kann nicht lange dauern, bis es wiederkommt. Ich spüre es. Es kommt zurück.
Es ist der Ort.
Alles an dem Ort macht das Kind wütend.
Warum bin ich nach Dänemark gekommen?
Warum hat er mir geschrieben?
Warum hat er mich nicht in Ruhe gelassen, dort, wo ich gewesen bin?
Ich habe Angst.
Angst um mich.
Werde ich Portugal wiedersehen? Die Sonne? Die Tiere? Fredo?
Fredo war immer gut zu mir.
Er hat das Kind schlafen lassen.

Skagen, 7.30 Uhr

Als Helle die Augen öffnete, hatte sie ein Gefühl, als ob jeder Knochen ihres Körpers gebrochen sei. Alles schmerzte. Selbst als sie vorsichtig versuchte, mit den Zehen und Fingern zu wackeln, durchzogen Schmerzen wie schwerer Muskelkater ihre Beine und Arme. Sie wusste wohl, dass dies der Anspannung des gestrigen Tages geschuldet war, ihr Körper hatte sich durch die Erlebnisse und die Anstrengung vollständig verkrampft. Still lag sie im Bett und versuchte, ihren Körper zu erspüren. Von der Schulter mit dem blauen Mosaik strahlte ein pulsierendes Druckgefühl aus, Helle wollte den rechten Arm heben, aber das war kaum möglich. Sie würde Schmerztabletten nehmen müssen. Sicher hatte Dr. Hanson welche dagelassen.

Mit den Fingerspitzen fuhr sie über ihr brennendes Gesicht, über die Haut, die sich rau und stellenweise schrundig anfühlte.

Und erst die Hände. Brandblasen bedeckten sie, zogen sich auch über die Unterarme, dazu Prellungen und kleine Schnittwunden.

Helle stöhnte und versuchte, sich auf die andere, unversehrte Schulter zu drehen, um an ihr Handy auf dem Nachttisch zu kommen.

Bengt lag nicht mehr im Bett, auch Emil war nicht da, vermutlich waren die beiden Gassi gegangen.

Helle checkte den Nachrichteneingang, aber außer einer langen Sprachnachricht von Sina, die sich Sorgen um ihre Mama machte und wissen wollte, ob sie nach Skagen kommen solle, um Helle ein wenig zu bemuttern, war lediglich eine knappe Nachricht von Amira eingegangen. Die Suche nach Johannes Wagner war in der Nacht erfolglos gewesen, sodass Sören die AKS-Truppe und die Hundestaffel nach Hause geschickt hatte. Polizisten patrouillierten in Zweier-Teams durch Skagen, außerdem bewachte eine zehnköpfige Truppe den Fischereihafen. Jetzt galt es abzuwarten. Amira machte für acht Stunden Pause und würde gegen Mittag wieder zum Dienst erscheinen.

Helle ließ sich auf ihr Kissen zurückfallen.

Wie konnte das sein? Wohin war der Junge verschwunden?

Der Bahnhof war abgeriegelt worden, er hatte es also nicht mit dem Zug aus Skagen herausgeschafft. Das Fluchtfahrzeug hatte er stehen lassen. Es gab nur eine Straße, die nach Fredrikshavn führte, die hatten sie sofort sperren lassen – keine Chance, darauf unentdeckt zu bleiben.

Skagen war wie eine Sackgasse: der letzte Ort vor dem Meer. Danach ging es nirgendwo mehr hin, hier war *dead end* – wenn Johannes Wagner also nicht übers Land herauskonnte, dann musste er es übers Meer versucht haben. Laut Ingvar waren keine Boote ausgelaufen, aber was war mit einem kleinen privaten Motorboot? Sicher hatten die Kollegen längst gecheckt, ob eines geklaut worden war, aber Helle musste alles selbst durchdenken.

Allerdings fand sie, dass es eher unwahrscheinlich war, dass Johannes Wagner im Dunkeln in Panik ausgerechnet ein Boot kaperte, um aus dem Hafen zu kommen. Und wohin dann? Aufs offene Meer wohl kaum. Er hätte also an der Küste entlangschippern müssen, und spätestens da hätten ihn entweder die Küstenwache oder die Helikopter aufspüren müssen.

Die wahrscheinlichste Möglichkeit war, dass er einen Unterschlupf in Skagen gefunden hatte. Und das war noch nicht einmal allzu schwer – im Winter standen unzählige Ferienhäuser und -wohnungen sowie Camper auf dem Zeltplatz leer. Wenn Johannes Wagner auch nur halbwegs geschickt war – und dass er das war, wussten sie seit dem Einbruch beim alten Andersson –, knackte er irgendwo unauffällig ein Schloss und versteckte sich dort, wo erst im Frühling oder Sommer jemand hinkam. Es war fast unmöglich, alle leerstehenden Unterkünfte in Skagen zu überprüfen.

Ja, solange sie darüber nachdachte, desto wahrscheinlicher erschien Helle diese Möglichkeit. Wenn es so war, dann musste der Mörder nur warten, bis die Polizei mit ihrer Zielfahndung nachließ.

Es juckte ihr in den Fingern, Sören anzurufen, um mit ihm darüber zu sprechen – über kurz oder lang würden sie alle Ferienunterkünfte abklappern müssen –, aber sie wusste, dass es nicht nur übergriffig, sondern auch überflüssig gewesen wäre. Sören konnte selbst denken. Und nicht allzu schlecht, wie sie vermutete, sonst wäre er nicht Leiter der zentralen Mordkommission Dänemarks.

Statt sich einzumischen, lag Hauptkommissarin Helle Jespers verletzt und traumatisiert im Bett und würde sich nach ihrer Genesung wieder den Falschparkern und Ladendieben zuwenden. Sie wusste ja, wo sie hingehörte.

Mit derart trüben Gedanken schlug Helle sich im Bett herum, bis sie hörte, dass Bengt und Emil von draußen hereinkamen.

Emil rannte augenblicklich an ihr Bett, um zu sehen, ob sie noch da war, und sie eindeutig aufzufordern, sich endlich da herauszubewegen, damit sie ihn durchknuddeln konnte, wie es sich gehörte. Helle gab ihr Bestes, um dem nassen Hund den Gefallen zu tun, und für einen Moment überwand sie sogar die Schmerzen, die ihr Körper ihr bereitete.

Schließlich quälte sie sich aus dem Bett, schlüpfte in ihren überdimensionierten Fleecebademantel, in dem sie, laut ihrer Familie, aussah wie eine schwangere Bärin, und schlurfte ins Wohnzimmer.

Dort warteten ihre zwei anderen Männer auf sie – Leif hatte einen opulenten Frühstückstisch gedeckt, und Bengt stand schon wieder am Herd und brutzelte Spiegeleier mit Speck.

»Hast du heute keine Schule?«

Leif stöhnte. »Mama! Kannst du dich nicht einfach freuen, dass ich zu Hause bin?« Er schüttelte den Kopf. »Papa muss gleich zur Arbeit, und ich soll auf dich aufpassen und ein bisschen für dich sorgen.« Er warf einen Blick zu Bengt.

Der nickte, verteilte die Eier, und während er Helle einen Teller hinstellte, bestätigte er. »Du brauchst ein Kindermädchen. Zumindest heute noch.«

»Außerdem habe ich nur diesen blöden Physikkurs. Da haben wir letztens die Klausur geschrieben, also wird da nicht viel passieren.«

Helle hatte schon den Mund geöffnet, um einzuwenden, dass Leif in Physik auf der Kippe stand und sie es nicht für günstig hielt, wenn er auch noch Unterricht verpasste, aber ein scharfer Seitenblick von Bengt ließ sie verstummen.

»Okay. Das ist sehr lieb, dass du wegen mir zu Hause bleibst.«

Bengt applaudierte lautlos hinter Leifs Rücken.

»Sina kommt heute Abend auch her«, sagte er.

»Alles wegen mir? Also ehrlich, übertreibt es nicht.«

»Sie hat Semesterferien und will eine ganze Woche bleiben. Das tut dir bestimmt gut.«

»Jaja. Ich freu mich ja auch, keine Bange«, gestand Helle ein und schob sich mit großem Appetit die Spiegeleier in den Mund. Bengt hatte ihr einen großen Becher mit Kaffee – schwarz und frisch aufgebrüht, wie sie es am liebsten mochte – hingestellt. Helle spürte, wie ihre Lebensgeister zurückkehrten.

Das Telefon klingelte, und Helle schreckte auf. Sie wollte aufspringen und den Anruf entgegennehmen, aber der Schmerz fuhr ihr sofort in die Glieder. Bengt kam ihr zuvor. Er drehte sich zum Fenster, während er telefonierte, und Helle hörte nur, wie er murmelte, nickte, dann stöhnte und auflegte.

»Zieh dir was an, ich fahr dich auf dem Weg zur Arbeit beim Yachthafen vorbei.«

Die Kollegen waren nicht zu verfehlen. Ein großes Aufgebot an Polizeifahrzeugen markierte das Bootshaus, welches als Versteck gedient hatte. Bengt stellte den Wagen direkt in zweiter Reihe ab. Bevor Helle aussteigen konnte, hielt er ihre Hand fest.

»Nur gucken. Und informieren. Dann bringt Ole dich sofort nach Hause und du legst dich wieder ins Bett, versprochen?«

»Hoch und heilig!« Helle machte den vergeblichen Versuch, ihr unschuldigstes Gesicht aufzusetzen, aber ihr Wikinger rollte die Augen nach oben und schüttelte leicht den Kopf. Bevor Helle nachsetzen konnte, sah sie auch schon, dass Ole zum Auto kam. Er öffnete die Tür und beugte sich in den Fond.

»Hej, ihr beiden.«

»Hej.« Bengt ließ den Motor an. »Nimm sie bloß mit, sonst bereue ich noch, dass ich sie hierhergefahren habe.«

»Ich liefere sie dir wohlbehalten zu Hause ab, versprochen.«

»Hallo? Ich bin kein Paket, okay? Ihr seid unmöglich.« Empört wuchtete sich Helle aus dem Auto. Sie winkte Bengt und ignorierte Oles Arm, den er ihr hilfsbereit anbot.

Sie hatten den Unterschlupf von Johannes Wagner gefunden. Ein Segelboot, der Besitzer lebte in der Nähe von Randers und hatte das Boot zum Überwintern ins Bootshaus gebracht.

Die Spurensicherer waren bei der Arbeit, Sören Gudmund stand am seitlichen Steg und schaute zu. Als er Helle kommen hörte, blickte er auf. Sein Gesicht war fahl, er schien seit langem nicht geschlafen zu haben, aber dennoch versuchte er ein Lächeln. Es gelang ihm nicht überzeugend.

»Wagner muss sich hier versteckt haben.« Mit dem Kinn wies er auf das Boot.

Helle bückte sich und versuchte, durch die Fenster einen Blick in die Kajüte zu erhaschen. Sie sah einen Menschen im weißen Anzug, aber nicht viel mehr.

»Was wissen wir?«

Sören zuckte mit den Achseln. »Nicht viel. Oles Truppe hat das Bootshaus gestern durchsucht.«

»Wir haben gesehen, dass es aufgebrochen wurde«, fuhr Ole fort. »Dann haben wir das Boot gefunden. War sofort klar, dass da jemand gepennt hatte. Ist alles da – Benzin, Verpflegung.«

»Der Besitzer wusste von nichts.« Sören übernahm wieder. »Wir können reingehen.«

Der Kollege von der Spurensicherung, der in der Kajüte arbeitete, winkte sie gnädig herein. Er wollte eine Zigarettenpause machen, in der Zeit konnten sie sich dort umsehen – natürlich ohne Spuren zu hinterlassen.

In dem kleinen Salon war es richtig gemütlich. Das Bett war zerwühlt, als hätte bis gerade eben jemand darin geschlafen. Der Raum wurde durch einen Benzinofen geheizt – so erklärten sich vermutlich auch die Diebstähle aus der Garage, die Nyborg beklagt hatte. Und die sie nicht ernst genug genommen hatten, dachte Helle beschämt bei sich. Außerdem lagen eine angefangene Packung Toastbrot, ein paar leere Getränkedosen, Kekse und eine halbe Tüte Äpfel herum.

»Die Sachen, die bei Andersson geklaut wurden«, erklärte Ole.

»Außerdem hat Inga die Überwachungskameras vom Kvickly-Markt überprüft«, ergänzte Sören. »Er war zwei Mal dort. Hat geklaut wie ein Rabe. Dass das niemand bemerkt hat.«

»Er kann aussehen wie die Unschuld selbst.« Mit leisem Schaudern dachte Helle an das Gesicht des Jungen.

»Aber die Frolic hat er bezahlt. Ob er die wohl selbst gegessen hat?« Ole versuchte ein Lachen, nach Helles Herz jedoch griff eine eiskalte Hand.

Die Hundeleckerlis auf der Bank.

Die hatte *er* dort hingelegt.

Johannes Wagner war bei ihr gewesen, an ihrem Haus. Hatte sie und ihre Familie beobachtet.

»Helle, ist was nicht in Ordnung?« Sören blickte ihr besorgt in die Augen.

Sie schüttelte den Kopf. »Nein. Die Frolic … er hat sie für Emil gekauft.«

Ole und Sören sahen sie verständnislos an, und Helle erzählte ihnen, wie sie die Leckerlis des Nachts auf ihrer Lieblingsbank gefunden hatte.

»Warum war er bei dir?« Ole sah sie verständnislos an.

»Keine Ahnung.« Helle strengte sich an, an die Nacht zurückzudenken, und dann fiel es ihr ein. »Jan-Cristofer war bei uns. An dem Abend. Er hat sich fürchterlich betrunken, irgendwas war mit ihm los, aber er hat uns nichts erzählt.«

Sören schloss sofort, dass Johannes Wagner Jan-Cristofer vermutlich zum Haus der Jespers gefolgt war. »Und das nicht zum ersten Mal. Sonst hätte er keine Frolic dabeigehabt. Er wusste, dass ihr einen Hund habt. Er hat sie extra für Emil gekauft.«

»Emil und Leif – sie sind allein im Haus!« Helle brach sofort der Angstschweiß aus.

Keine zehn Minuten später kamen sie am Haus der Familie an, mit Blaulicht. Leif öffnete die Tür des Windfangs.

»Alles okay bei euch?« Helle sprang – so gut es ihr geschundener Körper überhaupt zuließ – aus Oles Dienstwagen und umarmte ihren Sohn.

Ole ging mit einem Kollegen, der zur Verstärkung mitgekommen war, ums Haus herum, um zu checken, ob alles in Ordnung war. Helle führte Leif ins Haus zurück und versuchte, ihm vorsichtig beizubringen, was sie herausgefunden hatten.

»Meinst du, der versteckt sich ausgerechnet bei uns? Vor den Bullen? Meinst du nicht, das ist ein bisschen an den Haaren herbeigezogen?« Augenscheinlich war ihr Sohn nicht einzuschüchtern. Helle hatte erwartet, dass der 17-Jährige sich ein bisschen mehr vor einem flüchtigen Serientäter fürchten würde.

»Du brauchst keine Angst zu haben«, versuchte sie zu beschwichtigen, wo nichts zu beschwichtigen war. »Die Kollegen sehen sich um, wenn er hier ist, dann finden sie ihn.«

Leif tippte sich an die Stirn. »Der wäre doch bescheuert. Sich da zu verstecken, wo er nicht fliehen kann. Skagen ist sowieso eine Falle, und unser Haus gleich drei Mal. Von überall einsehbar, nur ein Weg führt zu uns. Der ist ganz sicher nicht hier.«

Helle hatte keine Lust auf Diskussionen und vor allem hatte sie keine Lust, ihrem Sohn darzulegen, warum bei polizeilichen Maßnahmen dieser Art nicht diskutiert wurde. Die Möglichkeit, dass Johannes Wagner sich bei ihnen oder in ihrer Nähe versteckt hielt, bestand. Und solange das so war, würde sie alles tun, um ihre Familie zu schützen. Sie legte sich erschöpft aufs Sofa und ließ einen Arm nach unten sinken, um Emil zu kraulen.

Ihr Kopf drohte zu zerspringen. Warum war es gerade so schwer, auch nur einen Gedanken konzentriert weiterzudenken?

Er war hier gewesen. Johannes. Vermutlich nicht nur einmal. Er hatte Jan-Cristofer verfolgt. Beobachtet. Hatte Frolic für Emil besorgt – warum? Waren sie vergiftet? Wieso sollte er das wollen?

Jetzt klopfte Ole von draußen an die Fensterscheibe, und Helle ließ ihn und den Kollegen ein.

»Nichts. Wie sieht's aus, sollen wir einen Mann hier abstellen?«

Helle überlegte kurz, schüttelte dann aber den Kopf. »Ich denke, das ist nicht nötig. Es ist, wie Sören gemutmaßt hat: Er hat Jan-C. verfolgt und beobachtet. Das ist sein Opfer. Nicht ich. Er hätte mich in der Sauna töten können und nicht einfach nur einsperren. Nein, ich glaube nicht, dass er noch mal hierherkommt.«

Sie bückte sich zu Emil und schloss seinen dicken Kopf in die Arme. »Auf Emil passen wir auf. Der bekommt so schnell keine fremden Leckerlis mehr!«

Emil ließ die Zunge aus dem Maul fallen und hechelte bedauernd.

Ole sah nicht glücklich aus. Es konnte aber auch an der Übermüdung liegen, er hatte sich geweigert, eine Pause zu machen, und war seit vierundzwanzig Stunden im Einsatz. »Okay, wenn du meinst. Aber zu meiner Beruhigung schicke ich die Streife regelmäßig vorbei. Die fahren sowieso Patrouille, dann können sie auch bei euch vorbeikommen.«

Damit war Helle einverstanden. Sie verabschiedete ihre Kollegen und bat Ole, sie auf dem Laufenden zu halten – Krankschreibung hin oder her.

Sie kuschelte sich wieder tief in die Sofalandschaft, schnappte sich das Buch, das sie seit Wochen versuchte zu lesen, aber immer wieder abbrach, weil sie sich nicht konzentrieren konnte, und versuchte zur Ruhe zu kommen.

Natürlich war ihr Vorhaben zum Scheitern verurteilt. Zwei Zeilen – und schon schweiften ihre Gedanken ab. Wo könnte er stecken? Was hatte er als Nächstes vor? Würde er noch einmal eine Attacke auf Jan-Cristofer wagen? Warum hatte Gunnar sterben müssen?

Seufzend legte sie das Buch zur Seite und schloss die Augen, um sich besser konzentrieren zu können. In dem gleichen Moment klingelte ihr Handy. Es war Markus, der Sohn von Jan-C. Sicher wollte er mit ihr über das sprechen, was geschehen war.

»Hej, Markus.«

»Hej! Störe ich?«

»Nein, gar nicht. Wie geht's dir?«

»Ganz gut. Ich will nachher zu Papa, er ist jetzt wach und darf Besuch bekommen.«

»Das ist schön! Dann fahre ich später auch hin.«

»Helle, kannst du mir helfen? Ich will Papa sein iPad bringen, dann kann er was lesen oder einen Film schauen.«

»Klar. Weißt du, wo es ist?«

»Ja schon, aber ich war nicht sicher, ob ich in die Wohnung darf.«

»Sie haben die Wohnung gestern gesichert, es ist alles okay. Amira wohnt ja nebenan, die passt ein bisschen auf. Aber wenn du willst, kann ich dich begleiten. Mir fällt hier sowieso die Decke auf den Kopf. Wir holen das iPad, und dann bringe ich dich ins Krankenhaus.«

»Super! In einer Stunde?«

»Ich hol dich ab.«

Sie legten auf, und Helle schaltete auf Flugmodus. Vielleicht würde sie ein bisschen schlummern können, bis sie Markus aufpickte. Sie freute sich, dass sie etwas tun und später sogar noch nach Jan-Cristofer sehen konnte.

Leif schloss sich ihr an, er ließ sich in den Ort zu seinem Freund David mitnehmen. Emil war sowieso mit von der Partie und schnarchte im Kofferraum. Ihn hätte Helle unter diesen Umständen niemals allein im Haus gelassen. An der Ecke zum Brovandvej ließ sie ihren Sohn aussteigen, dort wartete Jan-Cristofers Sohn bereits. Er hatte eine große Tafel weiße Crisp-Schokolade für seinen Papa unter dem Arm.

Das Mietshaus, in dem Amira und auch Jan-Cristofer ihre Wohnungen hatten, lag nur wenige Blocks entfernt.

Kaum hatte Helle dort eingeparkt, den Motor des Wagens ausgemacht und den Zündschlüssel abgezogen, schreckte Emil aus dem Tiefschlaf hoch. Helle sah seinen besorgten Blick im Rückspiegel: Darf ich mit? Geht sie allein? Was passiert hier?

»Wir sind gleich wieder da, Emil. Keine Bange.«

Die Antwort war leicht panisches Hecheln.

Helle bückte sich zur Fußmatte, aber der Schlüssel lag nicht darunter. Natürlich nicht, Ingvars Leute waren ja nicht dumm, dachte Helle. Die hatten den Schlüssel mit Sicherheit einbehalten, als sie die Wohnung checkten. Oder Amira hatte ihn an sich genommen.

»Ich habe einen Schlüssel.« Markus zog einen Schlüsselbund aus der Hosentasche und sperrte auf. Er öffnete die Tür, ging hinein, Helle folgte ihm. Sie wollte zum Lichtschalter greifen, aber jemand schlug ihre Hand fort. Gleichzeitig stieß Markus einen erstickten Schrei aus – Johannes Wagner hatte ihn an sich gezogen, hielt ihm mit der einen Hand den Mund zu, mit der anderen ein Messer an die Kehle.

Helle durchzuckte der absurde Gedanke, dass es das japanische Küchenmesser mit der gefältelten Klinge war, das sie Jan-Cristofer zum Vierzigsten geschenkt hatten.

Hinter ihr fiel die Tür ins Schloss.

»Hände hoch!« Johannes Wagner gab den Befehl auf Deutsch mit gepresster Stimme, es war klar, dass er nicht wollte, dass man ihn, dass man sie hörte. Er zog Markus rückwärts mit sich und bedeutete Helle, ihm zu folgen.

Gehorsam hob Helle ihre Hände nach oben. Währenddessen überlegte sie fieberhaft, wie sie Markus aus der Situation holen konnte, ohne sein Leben aufs Spiel zu setzen.

»Alles wird gut«, sagt sie leise und beschwichtigend.

»*Shut up!*« Unter der Kapuze seines Sweatshirts sahen sie die Augen von Johannes Wagner an. Starr, fiebernd. Es war die Teufelsfratze, die da mit ihr sprach. Helle war sich vollkommen im Klaren, dass er nicht zurechnungsfähig war. Nicht in diesem Zustand. Drogenbedingte Schizophrenie hatte es in dem klinischen Bericht geheißen. Sie würde jedes Wort, das sie sagte, auf die Goldwaage legen müssen. In diesem Zustand war er unberechenbar. Brandgefährlich. Sie durfte nichts Unbedachtes tun, sie musste ihm folgen, um jeden Preis. Er hatte es weder auf sie noch auf Markus abgesehen, sagte sie sich. Aber er war ein in die Ecke gedrängtes Tier, das keinen Ausweg wusste.

Markus' Hände zitterten, aber er blickte Helle klar und aufmerksam in die Augen – trotz der Angst, die er mit Sicherheit empfand. Er war der Sohn eines Polizisten, dachte sie. Er war kein kleines Kind mehr, sondern ein junger Mann. Wenn sie ihm signalisieren konnte, dass sie die Lage in den Griff bekommen könnte, dann würde er dabei sein. Sie erwiderte seinen Blick und hoffte, dass die Botschaft ankam: Wir schaffen das. Du kannst auf mich zählen.

Der Gestank in der Wohnung war unbeschreiblich. Es roch nach Fisch. Nach altem, verfaultem Fisch. Alle Fenster waren geschlossen, die Vorhänge zugezogen, hier war länger nicht gelüftet worden. Aus dem Augenwinkel bemerkte Helle einen Kleiderhaufen in der Ecke, von dem der Gestank ausging. Johannes Wagner trug Klamotten von Jan-Cristofer, fiel ihr jetzt auf, den Hoodie hatte sie schon an ihrem Freund und Kollegen gesehen, auch die Jogginghose.

»Bring mich hier raus«, wies er sie jetzt auf Englisch an.

Er war in Panik. Wusste keinen Ausweg. Wie konnte sie das für sich nutzen? War Amira noch nebenan in ihrer Wohnung? Vielleicht konnte sie sie hören?

»Okay.« Helle sprach nun absichtlich etwas lauter. »Aber wie? Hier ist überall Polizei.«

»Du bist auch von der Polizei.«

Natürlich wusste er, wer sie war. Ihr Zusammentreffen bei Nyborg. Außerdem war er am Haus gewesen. Helle entschied sich dafür, aufrichtig mit ihm zu sein. Sie war bereit, ihn aus Skagen zu bringen, wenn nur Markus nichts passierte.

»Wohin willst du?«

»Portugal.«

Sie könnte sagen, dass das niemals geschehen würde.

Sie könnte ihm Angst machen und ihm sagen, dass die Polizei ihn niemals mit Geiseln davonkommen ließe.

Sie könnte ihm sagen, dass er den Trip höchstens bis zur ersten Tankstelle – wenn sie denn überhaupt so weit kämen – überleben würde.

Stattdessen nickte sie.

Sie würde jetzt alles tun, was er verlangte, keine Gegenwehr. Er war reizbar, und ihn zu reizen war das Letzte, was sie wollte. Sie musste ihn in Sicherheit wiegen, eine Mutter für ihn sein. Er sollte keine Angst haben.

»Gehen wir.« Langsam bewegte sie sich mit dem Rücken zur Tür.

Johannes Wagner drückte das Messer ein wenig stärker gegen Markus' Hals, er schien nicht sicher, was sie vorhatte.

»Lass ihn gehen. Bitte. Er ist noch ein Kind.«

Einen Versuch musste sie machen, auch wenn sie wusste, dass er sich nicht darauf einlassen würde.

Johannes Wagner schüttelte den Kopf, aber er kam nun mit Markus ebenfalls zur Tür.

»Hast du ein Auto?«

Helle nickte. Sie sah die Angst in seinen Augen. Er hatte Angst, dass sie ihn anlog, er hatte keinen Plan B. Das Einzige, was er tun konnte, war, Markus zu töten. Aber das würde ihn nicht weiterbringen. Es würde ihn nicht nach Portugal bringen, und er wusste das ebenso gut wie sie.

Und sie war ganz sicher, dass er das nicht wollte. Er würde keinen Jungen töten wollen, der er selbst einmal gewesen sein könnte.

»Ja. Das Auto steht unten auf dem Parkplatz. Ich bringe dich raus aus Skagen, versprochen. Aber bitte lass den Jungen gehen.«

Er antwortete nicht. Stattdessen bedeutete er ihr mit dem Kinn, die Tür zu öffnen.

In dem Moment hörten sie einen Schlüssel im Schloss. Helles Blut gefror, aber bevor sie reagieren konnte, hatte Johannes Wagner die Tür mit der freien Hand aufgerissen. Amira, die noch den Schlüssel, den sie ins Schloss gesteckt hatte, umfasste, stolperte überrumpelt in die Wohnung.

Noch ehe Helle etwas sagen oder tun konnte, noch ehe sie Amira warnen konnte, hatte Johannes zugestochen.

Amira stöhnte und sackte zu Boden.

Aus ihrem Hals sprudelte Blut.

Helle wollte sich bücken, aber Wagner trat ihr ans Kinn.

»Los!«

Seine Stimme überschlug sich, Markus wurde kreideweiß, und Helle befürchtete, dass er auf der Stelle ohnmächtig werden würde.

Also stand sie wieder auf und sah hilflos zu der jungen Frau am Boden hinab. Amira stöhnte, das Blut floss aus einer Wunde am Hals oder vielleicht auch der Schulter, Helle konnte es nicht richtig erkennen, Amira presste ihre Hände darauf.

Helle wusste jetzt mehr denn zuvor, dass Johannes Wagner zu allem fähig war.

»Los!«, zischte er ihr nochmals zu, und sie gehorchte. Es blieb ihr nichts anderes übrig, als zu tun, was er von ihr verlangte. Sie musste versuchen, den Moment abzupassen, in dem er unaufmerksam war. Den einen Moment. Bis dahin war es am besten zu tun, was er verlangte. Markus' Leben stand auf dem Spiel, und Helle würde nichts tun, was den Jungen gefährden könnte.

Niemand kam ihnen entgegen. Weder im Treppenhaus noch auf dem Parkplatz. Am helllichten Tag. Wo, verdammt noch mal, waren die alle? Scheißkaff! Der Parkplatz, der zu dem Mietshaus gehörte, lag in einem Innenhof. Er war von drei Seiten durch Wohnhäuser begrenzt, auf der vierten Seite lag eine kleine Grünanlage mit Spielplatz.

Kein Kind war zu sehen, keine Mutter mit Kinderwagen, kein Rentner mit Hund.

Niemand.

Sie gingen von der Haustür zum Auto, quer über den Platz, ganz so, als sei es das Normalste der Welt: Ein Mann, der einem Jungen ein Messer an die Kehle hielt. Eine Frau, die aussah, als kümmerte sie das nicht im Geringsten.

Als sie Helles Auto erreicht hatten, blieb sie stehen und sah sich fragend nach Johannes um.

»Steig ins Auto«, befahl er ihr. Markus zitterte, jetzt schien der Schock zu wirken. Helle suchte den Blick des Jungen und nickte leicht, sie wollte ihm signalisieren, dass sie die Lage im Griff hatte.

Absurd.

Nichts hatte sie im Griff.

Ihre Gedanken waren bei Amira, sie hatte Angst, dass die junge Frau verbluten würde, dort oben im ersten Stock, ganz allein und hilflos. Und sie, Helle Jespers, erfahrene Polizistin und Vorgesetzte, hatte sie liegen lassen, hatte nichts getan. Nichts tun können.

Gehorsam stieg Helle ein, mit dem Blick immer bei Johannes und Markus. Sie hörte, wie Emil sich hinter ihr schlaftrunken im Kofferraum aufrappelte.

Johannes öffnete die Tür und schubste Markus hinein. Dann schob er sich selbst auf die Rückbank, das Messer hielt er Markus nun vor das Gesicht.

»Der Hund!«

Helle blickte alarmiert in den Rückspiegel. Sie sah, wie Johannes sich abrupt über die Rückenlehne beugte, über Emil, den Arm erhoben, weil er ihn streicheln wollte.

Und sie hörte, wie Emil schnappte.

Sie hörte den Schrei.

Sah, wie sich Johannes ins Gesicht fasste, alles war rot vor Blut. Er hob den Arm mit dem Messer über Emils Kopf, Helle drehte sich um und warf sich mit aller Kraft über den Sitz. In der gleichen Sekunde packte Markus Johannes' Hand mit dem Messer am Gelenk, Helle griff nach dessen Kapuze, ließ sich mit ihrem ganzen Gewicht nach hinten in den Fond fallen, die Kapuze rutschte herunter, sie fasste mit beiden Händen in die Haare von Johannes Wagner und schlug seinen Kopf so fest sie konnte gegen das Seitenfenster.

Wieder.

Und wieder.

Bis kein Widerstand mehr kam.

Bis alles rot verschmiert war von dem Blut, das aus der abgebissenen Nasenspitze des Mörders floss.

Bis ihre Hände glitschig von der roten Flüssigkeit waren und das Fenster so beschmiert, dass es unmöglich war, hinauszusehen.

Bis Markus auf der anderen Seite aus dem Wagen geglitten war, das Messer des Angreifers in der Hand, und um Hilfe schrie.

Bis Johannes Wagner weinend unter ihr lag, die Hände auf dem Rücken und Emil fiepte und die Sirenen, noch weit entfernt, immer näher und näher kamen.

Skagen, ein paar Tage später, 14.40 Uhr

»Wieder bei der Arbeit?«

Überrascht blickte Helle auf. Sören Gudmund stand im Türrahmen ihres Büros, und wieder, wie schon bei seinem ersten Auftritt, hatte sie ihn nicht kommen gehört.

»Muss. Ich kann ja schlecht Marianne und Ole alleinelassen. Mit den Ladendieben und Falschparkern.«

Er grinste. Das verlieh ihm fast etwas Schelmisches, aber nur fast. Der eisblaue Blick unter dem grauen Bürstenhaarschnitt blieb kühl.

Helle deutete auf den Stuhl auf der anderen Seite ihres Schreibtisches. »Magst du einen Kaffee? Oder eine Zimtschnecke? Marianne hat gebacken. Für fünf, aber wir sind ja nur drei. So viel können Ole und ich im Leben nicht verputzen.«

Noch bevor Sören nicken konnte, stand Marianne im Zimmer, in der einen Hand einen Kaffeebecher, in der anderen einen Teller mit Gebäck. Sie stellte beides vor dem Leiter der Mordkommission ab.

»Du trinkst bestimmt schwarz. Du siehst schon aus wie ein Schwarztrinker.«

Das brachte sogar Sören Gudmund zum Lachen. »Ja, du hast recht. Vielen Dank.«

Zufrieden wackelte Marianne aus dem Zimmer.

»Wie geht es den beiden?« Sören würdigte Kaffee und Zimtschnecken keines Blickes.

»Jan-Cristofer kann morgen entlassen werden«, gab Helle Auskunft. »Er hatte Glück im Unglück. Leichte Rauchvergiftung, Schulterbruch, multiple Prellungen, Gehirnerschütterung. Aber die Kopfwunde war undramatischer als gedacht.«

»Er kommt also erst mal in die Reha?« Jetzt griff Sören nach seinem Becher und starrte einen Moment in die schwarze Flüssigkeit, als vermute er in den Untiefen darunter eine böse Überraschung.

»Man kann ihn trinken.« Helle lächelte.

Er sah sie verständnislos an. Dann fiel der Groschen, und er probierte einen Schluck.

Währenddessen klärte ihn Helle weiter über die Lage auf.

»Ja, Jan-C. muss in die Reha, und ich werde dafür sorgen, dass er gleichzeitig einen Entzug machen kann. Wenn er so weit wiederhergestellt ist, muss er sich einem Disziplinarverfahren stellen. Grobe Dienstpflichtverletzung.«

Sie schwieg. Wie so ein Verfahren ausgehen würde, war vollkommen ungewiss. Wenn Jan-Cristofer großes Pech hatte, konnte er sogar suspendiert werden, weil er damals dem Strafverfolgungsgebot gegen Magnus Vinterberg nicht nachgekommen war. Obendrein hatte Johannes Wagner sogar die Möglichkeit, Jan-Cristofer deswegen nachträglich zu verklagen. Alles in allem keine rosigen Aussichten für ihren Freund. Sie konnte nur hoffen, dass er den Alkoholentzug mitmachte und durchhielt, das würde ihm Punkte bringen. Reue zeigte er ohnehin. Helle dachte mit Schaudern daran, was aus ihm werden sollte, wenn er kein Polizist mehr sein durfte. Privater Wachservice? So eine traurige Gestalt wie Claas von Danskeguard aus dem Tivoli? Jan-Cristofer würde sofort wieder anfangen zu saufen.

Andererseits: Hätte er damals vor zwölf Jahren seine Pflicht getan … darüber durfte sie gar nicht nachdenken. Dem zwölfjährigen Jungen Johannes wäre viel erspart geblieben. Von seinen Opfern nicht zu reden.

»Und Amira?«

Helle seufzte. Die junge Kollegin war weniger glimpflich davongekommen.

»Sie konnte rechtzeitig stabilisiert werden. Trotzdem: Das

Messer hat einige Muskelfasern im Schulterbereich durchtrennt. Die OPs sind erfolgreich verlaufen, aber es wird lange dauern, bis sie wieder richtig beweglich und belastungsfähig in dem Bereich ist. Ingvar hat mir schon angeboten, dass sie erst mal nach Fredrikshavn kommen kann, in den Innendienst. Archiv oder so etwas.«

»Das wird sie nicht wollen.« Sören runzelte die Stirn.

»Nein. Natürlich nicht. Aber es wird ihr nichts anderes übrigbleiben. Und sie sollte eine Traumatherapie machen. Das wird sie auch nicht wollen.«

Sören überlegte. »Sie könnte zu uns kommen. Inga braucht jemanden, eine Assistentin. Meinst du, Amira würde sich dafür interessieren? IT?«

»Tolles Angebot. Ich spreche mit ihr.« Helle wollte zu den Zimtschnecken greifen, aber irgendwie genierte sie sich ein bisschen für ihren Dauerappetit. Wenn Sören sich nur auch ein Teilchen genommen hätte …

Der zog nun ein Plastiktütchen aus seiner Manteltasche.

»Ich bin deswegen gekommen.«

Er hielt es hoch, und Helle erkannte, dass darin ein Stück Papier steckte. Es sah aus wie ein Brief.

Aber statt es ihr zu geben, sprach Sören weiter. »Es ist ein Brief. Johannes hatte ihn bei sich. Wir haben außerdem Gunnars Sachen gefunden. In Christiania, Johannes hatte sie dort versteckt. Darin war auch Gunnars Handy. Sie haben miteinander telefoniert.«

»Okay.« Worauf wollte Sören hinaus? Warum bloß war er so zögerlich?

»Die beiden waren seit ein paar Wochen in Kontakt«, fuhr der Ermittler nun fort. »Der Brief, den Gunnar geschrieben hat, ging erst an die Mutter. Die hat ihn dann nach Portugal weitergeschickt.« Er wollte noch etwas hinzufügen, unterließ es dann aber. Stattdessen seufzte er und schüttelte den Kopf.

»Wo ist er jetzt?«

»Johannes? In der geschlossenen Psychiatrie. Nach ersten Diagnosen glauben die Ärzte, dass er lange Jahre falsch behandelt wurde. Sie glauben nicht an Schizophrenie, sondern an DIS. Dissoziative Identitätsstörung.«

Helle runzelte die Stirn, sie hatte keine Ahnung, was das Eine vom Anderen unterschied.

»Kurz gefasst: Er leidet unter einer multiplen Persönlichkeit. In extremen Fällen sind die Persönlichkeiten so stark voneinander abgespalten, dass die eine nicht weiß, was die andere tut.«

Helle dachte an das Gesicht vor der Saunatür. Der unschuldige Junge und der böse, wahnhafte junge Mann.

Jetzt reichte Sören ihr den Brief über den Tisch.

Eine feine, gleichmäßige Handschrift auf edlem Briefpapier mit eingeprägtem Briefkopf: Gunnar Larsen. Der Brief war auf Deutsch verfasst.

»Mein lieber Johannes,

ich habe lange mit mir gerungen, ob ich dir schreiben darf. Ob es richtig von mir ist, wenn ich dir mit diesem Brief deinen Sommerurlaub in Skagen wieder in Erinnerung rufe. Letztlich habe ich mich dafür entschieden.

Ich habe das getan, weil ich mich wegen eines anderen Vorfalls an dich erinnert habe. Und daran denken musste, wie sehr wir, wie sehr ich dich damals im Stich gelassen habe.

Ich habe dir geglaubt, aber ich habe nichts unternommen. Das kann ich mir nicht verzeihen, und ich erwarte auch nicht von dir, dass du mir verzeihst. Ich weiß, dass nichts und niemand das Geschehene ungeschehen machen kann.

Dennoch möchte ich dir sagen: Es tut mir leid. Ich war so schwach und schäme mich deswegen.

Solltest du jemals wieder in Dänemark sein, dann freue

ich mich, wenn du mich anrufst. Vielleicht kann ich dir persönlich sagen, wie leid es mir tut.«

Es folgte eine Handynummer und Gunnars Unterschrift.

Smilla Jacobsson, dachte Helle. Der Fall des kleinen Mädchens hatte alles wieder nach oben gespült. Deswegen hatte Gunnar sich so engagiert – er hatte versucht, etwas gutzumachen, was nicht mehr gutzumachen war.

Helle blickte Sören an. »Er hat seinen Mörder selbst gerufen.«

Sören nickte. »Man weiß nie, Helle. Vielleicht hätte ein anderer Trigger zu einer anderen Zeit dasselbe ausgelöst. Trotzdem …«

Welch böses Schicksal, dachte Helle. Hätte Gunnar keine Reue gezeigt, würde er vielleicht noch leben. Der Gedanke stimmte sie unendlich traurig.

Sören Gudmund schien es ebenso zu gehen. Er erhob sich und nickte ihr zu. Dann wandte er sich zum Gehen. In der Tür drehte er sich noch einmal um.

»Ach, und Helle. Wenn du genug hast von Ladendieben und Falschparkern – ich brauche immer gute Leute bei der Mordkommission. Das ist ein Angebot.«

Damit verließ er ihr Büro und verschwand.

Helle sah ihm hinterher. Sein Angebot machte sie sehr stolz. Aber eigentlich war sie glücklich, dort, wo sie war.

In the middle of nowhere.

Dann griff sie sich eine Zimtschnecke und biss voller Appetit hinein.

Judith Arendt
Helle und die kalte Hand
Der zweite Fall für Kommissarin Jespers
304 Seiten, Klappenbroschur
ISBN 978-3-455-00657-5
Atlantik Verlag

Der Herbst hält Einzug in Skagen und vertreibt die letzten Sommergäste. Helle Jespers, Leiterin der örtlichen Polizeistation, sehnt sich nach mehr Zeit und weniger Trubel. Doch die Ruhe währt nur kurz, denn in der Nähe der beliebten Wanderdüne Råbjerg Mile wird die Leiche einer jungen Frau gefunden. Laut Obduktion stammt sie offenbar aus dem südostasiatischen Raum. Doch niemand scheint sie zu vermissen.
Die Vermutung liegt nahe, dass sie sich illegal in Dänemark aufhielt. Helle Jespers ist fest entschlossen, den ersten Mordfall in ihrer Gemeinde aufzuklären, und stößt dabei auf die Schattenseiten der scheinbar so offenen dänischen Gesellschaft.

»Dänemarks sympathischste Ermittlerin ist zurück!«
Buch-Magazin